"좋다.
그 절망과 공포는
마왕인 나에 대한 예찬이지.
침묵하는 불경은
약자에 대한 관용으로 용서하마.
큭큭, 크하하……
크앗————하하하하!!"

"야…… 저거 혹시……."

"큭큭…… 아, 진짜정말죄송하지만잠깐만
조용히경청해주시면안될까요?"

"아…… 네……."

"착용한 자를 온갖 공격으로부터 보호하는

　　──드워프 여전사가 사용한 전설의 갑옷이지 말입니다?!"

"이걸로 뭘 보호해 준대요?! 최소한의 존엄?!

　아니 그것조차 수상한데요?!"

"안심해라 스테프!! 여캐 장비의 노출과 방어력이 정비례한다는 건

　　──상식이다!!"

♜ 십조맹약

유일신의 자리를 손에 넣은 신 테토가 만든 이 세계의 절대법칙.
지성 있는 【십육종족】^{엑시드}에게 일체의 전쟁을 금지한 맹약—— 이는 곧.

♟ 【제1조】 이 세계의 모든 살상 전쟁 약탈을 금한다.

♟ 【제2조】 다툼은 모두 게임의 승패로 해결한다.

♟ 【제3조】 게임은 상호가 대등하다고 판단한 것을 걸고 치른다.

♟ 【제4조】 '제3조' 에 반하지 않는 한 게임의 내용 및 판돈은 어떤 것이든 좋다.

♟ 【제5조】 게임 내용은 도전을 받은 쪽에 결정권이 있다.

♟ 【제6조】 '맹약에 맹세코' 치러진 내기는 반드시 준수된다.

♟ 【제7조】 집단 간의 분쟁에서는 전권대리인을 세우기로 한다.

♟ 【제8조】 게임 중의 부정이 발각되면 패배로 간주한다.

♟ 【제9조】 이상을 신의 이름 아래 절대 변하지 않는 규칙으로 삼는다.

♜ 【제10조】 ——모두 사이좋게 플레이하세요.

CONTENTS
12

표지 · 본문 일러스트
카미야 유우

⏻ Prelude

——『남에게 민폐 끼치지 말고 살아라』…….

자주 듣는 이 말을 입에 담는 사람은 게임을 해 본 적이 없으리라.

승부^{게 임}를 하면 승자와 패자로 갈라진다는 것조차 모를 테니까.

……예를 들어 당신이 선량한 시민이라고 가정하자.

선량한 당신은 어느 날 별생각 없이 식당에 가서, 식사를 받아 들고 자리에 앉는다.

잠시 후 주위를 둘러보던 당신은 빈자리가 없어 난감해하는 사람을 발견한다.

그렇다……. 당신이 그 의자에 앉았고, 그 결과 앉지 못했던 누군가가 피해를 본 것이다.

누구의 잘못인가? 안심하라. 물론 선량한 당신의 잘못은 아니다.

당신은 정당한 권리로 자리에 앉았다. 다만 그것이 타인에게 불이익을 가져다주었을 뿐…….

——게임에 이기면 기쁘지 않은가?

당신이 승리함으로써 패배한 누군가가 울더라도.

시험에 합격하면 기쁘지 않은가?

당신이 떨어졌으면 합격했을 누군가가 있더라도.

……누구에게도 민폐를 끼치지 않고 살아가기란 도저히 불가능하다.

어차피 사회란 의자 뺏기 게임. 그저 제로섬 게임이며.

무언가를 얻는다는 것은 결국 누군가에게서 빼앗는다는 것을 의미하기 때문이다.

아니지? 딱히 사회에 한한 것도 아니다.

우리가 다른 목숨을 취하면서 살아가는 이상, 살아간다는 행위가 이미 민폐이므로…….

──그렇다. 무엇을 해도 소용없다.

선량한 당신이 아무리 타인을 배려하고 눈치를 살피며 살아간다 해도.

선량한 당신의 얼굴이 마음에 들지 않는 사람에게는 그 사실이 이미 민폐인 것이다…….

그렇기에 구태여 묻는다──. 『남에게 민폐 끼치지 말고 살아라』라는, 그런 말을 입에 담는 당신은 정말 누구에게도 민폐를 끼치지 않고 살아왔다고 생각하나……?

만약 『YES』라고 대답한다면, 진심으로 부럽다. 참으로 살기 편한 인생이었으리라.

이제까지 그 발로 짓밟은 것들을 알아차리지도 못하고 살아올 수 있었으니까.

──누구에게도 민폐를 끼치지 않는다.
그런 방법이 있다고 한다면, 그렇다── 분명.
…… '태어나지 않는' 것 말고는, 있을 수 없으리라…….

　　■ ■ ■

루시아 대륙 서부── 에르키아 왕국의 수도 에르키아.
붉은 달이 뜬 밤하늘. 그러나 오늘 밤, 별은 없다.
도시를 떠들썩하게 만드는 소음과 환성, 무수한 등불이 밤하늘에서 어둠을 밀어내고 있었다.

만안(灣岸)에 인접한 중앙 운하에서는 흡혈종(담피르)과 함께 해서종(세이렌)이 노래하며 춤추고.
운하를 낀 양쪽 기슭의 대로에서는 축제 의상을 입은 수인종(유카탄)이 신여를 짊어지고 나아간다.
그 뒤를 이족보행의 인간형 영장에 탄 지정종(드워프)이 의기양양하게 따른다.
그런 지상을, 도시 상공에 도열한 강철의 함대가 수만 가지 색깔의 라이트로 비추어 인도하고.
별빛을 지우는 빛줄기 속에서는 천익종(플뤼겔)들을 거느린 판타즈마(아반트헤임)

가 유유히 헤엄치고.

그리고 소수의 기개종(엑스마키나) 군단까지도 요정종(페어리)이 꽃잎과 거품으로
장식해 주고 있다——.

——그것은 모두가 눈길을 빼앗길 만한, 동시에 눈을 의심할 만
한 '퍼레이드' 였다.

대로의 구석에서 구석까지 들끓으며 건물 지붕까지 가득 메운
관중도.

혹은 행진하는 퍼레이드의 뒤를 따라가는 사람들도, 결코
인류종(이마니티)만이 아니다.

오셴드, 동부연합, 하덴펠, 아반트헤임——.

심지어 자치령 독립을 선언하고, 페어리의 국가가 된 『스플라
토리아』까지.

각 나라 각 종족이 자신들의 종을 나타내는 색과 깃발, 문장을
내걸고 축복의 노래를 부르며 행진한다.

그 모두가 공통된 목적지—— 에르키아 왕성 앞 광장으로 향하
고 있다.

다시 말해—— 에르키아의 전통 의상을 입은 이마니티의 무리
가 맞이하는 광장으로.

하늘과 땅을 막론하고 모여든 대표단과 국기를 나누고, 함께 게
양할 순간을 향해…….

——7개의 종족이 함께 국기를 게양하고, 연방의 깃발을 우러(하나)

러본다.

그런 광경을, 과거에 대체 그 누가 상상할 수 있었을까.

하물며 다종족 공생을 상징하는 것처럼 급속도로 발전을 이룩한 이 도시가.
_{에르키아}

1년 전에는 쇠퇴해 멸망의 위기에 직면하고 있었다고—— 이제는 누가 믿을 수 있을까.

그것은 『십조맹약』 이후 6천 년이나 되는 세월 동안—— 아니.

십육종족 탄생으로부터 단 한 번도, 꿈을 꾸는 것조차 허락되지 않았던 광경.

의도치 않게, 그런 있을 수 없는 역사의 당사자가 된 자들.

이날, 이 밤, 이 도시, 이 광장에 모인 모든 지성 있는 자들이.

함께 시선을 향한 곳은—— 에르키아 왕성의 발코니.

그곳에 서 있던 것은 이 자리에 모인 7개 종족을 대표하는 이들.

있을 수 없는 꿈을, 확실한 현실로 만든 자들——. 그렇다…….

두 개의 꼬리를 가진 금색여우 여성, 워비스트의 지도자—— 무녀.

밤을 엮은 듯한 미모의 소년, 담피르 최후의 남성체—— 플럼.

눈부신 물고기 비늘의 꼬리를 살랑거리는 세이렌 여왕—— 라일라.

움직이지 않는 날개를 늘어뜨린 채 발을 디딘 플뤼겔, 제1번 개체—— 아즈릴.

인지를 초월해 만들어진 강철 소녀, 엑스마키나 전연결지휘체 ^{아 인 치 히}
대리── 이미르아인.

진령은 머리카락과 감응강 눈동자가 눈부신 드워프 소녀, 두령 ^{미 스 릴} ^{오리할콘}
대리── 티르.

꽃잎을 흩뿌리며 춤을 추는 조그마한 소녀, 반역을 부르짖는 페어리── 포에니크람.

그리고 허공으로부터 영험하게 강림한 조그만 신령종── 호로. ^{올드데우스}

모두 저마다의 종족을 대표하는 전권대리, 대행자들이다.

그러나⋯⋯ 그런 그들조차도 이 역사적인 밤의 주역은 아니었다.

왜냐하면 이 모든 것은 마지막에 한층 큰 갈채를 받으며 나타난 두 사람을 위해 있었으므로──.

어둠 속에 두드러지는 진남색 연미복을 입고, 여성용 왕관을 완장처럼 감은 청년과.

밤하늘을 자아낸 듯한 야회복 차림의, 남성용 왕관을 머리 장식처럼 쓴 소녀.

그렇다. 이 호화찬란한 퍼레이드도, 우레와 같은 박수도, 천지를 뒤흔드는 함성도.

모두 이 두 사람. 에르키아 왕 남매의 '대관 1주년'을 축복하는 것이었으며.

아아, 다시 말해 그것은── 이 청년, 소라가.

여자 경험 없는 숫총각으로 19세를 맞이했음을 축하하는 연회이기도 했다…………

■ ■ ■

──그것은 일주일 전으로 거슬러 올라간다.
"에르키아 국왕 즉위 1주년 기념식전을 개최하겠어요──. 다음 주에."

국립도서관── 지브릴의 서고에 틀어박혀 책과 게임에 파묻힌 소라와 시로에게.

붉은 머리 소녀 스테파니 도라가 그렇게 말을 꺼낸 것이 모든 일의 시작이었다.

"…………다음 주, 라니…… 갑작, 스럽네……?"
"잘은 모르지만 그런 건 더 일찍 준비하는 거 아녀? 그리고 모르긴 몰라도 최소한 즉위를 축하받는 국왕의 승낙은 사전에 받아야 하지 않나……?"

그렇게 흘겨보며 불평을 늘어놓는 시로와 소라에게, 스테프는 진지한 표정으로 물었다.
"사전에 상담했으면 승낙했을까요?"
"그럴 리가 있냐."

"그래서 호시탐탐, 무단으로! 진작 준비해 뒀답니다 ♪"

일을 하지 않는―― 정치에 무관심한 왕.

그런 두 사람 몰래 식전 준비를 진행한다? 이 얼마나 손쉬운 일^{이 지 게 임}이었는지.

암암리에 그렇게 으스대는 표정으로 웃으며 말하는 스테프에게, 소라와 시로는 살짝 혀를 찼다.

――스테프 자식. 이젠 제법 우리를 잘 아는구만, 하고…….

"에르키아 연방은 이제 세계를 양분하는 대동맹이에요. 그런 연방의 맹주인 에르키아 국왕 두 분의 즉위기념일을, 각국의 요인들도 초대해 성대하게 축하하고――가맹국의 결속과 다종족 공생을 안팎으로 어필하고――정치적으로도 경제적으로도 큰 의미가 있어요. 두 분의 예복도 전부 빈틈없이 수배해 뒀고, 당일 스케줄도 분 단위로 결정해 뒀으니――."

――절대 안 놓칠 거랍니다? 라며……

행간으로 퇴로를 차단해 버리는 스테프.

그러나 소라와 시로는 먼 곳을 보는 눈으로 흘려들었다.

"하지만 그렇구나아~ 우리가 이 세계에 온 것도 벌써 1년이^{디 스 보 드}라……."

"……시간, 흐르는, 거…… 빠른, 듯…… 느린, 듯……."

생각해 보면…… 이 『게임판 위의 세계』에 떨어진 후로 별별 일^{디 스 보 드}이 다 있었다.

우연이었다고는 하지만, 망국의 위기에 빠졌던 이마니티 최후의 나라── 에르키아의 왕이 되고.

동부연합과 연방을 맺고, 오셴드, 아반트헤임, 그리고 하덴펠.

많은 나라를 산하에 가맹시키고, 올드데우스, 엑스마키나, 그리고 페어리의 절반까지도 아군으로 삼고.

이리하여 스테프가 말한 대로 이제는 세계를 양분하는 대동맹이 되기에 이르렀다.

이러한 것들이 겨우 1년 사이에 생긴 일.

시로가 중얼거린 대로 짧은 듯 긴 듯한 1년이었으며············.

────음음? 잠깐, 기다려 봐.

어? 뭐? 1년이── 치났다고──?!

"──저기, 당일 진행을 설명하고 있는데요······ 듣고 계신가요?"

물론 들을 리도 없는 소라와 시로는, 그럴 때가 아니라며 나란히 손에서 떨어뜨릴 정도로 허겁지겁 스마트폰을 꺼내 화면을 노려보고 있었다.

그리고 아직까지 원래 세계의 표준시와 연월일을 새겨나가고 있는 표시에──.

"하아아아아?! 나 벌써 19세 됐잖아?! 거짓말이지어느새?!"

"······거짓말거짓말거짓말. 시로, 키랑 가슴, 1밀리, 도······ 변동, 없는······데?!"

다시 말해, 뭐지——?

소라는 오랫동안 『소라 동정남 18세』를 자칭했으나 사실은.

어느샌가——라기보다 제법 옛날에 『소라 동정남 19세』로 퇴화하고 있었다는 사실에.

그리고 시로 또한, 아무런 신체적 변화도 없이 1년이 지나——12세를 맞았다는 사실에.

나란히 하늘을 우러러보며 통곡하였으나——.

아니야 아직이다! 라며!

아직 현실을 받아들일 수 없다——!! 라며!!

"아~니야! 우리의 생일은 '이 세계에 다시 태어난 날' 이지!! 적어도 서류상으로는 그렇게 돼 있을 거야!! 그렇지이이스테~~~에에에프?!"

"……!! 그거! 그거야, 빠야!! 시, 시로, 아직 열한 짤!!"

——원래 세계와 이 세계는 애초에 달력이 다르다는 것.

또한 이세계 출신인 소라와 시로에게 에르키아의 호적이 없었다는 점에서!

즉위할 때 이 세계에 왔던 날을 생일 삼아, 왕권으로 공문서 날조, 가 아니라 작성했던 것이다!!

그렇다면 우리는 아직 『소라 동정남 18세』와 『시로 껌딱지 11세』다! 라며——!!

드높이 부르짖는 두 사람.

그러나 스테프는 묵묵히 고개를 끄덕이고——.

"네, 그렇죠. 그러니까 즉위 기념일의 4일 전── 내일모레가 두 분의 생일이에요. 그래서 국왕의 생일과 즉위 1주년을 겸한 식전을────이란건데 듣고 계신가요?!"

물론 듣고 있을 리 없었던 소라와 시로는 초절 극심하게 그럴 때가 아니었다.

다시 말해── 원래 세계에서의 생일은 무시한다는 곡예를 펼치고도.

내일모레, 자신들은 가차 없이 『소라 동정남 19세』와 『시로 껌딱지 12세』가 된다……고.

소라는 억울함을 가슴에 품고, 시로는 울상으로 가슴을 재며 스테프의 목소리를 멀리 흘려들었다…….

■ ■ ■

──이리하여 에르키아 국왕 즉위 1주년 기념식전은.

성대한 퍼레이드로 시작해, 7일에 걸쳐 대대적으로 무탈히 진행되었다.

연방 가맹국의 대표단을 초대한, 전통 예능 관람 등을 비롯해.

각 나라 각 종족 수뇌진과의 개별 회담, 합동 회식을 통한 축사와 답례.

나아가서는 모든 대표가 열석한 가운데, '에르키아 왕국과 연방 가맹국 및 각 종족은 대등하면서도 우호관계' 라느니 '앞으로도 상호의 발전에 최선을' 등등의 형식적인 공동 성명을 발표하고.

그러한 것들을 드워프와 페어리의 협력하에 에르키아 연방 전국으로 생중계하고.

──스테프가 용의주도하게 계획하고 물밑에서 교섭한 대로, 분 단위 스케줄에 따라.

물론 이러한 국제식전의 장에서 소라와 시로도 평상복 따위 용납될 리 없으므로.

소라는 연미복, 시로는 야회복이라는, 이 또한 숨이 막힐 것 같은 차림으로.

대인 공포증에 시선 공포증인 소라와 시로는 하품과 두려움과 피로를 필사적으로 억누르며 지냈으며.

각 전권대리자^{멤버}── 특히 무녀와 플럼은 웃음을 참으며 그런 두 사람의 모습을 즐겁게 바라보는.

그런 지옥 같은 7일이 흘러가고…….

■ ■ ■

──지옥의 일주일, 마지막 날 밤. 에르키아 왕성의 복도에서.

마치 좀비 같은 발걸음과 공허한 눈을 한 소라와 시로를 데리고 걷는 스테프는──.

"두 분 다 정말 수고하셨어요! 다음이 마지막── 아니, 메인이벤트랍니다!"

"……아직도 할 일이 남았어……? 그 이전에 너의 그 무한한 체력은 어디서 오는 거야……?"

　"……시로…… 자고 싶어……. 스테프…… 언제, 잘 수……
있어……?"

　지난 7일 동안, 스테프는 항상 소라와 시로의 곁에 대기하고 있
었다.

　다시 말해 스테프도 두 사람과 같이 분 단위로—— 아니, 그 정
도가 아니라 식전 진행, 관리도 포함한 백업의 책임자이기도 했
다. 주최인 두 사람보다도 더욱 바빴을 텐데……??

　그렇게 흘겨보는 소라와 시로.

　하지만 스테프는 유래를 알 수 없는 무한한 체력으로, 만면의
웃음과 함께 대꾸했다.

　"가장 중요한 행사가 남아 있잖아요——. 두 분의 생일 파티랍
니다!"

　——호오.

　실제로 이번 식전은——『생일과 즉위 1주년을 겸한 식전』이
라고 들었다.

　그런 것치고는 이제까지 '생일'의 요소가 없었는데——.

　"지루한 행사에 일주일이나 함께해 주셔서 정말 죄송해요. 그
래서 마지막은 화끈하게! 두 분의 생일을 개인적으로 축하하고
싶은 분들과의 사적인 생일 파티를 준비했답니다!!"

　사적인 생파……. 그렇군.

　스테프 딴에는 최대급의 서프라이즈와 위로를 겸한 것이리라.

하지만——.

"……그렇구나. 생일……. 뭐, 그래도 시로에게는 축하할 일이지…… 응……."

"……생일…… 열두 살…… 1밀리도 성장, 안 했……는데 12세……."

"생일 파티를 한다는 말씀을 드렸는데 그렇게 절망과 갈등에 물드는 사람이 있나요?!"

최고의 서프라이즈에, 공허한 눈에서 다시금 빛을 지우고.

썩어 문드러져 가는 표정을 짓는 소라와 헛소리를 중얼거리는 시로에게, 스테프는 비명을 질렀다.

"저, 저기…… 역시 기념식전 때문에 너무 무리를 시켰——죠. 그, 그렇게까지 피곤하시면 다른 분들께는 제가 잘 설명드릴 테니까 날을 다시 잡아도——."

"어어…… 아니야. 그게 아니고…… 그런 게 아니야, 스테프……."

송구스러움에 몸 둘 바를 모르는 스테프의 말을 가로막으며, 소라는 머리를 가로젓고——.

"……생일이 경사스러운 건 18세까지잖아."

"…………."

"………………네? 그, 그런가요?"

한 치의 의심도 없이 단언하니 스테프는 자기도 모르게 자신의

상식을 의심하고,

"설마 몰랐던 거야……? 하는 수 없지. 그럼 자세히 가르쳐 줄 게……."

소라는 깊이 탄식하더니 말을 이었다.

"우선, 애초에── '나이를 먹는 메리트' 란 뭐지?"

"……? 메리트……? 그건…… 여러 가지 있잖아요?"

"그래, 여러 가지 있지. 왜냐하면── 나이를 먹는 것은 차유를 얻는 것을 의미하기 때문이다."

그렇다── 구체적으로는.

"예를 들면 몸의 성장, 발달, 무엇보다도 '권리 해방' 에 따른 행동의 차유화."

"……시로, 1밀리, 도…… 발달하지 않았, 지……만……."

원념을 토해내면서도 후반부에는 동의하는지, 시로도 고개를 끄덕였다.

"그래── '자유' 야. 계약의 자유, 운전면허 등 자격취득의 자유, 부모의 비호로부터 벗어날 자유, 일을 해 돈을 벌 자유──. 다시 말해 자신의 의지로 자신의 인생을 결정할 차유!"

"……웃! ……혼인의, 차유……! ……앞으로, 6년……!"

흠칫하며, 절망에 저항할 요소를 발견했는지 힘차게 말을 덧붙이며 고개를 드는 시로에게.

소라는 잘은 모르겠지만 아무튼 회복되어 다행이라며 시로에게 고개를 끄덕였다.

그렇다. 혼인의 자유—— 다시 말해 성적인 자유.

요컨대—— 에로 컨텐츠를 접할 자유——!!

"아아!! 그야 어릴 때는 어른이 되는 것이 기대됐지!! 특히 사춘기를 맞은 후로 18세 생일을 꿈꾸지 않았던 날이 없었어!! 에로게임과 에로 만화와 에로 동인지와 에로 동영상을 접할 권리——궁극의 자유를 손에 넣는, 축복으로 가득 찬 그날을! 손꼽아 헤아리며 기다렸지!! 나이를 먹는다는 건 기대였으며—— 그야말로희망이었다!!"

"에로뿐이잖아요?! 다른 건 없어요?!"

"없지!! 남자의 머릿속 따위 60퍼는 에로가 차지하니까!!"

"단언?! ——어, 아니잖아요? 소라만 그렇잖아요?!"

아울러 나머지 40퍼도 부와 지위—— 다시 말해 여자한테 인기끌고 싶다는 갈망이며!

인기를 끈 후에 기다리는 것을 생각해 보면 결국 에로이기에!

넓은 의미에서는 '100퍼 에로'가 차지하고 있다고까지 고찰하는 소라. 그러나.

뭐~ 그건 개인 차이도 있을 테니까 단언하진 말자, 라고 겸허하게 받아들이고, 말을 이었다.

"이리하여 명백히 18세까지는 분명, 나이를 먹는다는 것은 거의 메리트뿐!! 따라서 생일이 축복받아 마땅한 기념일이라는 데에 의심의 여지는 없다!! 아아—— 그러나아아!!"

전압을 올리며 말하던 소라가—— 느닷없이.

"그렇다면—— 그 이후는……?"

감정이 죽어 버린 가면 같은 얼굴로 말을 잇는 소라에게, 스테프는 자기도 모르게 숨을 삼켰다…….

19세 이후—— 기껏해야 술과 담배…… 자잘한 제한이 없어지는 정도다.

그러나 소라는 관심이 없고, 하물며 그런 것들을 고려한들—— 20세에서 끝이다.

그러면 20세 이후는? 30세, 40세 이후는——?

"19세 이후로 나이를 먹어 얻을 수 있는 권리와 자유—— 그딴 건 없어."

그렇다. 오히려——!!

"노동과 납세!! 강제적 사회 공헌—— '의무' 만이 늘어나지!! 나이를 먹어 육체는 쇠하고 정신은 경직되고! 희망으로 가득 찼던 미래는 어느샌가 오늘을 살아가는 데 급급한 불안으로 찌들며! 일에 쫓겨 사라지는 자유와! 남은 수명을 헤아리는 인생이 기다리고 있을 뿐이다!!"

"나이 먹는 걸 저주하기에는 너무 이르고 소라는 1년 전부터 이미 왕이었는데요?! 그런 비통한 대사는 하루라도 사회 공헌과 노동의 의무를 다한 다음에나 해 주실 수 없을까요?!"

"……그리고, 빠야, 25세…… 시로가 18세, 되면…… 어떤 권리, 해방, 되는데……? ……아, 하지만…… 하긴…… 굳이 따지

차면······ 의무, 겠네······."

스테프의 적확한 반론과, 시로의 뭔지 모를 지적.

하지만 그런 것들은 우아하게 무시되고.

소라는 단언한다. 생일이 경사스러운 것은 18세—— 딱 잘라 오늘까지라고!!

——그렇다면 시로는 둘째 치고, 19세인 소라 자신이 축하받을 이유란 뭐지?

그렇게 절망에 얼굴을 물들일 근거를 모두 밝힌 소라에게,

"아뇨! 생일이란 건 그렇게 복잡한 이야기가 아닌걸요?! 생일이란 1년을 무사히 살 수 있었다는 걸 감사하고 축하하는 날——. 그냥 그것뿐인 단순한 이야기잖아요?!"

소라의 페이스에 말려들었던 사실을 깨닫고 그렇게 울부짖는 스테프.

하지만——.

"그렇구나. 그렇다면 스테프—— '산다'는 건 애초에 뭐지?"

"————진짜······. 이번엔 또 뭐예요오······."

여전히 철학적인 물음을 던지는 소라에게, 스테프는 진저리를 치며 대답했다.

——산다는 것은 무엇일까······?

애초에 생명이란, 거의 대부분이 태어난 순간 언젠가 죽을 것이

결정되어 있다.

이마니티의 경우—— 최대의 행운을 얻어 기적에 기적을 거듭한들—— 120년 전후.

자칫하면 내일, 뭣하면 1초 후에라도 예측하지 못한 사태로 갑자기 죽을 수 있을 것이다.

그렇다면 생명은—— 태어난 순간부터 천천히, 그저 계속해서 죽어가고 있는 것은 아닐까……?

이를 전제로—— 그렇다면 '산다'는 것은 무엇인가?

"—— '산다'는 건…… '희망하는 것'이라고 생각할 수 있지 않을까?"

"…………"

"무언가를 이루고, 이루기를 바라고, 계속 걸어가는 것——. 그것이 '산다'는 것 아닐까."

그렇다……. 이 '삶'이—— 아니. 이 '죽음'이.

언젠가 끝나고, 최후에는 모든 것이 흙으로 돌아가 무의미해짐을 알면서도, 그러고도.

그럼에도 말 그대로—— 그렇다……. '필사'적으로.

무언가를 바라고, 쌓아 올리고자 나아가는 그 의지야말로 '산다'는 것 아닐까?

무엇을 이룰 마음도 없이, 이루겠다는 바람도 없이, 그저 막연히 존재할 뿐이라면——.

그것은 분명…… 산 것이 아니다.

그저 죽어가고 있을 뿐인 것이다…….

"그러면 이를 전제로, 축하를 받아야 한다는 나의 지난 1년을
돌이켜보도록 할까……."

왕이 되어, 말 그대로 다종다양한 초절미소녀에게 에워싸여 지
낸── 지난 1년.

그랬지만 결국은 아무 것도 이루지 못하고── 여친도 못 만들
고, 동정남인 채 지나간 1년.

다시 말해, 1년은 고사하고 앞으로 10년, 100년이 지나도──
자신은 동정남일 것이라고.

그런 확신만을 얻었던 지난 1년에 대해, 자아, 과연!

대체 어디에…… '희망' 이 있다는 것인지…………?

"1년 살았다는 걸 감사하는 날──? 그럼 나는 살지 않았으니
까 축하받을 이유가 없겠네……. 차라리 장례식이라도 열어 주
는 편이 그나마 납득이 갈지도……."

이제는 도리어 산뜻하기까지 한, 해탈의 경지에 도달한 얼굴로
마무리를 짓는 소라에게.

"……여친이 안 생기는 정도로 그렇게까지 절망할 수 있다니,
이젠 대단하다는 생각까지 드네요……."

"……그렇다기, 보다…… 빠야, 쫄지만 않으면…… 언제든,
하렘 만들 수, 있는데……."

스테프는 고사하고 이제는 시로까지도 어이없다는 눈으로 쳐

다보았다.

　그렇게 마침내 식당 앞에 도착했을 때, 인내심의 한계에 도달했
는지——.

　"아~~~ 진짜~~~ 됐으니까 가자고요!! 이 문 너머에 답이 있
으니까요!!"

　스테프는 다짜고짜 소라의 손을 잡고 문을 열었다.

　——그리고…….

　　　　■ ■ ■

　"소라, 시로!! 생일 축하한다, 요!!"

　문이 열린 것과 동시에 다른 목소리를 지워 버릴 만한 대음량의
축하와 함께.

　불쑥 뛰어든 커다란 귀와 꼬리의 워비스트—— 하츠세 이즈나.

　"………………."

　눈앞에 펼쳐진 광경을 인식한 소라와 시로는, 곤혹스러워 말을
잃어버렸다——.

　식당에는 스테프의 말대로—— '개인적으로 소라와 시로의 생
일을 축하하고 싶은 모두' 가 있었는지.

　뛰어들어 안긴 이즈나 외에도, 이미르아인, 티르, 호로——.

　그리고 광륜을 머리 위에 얹은 플뤼겔—— 지브릴이 소라와 시
로를 박수로 맞이해 주고 있었다.

──이즈나의 할아버지인 하츠세 이노, 플럼까지도 있었던 것은 의외였지만.

이노는 뭐, 이즈나의 보호자라서 왔겠지.

그리고 플럼은 틀림없이 엉덩이로 깔고 앉은 그 커다란 물병 때문이겠지만──.

"아, 나중에 포에니크람 씨도 올 거예요. 말을 전해 달라고 했는데── '지금 에르키아에 모인 다종족의 연애 부추기느라 초~바쁘거든! 나중에 합류할게.' 라고 해요."

하지만 소라와 시로는 망연자실한 채──.

"뭐, 아무튼! 주인공은 얼른 자리에 앉아 주세요 ♪"

스테프에게 손을 잡혀 테이블의 상석에 앉았다.

다시금 주위를 둘러보니── 평소 이용하던 식당은 북적거리는 분위기로 바뀌어 있었다.

아마도 이 자리에 모인 멤버가 직접 만든 것으로 보이는 리본이며 종이 세공, 선명한 색깔의 태피스트리, 컬러풀한 양초며 꽃이 가득가득 쌓여 장식되었으며.

그리고 생일 파티 테이블에는, 이것도 아마 스테프의 수제겠지만──.

지난 일주일 동안의 회식에서 실컷 보았던 진수성찬보다도 더 맛있을 것 같은 요리가──.

"마스터? 송구스럽사옵니다. 무언가 마음에 드시지 않으셨나이까?"

"어——? 아, 아니…… 그런 거 아니야. 그게 아니고…….”

“……조금…… 아니…… 많이, 놀랐……달, 까…….”

——잘 생각해 보니, 이런 식으로 생일을 축하받은 적이 없었구나, 하고.

게다가 '개인적으로 자신들의 생일을 축하해 주고 싶다'는 사람이 이렇게나 있었다니, 하고.

박수나 축복에도, 어떻게 반응해야 좋을지 그저 곤혹스러워하기만 하는 소라와 시로.

그런 두 사람에게——.

——스윽, 하고 한 걸음 앞으로 나와, 우아하게 스커트 자락을 잡고는.

“【축사】: 주인님 및 여동생님. 두 분의 생일에 본 기체는 『마음』에서 우러난 인사를 보내고 싶음. 축하해.”

어딘가 평소보다도 격을 갖춘 인사와 함께 고한 이미르아인은 말을 이었다.

“【선물】: 본 기체 및 전연결지휘체가 보내는 증답품을 마련. 받아주면 기쁘겠음. 부끄.”

평소대로 무표정하지만 살짝 뺨을 붉힌 것 같은 착각이 드는 목소리는——.

“잠깐——. 선물은 케이크랑 요리 다음에 주는 거라고 순서를 설명드렸잖아요?!”

“【긍정】: 다만 본 기체는 동의하지 않았음. 선수필승. 본 기체에 대한 주인님의 호감도를 우선 상승."

　제지하는 스테프를 그렇게 일축하고 당당하게 새치기를 선언한 것과—— 동시에.

　——『포——옹』.

　소라와 시로, 두 사람의 스마트폰에서 알람 소리가 높이 울려 퍼졌다.

　화면에는 『알 수 없는 파일을 수신했습니다』라는 메시지가 있었다.

　……『수신하시겠습니까』가 아니라 『수신했습니다』라고…….

　다시 말해 소라네의 원래 세계—— 이세계의 기술로 만들어진 단말에 손쉽게 간섭해, 심지어 일방적으로 데이터를 송신해 버렸다는…… 보안 따위 존재하지도 않았다는 것과 같은 알람.

　자중할 줄 모르는 엑스마키나에게, 소라는 체념과 함께 허탈한 웃음을 지으며 화면을 탭했다.

　송신된 파일의 내용을 표시하고 확인하자——.

　——자신은 틀림없이 '살아 있다'는 것을 이해했다…….

　"【보고】: 본 기체의 해석에 따르면 주인님은 본인 및 여동생님의 의사에 따라 본 기체와의 성교는 불가. 다만 과거의 발언 및 언동을 통해 '자위 행위'는 문제에 저촉되지 않는다는 것은 이미

확정. 또한 주인님이 현재 가장 바라는 것은 본 기체를 비롯한 엑스마키나에 의해 손실된 '반찬'의 보충이라 추정."

그렇다── 그것은, 그것이야말로 초월연산기^{하이퍼 컴퓨터}가 이룰 수 있었던 위업.

소라와 시로의 생태, 사상, 의사 행동 패턴을 통해 그 구멍까지도 분석하고 해석하기에 이르렀던.

너무나 완벽하면서도 궁극의 생일 선물이었다──. 아아──!!!

"【불안】: …… '본 기체의 셀카' …… 반찬으로, 쓸 수 있을까……요?"

그렇다……. 그것은 눈앞에서 수치심에 몸을 꼬물꼬물 비트는 미소녀^{메 카 소 녀}의── 그, 뭐랄까?

에둘러서 말하자면── '망측한 모습'의 대용량 데이터였다.

수백 장에 이르는 정지화상과, 스마트폰 용량의 10퍼센트를 점유하는 고화질 동영상을 보고.

"물론이지. 고마워 이미르아인. 분명 난 이걸 위해 살아왔을 거야……!"

깊은 절망을 넘어선 소라는 맑디맑은 심경으로.

아침 햇살처럼 눈부신 미소와 함께, 엄지를 척 세우며 가슴에 가득 찬 희망을 안고, 생각했다──.

──조오았써아앞으로1년더살아 볼까!! 하고──!!

"……장황하게 얘기했던 '산다'가 그런 인스턴트 결말이어도 되는 거예요……?"

어이가 없어진 스테프의 목소리는 당연하다는 듯이 무시하고.

살아갈 희망을 컵라면보다도 즉석에서 얻어 힘차게 다시 일어난 소라──. 그러나.

"──응? 아니, 잠깐 기다려 봐……. 설마 시로한테도 이거 송신했어?!"

조금 전 시로의 스마트폰에서도 같은 알람이 울렸던 것을 떠올리고.

자신의 무릎 위에서 말없이 스마트폰을 응시하는 시로에게 당황한 목소리를 냈지만──.

"【부정】: 여동생님에게 본 기체의 셀카는 수요가 없음. 또한 여동생님의 해당 데이터 열람은 윤리 규정에 저촉. 【첨언】: 주인님 이외의 해당 데이터 열람. 절대 거절. 【보고】: 여동생님께는 아인치히의── 전연령 대상 데이터를 송신했음. 안심해."

그 답에 소라는 자신을 통렬히 부끄러워했다.

그렇다, 이렇게까지 완벽한 선물을 보여 준, 상식을 초월한 기계 소녀가.

자신 따위가 생각할 수 있는 문제점을 검토하지 않았을 리가 없지, 라며.

안심하는 수준을 넘어서 황송할 정도로 지극정성을 다하는 배려였다──.

그러나.

"⋯⋯? 그럼 시로는 뭘 그렇게 뚫어지게 보고 있──."

"⋯⋯빠야, 조용히, 해봐⋯⋯? 지금, 집중하는, 중⋯⋯!"

무시무시한 속도로 스마트폰에 손가락을 미끄러뜨리고 화면을 응시하는 시로를 대신해.

"【확인】: 두 주인님의 원래 세계── 일본에서 『문예』에 연령 제한은 없음."

소라의 물음에 답한 것은 역시 이미르아인이었다.

"【공개】: 여동생님에게 송신한 것은 아인치히 혼신의 역작. 인류어 92만 자 분량의 『小說』."

⋯⋯⋯⋯호오.

기계 종족이, 마침내 예술 창조까지 시작했단 말인가⋯⋯.

뭐, 이제는 인간보다도 인간다운 초월기계인 엑스마키나라면 _{이 녀석들} 새삼스레 놀랄 것도 없지.

따라서 신경 쓰이는 것은 시로의 눈을 붙잡아 놓은 그 예술의 내용이며──.

"【상세】: 『사랑스러운 이와 아인치히』를 주제로 한 관능소설. 아인치히는 주인님에게 송신할 것 또한 엄명. 본 기체는 독단으로 이를 기각. ⋯⋯일단 【확인】: 주인님⋯⋯⋯⋯ 볼래?"

"보긴 뭘 봐. 이미르아인 나이스 독단이다──. 근데 시로, 그런 거 보고 있었어?!"

재밌냐 그거?! 그렇게 빠져들 정도로?!

그놈의 고철이 직접 쓴—— 나와 고철의 드림 소설이?!?!

"……ㅃㅑ가 수…… 해석, 일치…… 엑스마키나…… 역시 무서운, 종족……!"

——믿을 수 없게도, 보아하니 시로 또한 선물에 매우 만족한 모양이었다…….

이제는 소라조차 이해할 수 없는 시로의 일면을 이해하고 있는 듯한 기계 종족은,

"【주장】: 선물은 수취인이 기뻐하는 것이 아니면 무의미."

그런 말과 함께 얄팍한 가슴을 펴며, 희미한 미소를 지었다.

그러나 그 말은 명백히 소라와 시로가 아닌—— 그들의 등 뒤로.

"…………."

호박색 눈에 십자가와—— 지금은 분노를 머금은 지브릴에게 향한 것이었다.

하지만 그쪽에는 시선조차 주지 않은 채, 이미르아인은 입가를 일그러뜨리며—— 비웃었다.

"【의문】: 번외개체가 손에 든 물건—— 주인님이 질겁할 확률 96.7퍼센트의 불명생물 두개골. 또한 현시점에서 두 주인님이 해독 곤란할 것으로 추정되는 고대 천익문자로 기록된 서적——. 해당 2가지. 두 주인님에게 드릴 선물과 관계가 있는지? 본 기체 잘 모르겠어~."

"…………크, 크윽……?!"

"아니…… 어~ 지브릴? 선물이란 건 마음의 문제니까——."

양쪽 모두 지브릴에게는 특별한 가치가 있는 소중한 보물일 것이라며.

조롱하는 말에 반론하지 못하고 부들부들 떠는 지브릴에게 황급히 실드를 쳐 주려 했다. 그러나——.

"【긍정】: 마음의 문제. 무엇을 주면 기뻐할지 추정하는 그 마음. 노력의 문제."

이미르아인은 소라에게 동의를 보이면서도.

"【필연】: 그 마음조차 없는 선물. 강요나 마찬가지. 민폐. 바보나 하는 짓."

그리고 마침내 지브릴에게 몸을 돌리고는, 인형처럼 고운 얼굴에 아름다운 미소를 머금으며.

짐짓, 갸우뚱—— 하고, 기계장치와도 같은 동작으로 고개를 갸웃하며, 물었다.

"【질문】: 해당 2가지는 번외개체가 두 주인님께 드리는 선물입니까?"

"——————————."

"【정정】【자답】【사죄】: 있을 수 없는 일. 플뤼겔의 지능지수가 현저히 낮은 것은 주지의 사실. 그러나 1년을 함께 보냈던 자칭 제1종자가. 그 정도 노력을 하지 않고. 선물을 고를 리가 없음. 본 기체의 현저한 오판임에 의심의 여지는 없음. 정중히 사죄함——. 송구스럽사옵니다♥"

…….

그것은—— 몇 초 정도의 정적이었을 것이다.

그러나 말미에 유창한 목소리 흉내를 덧붙인 이미르아인의 온 힘을 다한 도발에.

극한에 이른 지브릴의 살의는 그 몇 초를 마치 영원처럼 느끼게 만들었으며──.

"…………마스터. 시로 님. 주인의 탄신을 축하하는 자리에서 불경천만하오나── 태블릿의 차용과 일시 이탈을 윤허하여 주실 수 있겠나이까. 10분…… 아니, 5분 후에 돌아오겠나이다. 송구스럽사옵니다."

이미르아인에 대한 살의와 두 마스터에 대한 축하──.

쌍방을 저울에 올린 끝에 아무래도 후자로 기울었는지, 지브릴은 태블릿을 받아 들고는 고개를 숙인 후 즉시 허공으로 사라졌다.

그리고──.

"【보고】: ──이상, '번외개체의 셀카'도 포함된 주인님의 반찬 중답 시퀀스, 종료. 주인님. 본 기체의 노력을 평가한다면 칭찬해 주기를 요구함. ……쓰담쓰담해 줘."

──지브릴을 도발해 유도한 것까지가 '선물'이었다며.

계획대로라는 미소를 머금고 고개를 숙이는 이미르아인의 머리를, 소라는 요구하는 대로, 더할 나위 없이 부드럽게 쓰다듬어 주며── 생각했다.

──지브릴과 이미르아인, 의외로 사이좋게 잘 지내고 있구나, 하고…….

"길다, 요?! 이즈나도 소라랑 시로한테 선물한다, 요!!"

새치기를 당하고도 예의 바르게 순서를 기다리던 이즈나도 마침내 한계에 달했을까.

소라에게 쓰담쓰담을 받고 있는 이미르아인의 머리를 밀치고는 두 사람 앞에 몸을 내밀며.

"소라, 시로! 이즈나 선물이다, 요! 받아라, 요!!"

그렇게 외친 이즈나가 내민 것은—— 조그맣게 접힌 종이 다발이었다.

직접 만든 것으로 보이는 5장 한 묶음의 종이에는, 서툰 인류어 손글씨로 이렇게 적혀 있었다——.

"……『하루만 뭐든지 해 주는 티켓』——? 에? 뭐든 해 준다고?"

"……이즈나, 땅…… 뭐든, 해 준……다고, 했, 어……?!"

"무————무엇이라고오오오오오?!"

내용을 읽은 소라와 시로의 말에, 하츠세 이노가 큰 목소리로 비명을 질렀다.

그러나 그런 할아버지의 비명 따위 들리지 않는 듯——.

"……이즈나는, 뭐 주면, 소라와 시로, 기뻐할지 생각했다, 요. 엄~~~~~~~청 생각했다, 요. ……그치만, 역시 모르겠다, 요. ……미안하다, 요…….."

그렇게 송구스럽다는 듯이 귀와 꼬리를 늘어뜨리는 이즈나. 그러나 갑자기.

"그러니까 소라랑 시로가 정해라, 요! 소라, 시로! 이즈나가, 뭐 해 주면 기쁘냐, 요?!"

마침내 떠올린 나이스 아이디어를 자랑하듯 가슴을 펴며 웃음과 함께 묻는 이즈나에게.

이번에야말로 이노의 비명—— 아니, 포효, 통곡이 식당을 뒤흔들었다.

"이, 이즈나?! 할아버지한테는 『안마 티켓』도 준 적 없었으면서?!"

"? 영감 강하니까 이즈나 안마 의미 없다, 요? 마사지나 다녀와라, 요."

"그런 문제가 아니고 말이다아?! 귀여운 손주가 이렇게, 통통, 통통, 하고!! 어깨를 두드려 주는 건 모든 할아버지의 꿈이라서—— 아니! 그런 건 지금 상관없다!!"

영혼의 절규를 삼키고, 한편으로는 눈물을 닦은 이노는—— 처억! 하고!

소라와 시로를 삿대질하며 힘차게 부르짖었다!

"『뭐든지 해 주는 티켓』이라고?! 그딴 것을 저 망할 원숭이 두 마리에게 넘기면 무슨 악랄한 짓을 당할지——! 이즈나, 대체 무슨 생각을 한 게냐————— 크욱?!"

——이노는 고함을 지르며 소라와 시로의 손에서 티켓을 빼앗으려 했겠지만.

이즈나가 소라와 시로에게 『증여』한 이상 그것은 이미 소라와 시로의 소유물이므로.

십조맹약에 따라 '약탈 행위'를 캔슬당한 이노는 이를 드러내며 으르렁거렸다.

──지금 당장 그걸 이즈나에게 반납해라, 라고.

그렇지 않으면 정식으로 게임을 청해 탈환하겠다──! 이 목숨을 걸고서라도──!! 라고.

그렇게 결연히 시선으로 말하는 이노.

하지만──.

"……영감. 이즈나, 화낸다, 요……?"

당사자인 이즈나는 불쾌한 듯, 그 귀여운 얼굴을 일그러뜨리며 이노를 노려보았다.

"소라랑 시로, 이즈나가 진짜로 싫어하는 짓, 시킬 거라 생각하냐, 요?"

"──으, 으음……."

하긴──. 그럴 일은 없을 것이라고, 이노는 생각했다.

소라와 시로의 윤리관은 기묘할 정도로 보수적이어서── 소라와 시로가 이즈나에게 망측한 행위를 한다는 의심은 머릿속을 스치지도 않았다. 스스로도 놀랄 정도로, 보아하니 자신도 그 정도는 소라와 시로라는 이마니티를 신용하고 있는 모양이라고 내심 인정했다.

그러나── 어디까지나 그뿐이었다.

그 이외의 방법으로 악용하지 않으리라고는 믿을 수 없었으므로——.

"그리고 망할 원숭이 소리 이제 좀 그만해라, 요. 할아버지 예의 없다, 요!!"

"————크……으그우우욱?!"

……이즈나의 친구를 모욕하지 말라고…… 아니, 그 이전의 이야기로.

연방에 몸을 담고, 다종족 공영을 내세우는 자로서 지켜야 할 예의가 있다고.

사랑하는 손녀에게 최소한도의 예절을 설파당해, 이노는 아무 말도 못한 채 고개를 숙였다.

그러나——.

——후. 후후후…….

"고마워 이즈나. 뭘 해 달라고 할지 천천히 생각해도 될까?"

"……고마, 워…… 이즈나땅…… ♪"

"좋다, 요! 언제든 말해 줘도 된다, 요!!"

한 점의 의심도 없는, 순진한 이즈나의 눈빛에, 소라와 시로는 만면의 미소로 대답하고—— 비웃었다.

흐흐흐…… 하츠세 이즈나. 참으로 똑똑하고—— 그러나 순진한 아이구나.

신뢰해 주었는데 미안하지만, 이 세계의 기본적 대원칙은 속고 속이는 것!

　이번에 한해서는 하츠세 이노의 의구심이야말로 압도적으로 옳았다──!!

　──사람은 배신한다. 유대도, 추억도, 과거도, 아무런 보장이 되지 않는다!!

　그렇다, 간단히 남을 신뢰해서는 위험하다는 사실을 교육시켜 주어야만 하리라.

　──뭘 해 달라고 할지, 천천히 생각한다고? 하하하, 설마.

　이 티켓을 받은 순간 이미 소라는 5장 중 4장은 '고문' 에 쓰리라고 결심하고 있었다──!!

　그렇다, 고문이다──. 우선 첫 번째 티켓으로 『물고문』을 한다……!

　스테프에게 부탁해서, 싫어하는 이즈나를 억지로 목욕탕에 데려가 구석구석까지 씻길 것이다!!

　이어서 두 번째 티켓으로── 이번에는 『구속』한다……!

　꼼꼼히 말리고, 이즈나가 그만 해 달라고 울며 애원할 때까지 꼼~꼼히 브러싱!!

　그렇게 해서, 안 그래도 복슬복슬한 이즈나땅이! 본의 아니게 한층 더, 보들보들 복슬복슬해져도── 큭큭, 무자비한 '고문' 은 끝나질 않지!

　그렇다── 세 번째 티켓으로, 이번에는 『감금』한다……!

소라와 시로에게 복슬복슬을 만끽당하면서, 이제는 졸리다고 비명을 지를 때까지 게임에 동참시킨다……!

그리고 결정타, 네 번째 장으로——『학대』한다!

그대로 부드러운 꼬리를 베개 삼아 함께 자는 것이다——!!

큭큭큭……. 남은 한 장으로 뭘 시킬지는 그다음에 분위기를 살피며 결정하도록 하지…….

그런 사악하고 포악한 꿍꿍이의 상세한 내용까지는 이노도 알 수 없었으나.

소라와 시로의 웃음 속에 도사린 그 악의만은 확실하게 읽어냈으리라.

쏘아 죽일 듯이 날카로운 시선을 보내는 하츠세 이노와 두 사람의 조소가 교차하고——.

"다 끝나셨지 말입니까아?! 그러면 3번, 니이 티르빙의 차례이지 말입니다!!"

——쿠웅! 하고.

예쁘게 포장된 거대한 상자가 테이블을 삐걱거리게 했다.

험악한 분위기도 파악하지 않고 소리를 지른 것은 미스릴 머리카락과 오리할콘 눈동자를 가진 드워프.

이마에 한 쌍의 뿔이 난 갈색 피부의 몸집이 작은 소녀—— 티르였다.

"생일 선물 하면 이거지 말입니다!! 하덴펠 최고봉의 양조장 발그레이브 가문의 특선 크래프트 에일 전 종류 세트――!! 이지 말입니다~~아!!"

그리고 티르는 어이없어하는 일동을 내버려 둔 채 자랑스러운 웃음을 지으며 스스로 포장지를 찢어 버렸다.

티르 자신의 키만큼 거대한 병을 계속해서, 대충 20병 정도를 꺼내 테이블에 즐비하게 늘어놓았다.

……이 자리의 전원이 마셔도 한 병을 비울 수 있을까? 싶어지는 양의 술을 앞에 놓고――.

"아, 에르키아는 음주 20세부터이지 말입니다. 소라 공과 시로 공의 몫은 물론 논알코올이지 말입니다! 괜찮지 말입니다! 발그레이브 표는 틀림없지 말입니다! 맛은 보장하지 말입니다!!"

그렇다―― 최고로 맛있는 음료로, 우선 소라와 시로를 기쁘게 해 주고.

다른 참가자들도 듬뿍 대접해 파티의 분위기를 띄운다……!

그야말로 완벽한 선물! 이라고 절대적인 자신감과 함께 납작한 가슴을 펴는 티르.

그러나――.

"……어―…… 응. 땡큐?"

"……응. 티르, 고마, 워?"

………….

"어, 어라아?! 혹시 하나도 안 기쁜 거지 말입니까?!"

바닥을 기는 텐션으로 대충 대답하는 소라와 시로의 모습에 경악해 눈을 크게 떴다.

"아니, 그~ 솔직히 말해서, 술에는 별로 관심이 없거든……."

"……냄새, 나고…… 주정뱅이, 이미지, 안 좋고……."

"심지어 논알코올이라면, 그냥 쓴 주스잖아? 까놓고 말해 의미를 모르겠어."

"에, 에에에에엑?! ──수, 술에 관심이 없는 익시드가 있지 말입니까아?!"

──술에 관심이 없는 생물이 있다는 사실이 상상의 범주를 벗어났을까.

경악해 온몸을 떨며 외치는 티르에게, 스테프가 뺨에 손바닥을 대며 말을 이었다.

"저도 마셔 본 적은 없지만, 술에는 그다지 좋은 이미지가 없어서요……."

"저도──라고 해야 하나, 워비스트는 별로 마시지 않습니다. 무녀님은 애음하시지만 일반적으로 술은 워비스트의 미각에 자극이 지나치게 강한지라……."

"【고찰】: 음주. 주정(酒精)의 작용에 의한 명정(酩酊) 상태. 착란을 즐기는 기호품. 무의미한 행위."

……소라나 시로와 마찬가지로 20세 미만인 스테프는 그렇다 쳐도.

노년의 이노에게는 종족 단위로 부정당하고, 심지어 이미르아인에게는 무의미하다는 선언까지.

──에, 진심으로 하는 소리지 말입니까? 하며.

오리할콘 눈동자를 크게 뜨고 말문이 막혀 버린 티르에게, 소라가 고개를 갸웃하며 물었다.

　"근데 베이그한테 술 냄새 난다고 욕하지 않았어? 그래서 티르도 술 안 마시는 줄──."

　"두령은 맨날 목욕을 안 하니까 썩은 할아버지 냄새가 지독한 것뿐이지 말입니다?! 적정량의 술에 죄는 없지 말입니다!! 아니, 저기, 진심으로. 틀림없이 맛있으니까요진짜로."

　떨떠름한 표정을 짓는 소라에게 티르는 열변을 토해댔다.

　"몰라서 그러시는 거지 말입니다!! 자, 자자! 이 누나가 마시는 법을 자알~ 가르쳐 드리지 말입니다! 자자, 소라 공 시로 공, 스테프 공도! 우선 논알코올로 한 잔 쭈욱!"

　어지간히 인정할 수 없었는지 서둘러 병을 하나 따서 술잔에 따르고는.

　불쑥불쑥 들이대는 티르에게, 소라와 시로, 스테프는 어쩔 수 없이 잔을 받아 들었다.

　그리고 소라는 투덜투덜 불만을 늘어놓으면서도──.

　"……괜찮긴 한데 말야…… 이거 우리 원래 세계에서는 '갑질' 이거든……? 그리고 이제 슬슬 제대로 확인을 좀 하고 싶은데, 티르의 그 누나 설정. 어디까지 진심인지──── 어씨뭐야 이거!! 에에엥?! 야 뭔데 이거 겁나 맛있잖아아아아, 엉?!"

　한 모금 마신 직후에 불만도 의문도 모조리 날려 버리는 비명을 질렀다.

"네? 이게 술이라고요? 아니, 논알코올이니까 정확하게는 아니겠지만……."

"……완전…… 맛있, 어……. 어…… 뭐야, 이거……?"

"홋홋홋이지 말입니다! 그것 보시지 말입니다?! 미리 말해 두겠지만 아무리 발그레이브 가문의 에일이라도 역시 논알코올은 원래 맛보다 떨어지지 말입니다!! 술을 마실 수 있게 되는 내년을 기대하시지 말입니다?!"

소라와 스테프, 그리고 시로까지도 절찬하는 모습에 티르는 더할 나위 없이 얄팍한 가슴을 폈다.

——진짜야? 이렇게 맛있는 게 '원래 맛보다 떨어진다'고……?

이거라면 정말로 술을 마실 수 있게 되는 내년이 기대——.

"【보고】: 유기 생명체의 주정 섭취. 전두엽의 일시적 기능 저하. 또한 장기 복용에는 뇌의 수축, 간 기능 저하도 확인됨. 주인님. 음주에 대한 흥미는 비추천——."

"시꺼!! 설교는 '퍼큐' 이지 말입니다!! ——퉤엣!!"

담담히 경고하는 이미르아인에게 티르는 웬일로 드세게 반론했다.

"지나치면 물도 독이 되지 말입니다! 안 마시고 못 배기는 인생—— 적정량의 술을 즐길 여유도 없어지면 끝장이지 말입니다!! 퉤퉤퉤———— 퉤엣!!"

……어째서일까. 티르의 외침에 반박불가의 강렬한 설득력이 느껴진다……

"······이럴 수가. 이건······ 확실한 자극, 그러나 그것을 아득히 웃도는 향과 깊이······ 니이 공, 이 에일은 워비스트의 혀에도 맞는구려. 수출하실 마음은 없으신지——. 틀림없이 잘 팔릴 겁니다."

"——【수용】: 본 기체의 인식 부족. 인정. 경이적인 미각 정보. ······이거 맛있어."

"큭큭큭······. 그렇지 말입니다? 그렇지 말입니다!!"

알코올이 들어간 에일을 마신 순간, 이노만이 아니라.

이미르아인까지도 손바닥을 뒤집으며 절찬하는 모습에——.

"············저기······ 나도 그거 한 모금 정도는 맛봐도 괜찮지 않으려나······?"

"당연히 안 되죠? 왕이 법을 지키지 않으면 어떡해요."

"그렇고말고 내가 왕, 내가 법이다! 지금부터 에르키아의 음주 연령은 19세로 낮추겠다!!"

"저기요——?!"

욕망을 홀랑 드러내고 폭군으로 변한 소라가 외치, 지만—— 이어서 투하된 시로의 말.

"······응. 시로도, 임금님······ 에로 해금 연령, 혼인 연령, 도······ 한꺼번에 12세로, 할——."

"아아!! 사리사욕으로 법을 왜곡하는 것은 있을 수 없는 일! 법은 백성을 위해!! 왕이라 해도 법 아래에서는 평등——. 그것이 바로 법치국가라는 위대한 발명이니!! 좋았어 티르, 내년에 잘 부탁한다!"

순식간에 현왕으로 각성한 소라는 논알코올이라도 충분히 맛있는 에일을 들이켰다.

■ ■ ■

──티르가 대접한 맛있는 술이 들어가서이리라.

누가 먼저랄 것도 없이 식사를 시작하고, 그 사이에도 선물 공세는 이어졌다.

……이어졌다, 고 해야 하나…….

"네에~? 평생 친구로 정평이 난 우리 사이에 선물이라니 서운하네요오~."

고혹적인 소녀와도 같이 웃는──담피르 소년 플럼.

그리고 그가 나무 뚜껑 위에 앉아 있는 거대한 물단지 속에서,

『저기요?! 왠지 뚜껑이 안 열리는데요?! '선물은 바. 로. 나♥'로 만반의 준비를 하고 기다리는데 누가 좀 열어 주세요?! ──아, 혹시 뚜껑 위에 달링이 앉아 있다든가?! 그리고 방치 플레이?! 아하~앙, 그거라면 대환영!!』

덜컹덜컹 흔들리면서 숨 막히는 고함을 질러대는 세이렌 여왕 라일라.

"여봐라! 소라 및 시로! 이것이 정말로 선물이 되는 것이냐?! 호로는 평소대로 춤추고 노래하기만 할 뿐 아니냐?! 가정── 호로까지 속고 있다?!"

──선물이란 무엇인가. 소라와 시로가 기뻐하는 것──. 기쁨이란 무엇인가, 라며.

의심하고 망설이고 생각하고, 그러나 마지막까지 가정을 내지 못하고 묻기만 하던 올드데우스 호로는.

소라와 시로가 즉답한 대로, 필사적으로 노래하고 춤추는 생일 한정 라이브를 감행──.

여기에, 돌아온 지브릴에게서는 이미르아인에게 대항한 것으로 보이는 물건.

그렇다── 초 과격한 셀카를 대량으로 기록한 태블릿과, 시로가 읽을 수 있는 언어로 쓴 것 중에서는 가장 귀중하다는 희귀본을 정중히 받았으며──.

"흐음……. 하덴펠의 식사는 하나같이 자극이 강하다고 들었습니다만…… 이것 괜찮군요."

"본인도 날생선을 먹는 워비스트의 제정신을 의심했는데 맛있지 말입니다!"

"이 생선 맛있다, 요! 뭐라는 요리냐, 요?!"

"오셴드의 요리로군요. 동부연합 풍으로 맛을 낸 듯하오나."

"……【의문】: 오셴드는 해저도시. ──수중에서 요리?"

"아하하~ 입만 벌리면 해산물이 알아서 들어오는, 식문화가 전무한 어류── 세이렌하고는 달리이, 담피르는 꽤 미식가거든요오~? 이 어레인지도 나쁘지 않네요오."

『저기?! 나만 술도 식사도 따돌림당하고 있는데?! 이제 그만 꺼내 주면 안 될까?! 달링의 방치 플레이는 환영이지만 그 이외에는 신경 써 달라구! 내가 누군줄 알고?!』

——종족의 담을 넘어, 한데 모여 소란을 피우는 식탁.

그 광경을 바라보던 소라는 속으로 자신의 주장을 얌전하게 철회했다.

밥이 맛있다. 술(논알코올)도 맛있다.

이즈나의 선물도 기대되고, 레알 갓아이돌인 호로의 독점 라이브도 최고다.

그리고 품에는 이미르아인과 지브릴의 반찬이 듬뿍——. 밤이 기대된다.

이거라면 정말로 생일도 나쁘지 않을지 모른다…….

"……근데~ 그러고 보니 스테프한테서는 선물 아직 못 받았는데?"

——물론 소라도 사실은 알고 있다.

이 식탁에 늘어선 요리—— 각 종족 각 나라의 향토 요리를 준비한 것은 스테프일 것이다.

사방팔방으로 손을 써서 레시피와 소재를 모으고, 거기다 각 멤버들의 입에 맞도록 어레인지까지 해서.

이 '자리'가 스테프의, 소라와 시로는 물론 이곳에 모인 모든 이들에 대한 선물일 것이다.

다만 좀처럼 그 사실을 입에 담으려 하지 않는 스테프에게, 소라는 절반의 야유와.

　또한 절반의 멋쩍음 때문에, 감사 인사를 대신해 모두에게 주지시키기 위해 밉살맞은 소리를 해 본 것이었으나——.

　"아, 저는 예정된 순서대로—— 식사가 다 끝난 다음에 드리려고 했는데요……."

　이젠 이렇게 됐으니 상관없겠네요, 라며 쓴웃음과 함께.

　의외로—— 말을 받은 스테프는 조금 기다리라면서 자리를 뜨더니.

　이윽고—— 꾸러미를 손에 들고 식당으로 돌아왔다.

　"자. 생일 축하해요, 소라, 시로."

　그렇게 말하며 스테프가 내밀어 준 꾸러미를, 소라와 시로가 받아 열어 본다.

　——안에 들어 있던 것은, 지난 7일 동안 보지 못했던 것.

　『I ♥ 인류』라고 적힌 셔츠와 청바지, 검정 세일러복이었다.

　소라와 시로, 두 사람의 눈에 익은 옷—— 아니, 정정.

　1년 내내 입어서 이제는 완전히 닳아 해졌어야 할, 신품이나 다를 바 없는 두 사람의 옷이었다.

　"두 분께는 애착이 있는 옷일 테니까, 침모들하고 같이 열심히 고쳐 봤어요."

　"＿＿＿＿＿."

별 일도 아니라는 듯 말하는 스테프에게, 소라와 시로는 나란히 눈을 크게 떴다.

이 세계—— 적어도 소라와 시로가 아는 한, 석유에서 유래된 _{폴리에스테르}화학섬유 따위는 존재하지 않는다.

소라와 시로의 옷을 다시 고치려 해도, 염색하려 해도 시도할 소재조차 없었을 것이다.

——비슷한 옷을 처음부터 다시 만드는 편이 훨씬 확실하고 빠르다——.

그렇게 주장했을 침모들을 설득해, 연방의 기술자들에게 부탁해서까지 수선시켰던—— 아니.

함께 수선했을 스테프의 모습이 소라와 시로의 눈꺼풀 뒤에 선하게 떠오르는 가운데.

당사자인 스테프는 그런 노력 따위 아무렇지도 않다는 듯, 그저 멋쩍게 헛기침을 한 번 하고——.

"생일은 평소에 창피해서 하지 못할 말을 하는 날이기도 하죠."

그렇게, 결심한 듯. 소라가 물었던—— 생일을 축하하는 의미에 대해.

스테프가 문 너머에 있다고 말했던—— 그 답을 들려주었다.

"지난 7일간이. 그리고 이것이, 두 분이 지난 1년 동안 이루었던 거예요."

부드러운 웃음으로 식당을—— 에르키아 연방이라는, 두 사람이 시작했던 새로운 세계를 가리켰다.

"＿＿＿＿＿＿＿＿＿."

──밥도 제대로 먹지 못했던 에르키아에, 다종족이 모여 축제를 벌인다.

테이블에는 다종족 다국적 요리가 늘어서고, 그런 것들을 다종족이 에워싸 소란을 피워댄다…….

그것은 소라와 시로가 해 왔던 일련의 행동이 낳은 결과이며, 다시 말해──.

──모두가 자기만의 이익을 우선시하고, 싸우고, 빼앗는 것보다도.

조금씩 손해를 보면서도 서로를 받아들이고 타협해.

그러면서도 손을 잡으면 최종적으로 얻을 수 있는 이익은 다툴 때보다도 커진다고.

그런 꿈과도 같은 이야기의, 그러나 그 단편을 세계에 보여 주었던 사실이라고…….

아아── 그렇다.

그것은 아직 하나도 끝나지 않았다.

오히려 이제 막 시작했을 뿐이며, 문제는 산더미처럼 많다.

그러나 그것을 시작했던 것은.

결코 있을 수 없었던, 그 최초의 위대한 한 걸음을.

이 세계가 내디디게 한 것은──.

"그러니까 저는 말할 거예요. 두 분의 생일에. 꼭 해야만 하는 말을."

다른 이도 아닌 소라와 시로라는, 두 사람에게—— 그렇다…….

"소라. 시로. 태어나 줘서, 살아 있어 줘서 고마워요."

그렇게 말하는 스테프의 미소에, 소라와 시로는 아연실색해 주
위를 둘러보았다.

지브릴과 이미르아인, 티르, 이즈나—— 호로는 물론이고.

이노와 플럼도—— 생각하는 바는 저마다 다르겠지만, 대체로
반론할 마음은 없다는 시선에.

다시 말해—— 종족을 초월해 자신들의 생일을 개인적으로 축
하하고 싶다고 모인 일동에게.

"……………………."

소라와 시로는 아연실색한 채, 나란히 똑같은 생각을 했다.

——그런 거창한 생각 따위는 해 본 적도 없었다.

테토가 자신들을 이 세계에 소환하고, 싸움을 걸어서.

그저 그 싸움을 받아들여—— 마음에 안 드는 모든 것들에게 싸
움을 걸며.

제멋대로, 하고 싶은 대로, 이 세계라는—— 게임을 즐겨 왔을
뿐이다.

가령, 자신들이 이룬 그것이 그런 거창한 일이었다고 한다면.

그건 스테프를 비롯해, 같은 뜻을 드러낸 그들의 공적이지——
자신들의 공적은 아니다.

——이 세계에는 원래부터 이 녀석들 같은 게이머가 있었던 것
이다.

자신들이 없어도 언젠가는 누군가가 이루었을 테고, 언젠가 세
계는 이렇게 되었을 것이다.

그러나—— 제멋대로 해 왔던, 바보스럽고 멍청했던 지난 1년
을 함께 지냈던 스테프가.

이 자리에 모인 일류 게이머들이, 구태여 그렇게 말한다면——.

"…………뭐, 뭐어, 그…… 뭐냐……?"

"…………처, 천만, 에……요?"

——『태어나 줘서, 살아 있어 줘서, 고맙다』……라.

그런 '감사'를, 남매 이외의 다른 이에게 들을 날이 올 줄은 생
각도 못했던 소라와 시로는.

어쩐지 멋쩍어져서, 그렇기에 겸연쩍게, 그저 애매한 의문형으
로 대답하고——.

"으음! 하지만 그~ 뭐냐? 그렇다고 해서 그런 거창한 식전이 필
요했을까나~? 이 생일 파티를 맞기 전에 타계할 판이었는데?"

——소라와 시로가, 부끄러워한다.

그런 보기 드문 광경에 느물느물하는 일동의 시선을 떨쳐 버리
듯 투덜거리며.

이 생일 파티만으로도 좋지 않았느냐는, 부끄러움을 감추려는

소라의 그런 밉살맞은 소리에——.

"⋯⋯⋯⋯⋯⋯⋯⋯⋯그건."

"필요했습니다⋯⋯. 유감스럽게도⋯⋯."

대답한 것은, 말을 흐리며 눈을 내리깐 스테프가 아니라, 하츠세 이노.

그렇다, 스테프의⋯⋯ 소라와 시로에 대한 감사는 두말할 것도 없이 진심이었지만——.

"세계에 대한 대대적인 선전이 필요했던 것입니다. 우리—— 에르키아 연방은 만사 순조로우며, 결속도 단단하고, 앞으로도 결코 패할 일이 없으리라는—— '프로파간다' 가."

——두 사람의 생일을 정치적으로 이용해야만 했다며.

죄책감 때문에 이를 악무는 스테프를 대신해, 이노가 말을 이었다.

화기애애하던 연회장에 침통한 정적을 떨구는 한마디를——.

그렇다⋯⋯.

"에르키아 연방은 『대 에르키아 연방 전선』에 대해—— 명확히 열세이니까요."

다시 말해—— 소라와 시로가 시작한 이 세계 변혁은.

이노의 주인인 무녀도, 한때 꿈을 꾸었으나 이루지 못했으며.

그리고 다시금 희망을 얻었던 이 세계는——.

——이대로 가다간 머잖아 멸망하고 말 것이므로⋯⋯⋯⋯

——라고.

…………

"오래 기다렸지✿ 포에니크람 귀엽게 등★장!! 선물은 놀랍게
도!! 지금 막 에르키아에서 펼쳐지고 있는 뜨거운 연애담 특종
——인데 이 분위기 뭐야? 아하앙~ 알겠다, 바람피우다 걸렸구
나?! 자자, 자세히 들려주실까? 상대는? 종족은? 으헤헤헤~."

그렇게 느닷없이 소란스레 나타난 페어리—— 포에니크람은.

생일 파티 자리의 분위기를 다운시킨 죄를 책망하는 일동의 시
선에 꿰뚫리고, 손주의 『영감 진짜 분위기 파악해라, 요.』라는
쓴소리에 두들겨 맞아 눈물과 함께 홧술을 퍼마시는 하츠세 이노
에게 실시간으로 시비를 걸며 술을 먹기 시작했다…….

■ ■ ■

——이리하여 다시금 떠들썩해진 연회도 끝나, 밤은 깊어지고.

시로와 이즈나가 꾸벅꾸벅 졸기 시작했을 때 해산해, 초목도 잠
든 새벽 3시경.

소라는 에르키아 왕성 안뜰—— 자신의 방으로 시로를 업은 채
귀가해,

마지막 기력을 쥐어짠 시로가 스테프에게 받은 교복으로 갈아
입자마자 기절하듯 이불로 다이빙하는 것을 확실히 확인하고!

마찬가지로 몸에 익은 『I♥인류』 T셔츠를 입고—— 다만.

청바지는 아직 입지 않은 채, 시선을 날카롭게, 귀를 곤두세우고, 주위를 확인했다.

"……오른쪽 OK, 왼쪽 OK, 전후도 위아래도, OK. 귀로도 확인—————————— 오케이!"

면밀히——특히 시로의 잠든 숨소리를 꼬박 30초나 들여 확인.

겨우 모든 것에서 해방되어 혼자가 된 것을 신경질적으로 확인한 후.

실내의 깊은 어둠 속에서, 조용히 꺼낸 스마트폰과 태블릿을 켰다.

——무엇을 하느냐고? 어리석긴.

이미르아인과 지브릴에게 받은 화상(畵像)과 동영상(動映像)을 정밀하게 조사하는 것이다——!!

생일 선물을 생일에 확인하지 않는 무례를 범할 수는 없으므로!

한편으로 소라는 지극히 진지하게, 지극히 신사적으로!

자신은 바라는 바가 아니고, 원통한 일이지만—— 어느 쪽을 먼저 확인할까, 하고!

두 사람의 성의(誠意)에 우선순위를 매기는 불가피한 무례를 사죄하며, 깊이 고뇌하였다——.

그렇다……. 오른손은 당연히 예약 완료다.

필연적으로 스마트폰과 태블릿—— 동시에 둘 다 들 수는 없는 것이다!

어느 쪽을 손에 들지(使用할지), 고뇌의 결단에 떠밀린 소라는 과연——!!

"……소라 공? 아래에 뭔가 입는 게 좋지 말입니다. 감기 걸리지 말입니다."

"……………………."

갑자기 등 뒤에서 들여다보는 이의 목소리.

그러나 소라는 놀라지도 당황하지도 않고.

그저 오로지 냉정하게── 그리고 완만하게. 필사적인 확인 작업도 허무하게 어느샌가 자신의 방에 들어와선, 심지어 등 뒤에서 있던 티르 여사를 돌아보고, 말했다.

"……니이 티르빙 군."

"예! 무슨 일이지 말입니까, 소라 공?!"

"나 슬슬 잘까 하는데? 그리고 그 전에 매우 중요한 확인 사항이 있는데 말이죠. 매우 송구스럽지만 중대한 용건이 아니라면 내일 해 주실 수 있을까? 으응~~?"

──후후. 괜찮아. 늘 있는 일이다.

아니, 어차피 그럴 거라 생각했지! 그래서 팬티는 벗지 않고 있었다!!

그런 상정 범위 내의 사태에 쿨한 사고와 함께 '나가' 라고 암암리에 고하는 소라에게.

"예. 소라 공의 확인 사항보다 중대하면서도 본인은 판단할 수 없는 일인데──."

티르── 자칭 못난이 두더지. 감성의 종족 드워프에서는 있을 수 없을 정도로 눈치가 나쁜 소녀.

"연방이 열세라는 게 무슨 의미이지 말입니까? 본인들『전선』
한테── 여유로 압승하고 있지 말입니다?『전선』따위 별거 아
니지 말입니다."

………….
"…………하아………… 응. 그랬구나 그 얘기였구나…….'
──소라의 '확인 사항' 보다도 훨씬 중대한 용건을 밝히는 티
르에게.

깊이 한숨을 쉰 소라는 마지못해 굼실굼실 청바지를 입었으
며…… 그와 동시에.

"……나 원. 여전히 분위기 파악 못하는 두더지로군요……."
"【항의】: 주인님의 중요 태스크 및 본 기체의 관측 저해. 강한
유감의 뜻을 표명.'
"……티르? ……슬슬 때와 장소, 란 거…… 배우, 자……?"
지브릴과 이미르아인이 느닷없이 허공에서 출현한 모습과.

그렇게나 확인했는데도 자는 척 오빠를 속였던 시로가 부스스
일어나는 모습에.

소라는 지난 1년── 이 세계에 온 후로 일관되게 품었던 의문
에 하늘을 우러러보았다.

……혹시 이 세계는── '사생활' 이란 개념이 없는 걸까.

원래 세계에서도 근세 이후에 성립된── 유린되고 있는 자신
의 권리를 근심한 소라는.

"보, 본인 뭔가 안 좋은 일 했지 말입니까?! 주, 죽고 싶지 않지 말입니다!!"

"아니야, 티르. 넌 나를 지켜 줬어. 괜찮아. 이이이, 이번에는 내가 지켜 줄게……!"

플뤼겔, 엑스마키나, 그리고 12세의 이마니티에게서 쏟아지는 살의에.

시시한 자신의 존엄을 지켜 준 티르의 비명에, 소라는 감사를 표하고.

결연히, 떨리는 다리로 세 사람 앞을 가로막았다…….

■ ■ ■

"……그럼 다시금, 지금의 상황부터 정리해 볼까…….."

어떻게든 세 사람의 진노를 가라앉히고, 책상다리를 하고 무릎에 시로를 앉힌 소라는──.

"아, 알겠지 말입니다……. 저기, 본인은 정말 괜찮은 거지 말입니까……?"

아직까지 흘겨보는 세 사람과, 정좌한 채 벌벌 떠는 티르의 의식을 다른 데로 돌리고자 애써 무시하며 말했다.

"우선…… 얼마 전에 있었던 사건 때문에 세계는 양분됐어. 다시 말해 에르키아 연방과── 까놓고 말하자면 우리 이외의 거의 모든 종족과 국가── '대 에르키아 연방 전선' 이란 두 세력으로 말이지."

── '대 에르키아 연방 전선' ── 통칭 『전선』…….

엘븐가르드^{엘 프}── 삼정종을 필두로 용정종^{드라고니아}, 거인종^{기 간 트}, 요마종^{데 모 니 아}, 월영종^{루 나 마 나}, 나아가서는 복수의 환상종^{판타즈마}으로 이루어진 대세력이 『연방의 해체 및 지배』── 사실상의 섬멸을 선언한 것이 지금의 상황.

그리고──.

"그리고 이마니티도, 유일한 나라였던 에르키아는 분단. 우리 연방 측의 '에르키아 왕국'과 『전선』측의 '에르키아 공화국'──으로 갈라져 버렸단 말씀."

그렇다── 소라와 시로는 아직 에르키아 왕국의 왕── 전권대리자지만.

예전과는 달리, 이제 이마니티의 전권대리자는 아니었다.

이마니티는 분열되고, 『전선』이 내세운 것은 연방의 섬멸──다시 말해 '절대전쟁'이었다.

어느 한쪽이 멸망할 때까지 멈추지 않는── 전면전쟁으로 세계가 돌입하는 흐름이었다.

──그렇다. 원래 같으면. 어쩌면 소라와 시로가 원래 있던 세계라면 그랬을 것이다.

하지만 『디스보드』^{이 곳}에서는. 이 초건으로는 그렇게 되지 않는다──────.

"그래. 티르 말이 맞아. 『전선』은 그냥 피라미야. 왜냐면 그놈들은 손을 잡고 싸우지 못하니까."

──세계는 두 세력으로 양분되었다.

그러나 『전선』이 내세운 것이 『섬멸』인 이상…… 그래 봤자 오합지졸이다.

가령 그 선언대로──『전선』이 해체 및 지배, 다시 말해 섬멸에 성공한다 치고.

그러면 세계의 절반에 가까운 그 자원과 영토──『종의 피스』는 어떻게 분배될까?

──균등하게 오순도순 분배? 말이 안 되지?

누구나 그렇게 생각한다. 그렇기에 아무리 『전선』이라 말하며 결탁하더라도 놈들의 목적은 처음부터 연방의 쟁탈. 다시 말해 『전선』 내부에서의 주도권 다툼이며, 하물며 가령 연방을 꺾더라도── 놈들이 다음에 칼을 들이댈 가상 적은──<ruby>『전선』<rt>자기 편</rt></ruby>이다.

그런 놈들에게 통일된 지휘 체계 따위 있을 리 만무하다.

하물며 자신의 카드를 서로 보여주며 손잡고 싸우는 일이 가능할 리 없다.

……덧붙이자면 그 『전선』의 맹주인 엘븐가르드도 붕괴 직전이고…….

"그런 놈들과 <ruby>연방<rt>우리</rt></ruby>──. 까놓고 말해 정면에서 싸우면 패배 따위 만에 하나라도 있을 수 없겠지?"

그렇다── 선전 포고를 받은 후로── 합계 4회.

하덴펠과 동부연합은 대규모의 국가대항전^(게임) 신청을 받았으나 이를 모두—— 소라와 시로, 플뤼겔과 엑스마키나, 때로는 페어리까지도 협력해 맞서 싸워—— 티르의 말대로 '압승' 하고 있다.

십조맹약에 따라—— 게임 내용은 도전받은 쪽에게 결정권이 있다.

안 그래도 스스로 도전하면 상대의 무대—— 지극히 불리한 위치에 서야 하는 조건인데.

그런 오합지졸이, 서로 수중에 있는 패도, 조커도 공유하며 함께 싸우는 연방을 상대로……?

승산 따위 전무한 것은 자명한 이치. 그렇기에 도전받은 것은 '겨우 4회' 뿐이었으며——.

"【필연】: 『전선』의 주요 전장은 '국가대항전' 이 아니라 '민간전' 이 됨."

그렇다—— 승산이 희박한 대 국가 게임에 나서는 것이 아니라.

무역이나 경제—— 기업이나 개인을 무너뜨리는 것이 거의 유일한 수가 된다.

하지만——.

"……그렇다면 더더욱 무서워할 필요가 없지 말입니다……?"

그 무역과 경제에서도 연방은 『전선』에 꿀리지 않는다.

그렇다면 대 국가전에서 연승 중인 연방에서, 개인이나 기업을 모반시키는 것도 지극히 어려운 일.

──그렇다, 원래 같으면 그래야 한다.

"그럼 여기서 티르에게 문제를 하나 내 볼까."

소라는 손뼉을 치며 웃는 얼굴로 물었다.

"두 개의 팀이 게임을 해. 팀 A는 강하지만 지면 죽어. 하지만 팀 B는 약하지만 져도 뭐~ 아마 죽진 않겠지~. 너라면 어느 팀에 들어갈래?"

"BBB! 압도적으로 비~~이지 말입니다본인죽고싶지않지말입니다~~?!"

그렇게 경례와 함께 즉답하는 티르에게, 소라는 웃음과 함께 고개를 끄덕이고──

"그치? 보통은 그래. 그리고── 팀 A가 연방이고, 팀 B가 『전선』이야."

"────네?"

웃음에 쓸쓸함을 내비친 소라를 대신해, 이미르아인과 지브릴이 말을 이었다.

"【해설】: 『전선』의 섬멸 선언은 『전선』에 손을 잡고 싸울 수 없는 구도를 구축. 다만 연방에 대해서는 '배신이 이득' 이라는 구도를 구축. 대 민간전에서는 해당 구도가 치명적인 문제가 됨."

"…… '에르키아 공화국' 의 모반을 간과할 수밖에 없었기에…… 그리 된 것이지요."

그렇다……. 다른 종족과 내통했던 《상공연합회》── 당시의 에르키아 의회가.

에르키아 공화국이란 이름으로 독립을 선언해── 에르키아 왕국을 모반하고 배신했을 때.

왕국── 소라와 시로는 원래 이에 대해── 철저한 제재를 가할 필요가 있었다.

──신상필벌은 통치의 전제.

국가 반역을 벌하지 않는다면 국가의 근간이 흔들린다.

그러나 소라와 시로는 '희생을 치르지 않는 제재' 를 떠올리지 못하고── 결과적으로 이를 간과할 수밖에 없었다.

한편──『전선』이 내세운 것은 연방의 '섬멸' ── 최소한 '예속' 이다.

이 대비가 누가 봐도 자명한 구도를 구축한 것이다. 즉──.

"……끝까지, 연방, 에…… 붙었다가, 지면…… '섬멸' ……의, 대상……."

"반면 『전선』에 붙었다가 져 봤자, 연방에서 과도한 보복은 없을 거라고 낙관할 수 있지──."

그렇다. 다시 말해.

"리스크 관리의 측면에서는 계속 연방의 편을 드는 건 너무 위험한 구도가 된 거야."

그리고 그것은── 아직까지 주도권을 가져오지 못하고 있다는 의미라고.

소라와 시로는 짜증을 감추지 않고 내뱉었다.

"요컨대 연방은 이대로 시간이 흐를수록 이탈자가 늘어나서——
자멸해 갈 거야."

"……초…… 열, 받아……."

——실제로, 스테프가 올린 보고에 따르면.

에르키아 왕국은 스테프의 바쁜 활약, 계속 실행되는 정책——
지난 즉위식전과도 같은 국가 평안의 선전으로 간신히 인민을 붙
잡아놓고는 있지만, 그래도 제후들의 모반 동향을 완전히는 막지
못하고 있는 것이 실정이라고 한다.

동부연합은—— 더욱 심각했다.

애초에 겨우 반세기 전까지만 해도 부족끼리 갈라져 6천 년 동
안이나 내전을 되풀이했던 나라다.

에르키아 공화국에 대한 제재가 없었던 것 때문에, 무녀의 구심
력에도 의문이 제기되기 시작하고.

눈에 뜨이는 이탈은 없지만 이미 『전선』과의 연결고리가 의심
스러운 단체도 많다고 한다.

오셴드도—— 담피르가 있는 이상 언제든 배신할 수 있다.

아반트헤임조차, 전황이 경직되자 십팔익의회의 연방 지지가
흔들리고 있다…….

그렇게 소라가 연방 산하 각국의 내정을 들려주자, 진심으로 의
외였는지——

"……뭐라고 해야 하나, 이놈이고 저놈이고 진짜 귀찮지 말입니다……."

어이없다는 표정으로 중얼거리는 티르에게, 소라는 고개를 한차례 끄덕이고 대답했다.

"동감이고, 그래서 정치가 싫은 거야. 다만── 드워프도 좀 지나치게 특수하거든……?"

페어리의 나라── 포에니크람 측은 모두가 각오하고 연방에 가입했다.

엑스마키나── 아인치히 일행도 맹세를 저버리지 않을 것이다.

그러나 하덴펠에서는 모반이 일어날 낌새조차 없다는, 그 이유인즉슨──.

"'엘프 편이 되느니 깔끔하게 멸망하겠다' 라는, 무슨 약 빤 것 같은 각오가 더 이상하다는 건 좀 자각해 줘……. 아니, 너네 진짜 얼마나 엘프 싫어하는 거냐고……."

아무튼── 요약하자면 이대로 가면 연방은 단계적으로 멸망한다──는 결론에.

티르는 몇 번이나 고개를 갸웃거리고, 처음의 의문이 해소되지 않았다는 듯 물었다.

"……하지만 『천선』은 피라미, 이지 말입니다? 그렇다면 공세로 나서서 냉큼 그 피라미 놈들── 특히 그 걸어다니는 식물들은 꼼꼼히 벌채해 버리면 해결되는 거지 말입니다?"

——보아하니 연방 측이면서도 상대의 '섬멸' 을 바랄 만큼 싫어하나 보다.

" '연방의 패배 따위 만에 하나라도 있을 수 없다' 는 걸 보여 주면 모반은 멈출 거지 말입니다……?"

티르의 말에, 소라는 입가를 실룩거리면서도 일단은 고개를 끄덕여 주었다…….

——그렇다. 분명 십조맹약에 따라 게임은 도전하는 쪽이 압도적으로 불리하다.

그러나 소라 일행은 그 압도적으로 불리한 조건에서 이제까지 승리를 거듭해 왔다.

연계해 싸우지도 못하는 『전선』^{피라미}——. 그렇다면 여느 때처럼 각개격파해 버리면 되지 않나?

티르의 지당한 의문에—— 소라가 대답했다.

"그래. 공세로 나서서 이 상황을 바꿀 필요가 있어. 그러기 위한 구멍도 눈에 보이고. 시로와 세운 작전도 한두 가지가 아니고, 실제로 '포석' 도 이미 몇 개는 깔아놨어."

"그렇다면——."

그러나 기대하는 표정의 티르에게 소라와 시로—— 지브릴과 이미르아인까지도.

각자 눈을 내리깔고, 혹은 씁쓸한 표정을 지으며——.

"——하지만 그것도 함부로 실행할 수가 없어."

"네. 네? 왜이지 말입니까……?"

하지만 소라와 시로는 이를 악물 뿐, 그 물음에는 침묵으로 대꾸했다.

　그렇다──『전선』은 전략도 치졸하고 통솔도 제대로 되지 않는다. 원래는 쉽게 무너뜨릴 수 있다.

　그러나── 그래도 결정적으로── 그리고 치명적으로 기능하고 있는 단 한 가지 수.

　── '섬멸 선언' ……. <small>소라와 시로</small> 그것은 연방이 제재를 하지 않으리라 확신하고 둔 한 수.

　그도 그럴 것이 에르키아 공화국이란 바로 그 결과로 생겨난 구도이며, 리스크헤지에 따라 이탈한 자들을 받아들이기 위해 마련된 장치라는 데에는 의심의 여지가 없으므로.

　그 구도와 장치를 완벽하게 기능시키는 한 수를 둔 자를 경계해── 소라와 시로는 움직일 수 없었다.

　──그렇다. 소라와 시로에게서 주도권을 빼앗아 간 상태로 아직까지 놓치지 않는 차.

　다시 말해───.

　여기까지 고민하던 소라와 시로의 생각은…… 다음 순간.

　───꽈광───!!

　느닷없이 에르키아에 울려 퍼진 폭음에 차단되고 말았다.

■ ■ ■

폭음——. 아득한 저편, 성 밖. 에르키아 교외에서 들려온 그것.

그 진동(소리)이 소라와 시로의 귓전을 두드리기 10여 초 전.

무엇을 감지했는지—— 지브릴과 이미르아인이 먼 곳으로 시선을 돌리고, 공간전(쉬프트)이.

그리고 느닷없는 일에 곤혹스러워하는 나머지 일행에게, 약간 뒤늦게 폭음이 전해지고——.

"——뭐, 뭐야아아?! 무, 무슨 일인데에에?!"

"……우, 운석……이라도, 떨어졌어……?!"

"————아. 아아아아?! 보, 본인 잠깐 도망쳐야지 말입니——아. 틀렸지말입니다늦었지말입니다시로공스커트안에잠깐실례하겠지말입니————꾸엑!!"

굉음에 갈팡질팡하는 남매의 말을 듣지 않고, 무언가를 알아차린 듯 티르가 펄쩍 일어나더니.

파닥파닥 황급히 시로의 스커트 속으로 뛰어들려 하다가——한발 늦고.

불쑥 튀어나온 팔에 목덜미를 잡혀 비명과 함께 공중에 매달렸다.

——무슨 일이 일어난 것인가?

인간의 몸에 불과한 소라와 시로는 초월적인 속도로 일어난 광경을 전혀 시인할 수 없었다.

　그렇기에 결과로 추측할 수밖에 없었으며, 그 사실의 파악에 추가로 꼬박 몇 초의 시간이 필요했다.

　다시 말해── 어느샌가 실내에 출현한 자.

　창문 틈으로 날아온 것으로 보이는 단도를 왼손으로, 등에 짊어진 대검에 능숙하게 수납하고.

　오른손으로 티르의 뒷덜미를 잡아 든── 불그레한 녹이 슨 미스릴 머리카락과 새빨갛게 타오르는 외눈.

　재능의 크기 때문에 체격 이상으로 크게 느껴지는 남자가, 유사전이^{데미쉬프트}를 한 것이리라고…….

　"여어~ 빌어먹을 조카……. 마지막으로 본 게 3개월하고 쪼끔 더 지났나아?"

　그렇다── 다시 말해.

　"확실하게 아무도 없는 소행성까지 날아가 『거유의 별』이라고 깃발 세우고 돌아왔거든? 그래, 이제 네놈한테 말을 좀 붙여도 불만은 없으렷다아아아아아~앙?!"

　"아아아아평온한나날이여굿바이안녕히지말입니이다소라공시로공헬프미이지말입니다────아니──근, 데…… 사, 삼촌 사상 최악으로 내애애애앰새나지말입니다앗?!"

　우주에서 돌아온 '삼촌'에게 티르는 비명을 질렀다.

　"으헉?! 아 시꺼~?! 어쩔 수 없잖냐! 정령도 없는 우주 공간에

물 같은 거 없으니까?! 귀중한 식수를 씻는 데 쓸 수는 없잖아!!"

"에? 그, 그럼 3개월도 넘게 목욕도 안 했단 소리지 말입니까?! 마마마말도안되지말입니다오물이지말입니다얼굴은물론이고 몸도씻고다시오시지말입니다!! 퉷, 퉷, 퉤에에엣!!"

"＿＿＿＿＿＿＿＿＿＿＿."

——아아…… 무엇을 감추리오. 그것은.

드워프 사상 전무후무하다고 일컬어지는 천재를 따라잡은 사나이——아니.

3개월 전, 티르에게 혼신의 프러포즈를 했다가 화려하게 깨져 가루가 되고.

——『거유의 별에나 간 다음에 말 붙이지 말입니다!』라는 소리 까지 듣고!

그리고—— 있을 수 없는 일이지만 정말로 『거유의 별』에 다녀왔는지——.

익시드 최초의 성간여행을 이룩해, 소행성에 착륙하고, 깃발을 꽂아 『거유의 별』이라고 명명했으며!

조금 전의 폭음은 그 우주선의 추락음이었는지—— 아무튼 돌아왔다고 하는!!

그렇다……. 전무후무한 천부(天賦)를 과거로 만들고—— 이제는 초월하기에 이른 최신의 천부.

감성의 괴물. 최강의 드워프. 지천의 영장 기술자이자 신역의 천재.

하덴펠 전권대리자—— 베이그 드라우프니르——!!

——가, 다시금 사랑하는 여성을 꼬시려다가, 별의 속도로 거절당하고.

무릎을 끌어안은 채 머리를 묻고 필사적으로 눈물을 참는…… 비장감 감도는 가엾은 모습이었다…….

"…………여어. 친구의 생일에는 간~신히 늦지 않았지……?"

잠시 후, 고개를 든 베이그는 코를 훌쩍이는 목소리로.

"……미안. 이제 막 돌아와서 선물은 없거든……. 거유의 별하고 도중에 들렀던 달의 돌로 지금은 좀 봐주라……. 나중에 다시 뭔가 준비해올 테니까……."

그렇게 말하며, 두 개의 돌멩이를 아무렇게나 소라와 시로에게 던졌다.

——미지의 소행성과 달에서 가져온 돌…….

학술적으로도 역사적으로도, 말 그대로 천문학적 가치가 있을 그것을 받아들고.

"그, 그래. 그 뭐냐, 고맙다, 고나 할까 수고했어……?"

"……베이그…… 강하게…… 살, 아……. 응……?"

이쪽에 등을 돌린 채, 아직도 『툇, 툇, 툇』하고.

계속해서 거절의 뜻을 드러내는 티르를 보면, 베이그에 대한 동정을 금할 수 없어.

소라와 시로는 어떻게든 부드럽게 웃음을 지으며 감사를 표했다…….

"······그럼 이 몸은 잠깐 씻고 다시 올 테니까······ 미안하지만 저기 정원의 호수 좀 쓰게 해 주라······. 빌어먹을······. 술도 담배도 참고 다녀왔는데······."

우주에서 귀환해 의기양양하게 만나러 온 직후, 사랑하는 조카^티르 의 거절······.

고개와 어깨를 늘어뜨린 채, 터무니없는 재능을 짊어진 등을 조그맣게 웅크리고, 터덜터덜.

문을 열고 정원으로 향하려던 베이그에게——.

"아아, 그건 딱히 상관없는데—— 넌 언제 봐도 타이밍이 좋네."

과연—— '왠지 그냥'만으로 최선의 수를 둘 수 있는 사나이.

소라는 최고의 타이밍에 와 준 사나이를 만류하고,

"아래만 안 벗으면 씻으면서 들어도 되니까 잠깐 얘기 좀 할 수 없을까?"

"······얘기?"

그렇다—— 조금 전 티르가 물었던 의문의 답.

소라와 시로가 공세에 나서지 않고 눈치만을 살펴야 했던 이유.

자신들에게서 추도권을 빼앗아 간 채 놓지 않는—— 수수께끼의 인물.

단 한 사람의 존재에 대해—— 물었다.

"아우리엘 비올하트······. 그건 대체—— 뭐 하는 놈이야?"

다시 말해 엘븐가르드, 엘프 전권대리자.

……《아우리엘 비올하트》…….

얼마 전 소라와 시로의 『독』을 모조리 읽어내고 역이용하려 들기까지 한──.

소라와 시로…… 『　　』이 처음으로 철저하리만치 패배를 맛보았던 상대.

"정보는 뒤질 수 있는 대로 뒤졌어. 충분히 얻었어. 하지만 아무래도 마음에 걸리는 거야."

그렇다……. 아우리엘 비올하트의 정보는, 있다.

딱히 숨겨진 것도 아니었다. 가문명도, 경력도, 성장 내력까지도 확실하다.

어디에서, 누구에게서, 어떻게 알아봐도 돌아오는 정보와 평가는 한결같았다.

──『좋은 의미에서도 나쁜 의미에서도 완벽한 남자』.

그러나…… 소라의 직감은 단언했다. 절대 아니다라고──.

그 정체를 파악하지 못하는 한──『전선』과의 싸움은 이 남자의 손바닥 위에 있을 것이다.

이 위화감을 무시한 채 공세에 나섰다간── 또 이용당하고, 그다음에는 진짜 끝장이다.

그렇게 확신하고 움직이지 못하고 있었던 소라는,

"베이그. 넌 아우리엘과 공식적으로 세 번—— '직접 대결' 했다며? 그것도 결과는 『2승 1패』로—— 네가 더 많이 이겼다고 들었어."

그렇기에 베이그에게 힐문했다.

직접 대결해서, 아마도 주먹을—— 『영혼』을 나누었을 인물. 그리고.

감성의 괴물—— 신의 영역에 이른 직감이 그 자를 어떻게 평가했는지.

"응~? ················아아······ 그거 말이지······?"

그러나······ 베이그는 윗옷을 벗고 연못으로 향하던 발을 멈추지도 않은 채.

"글쎄. 자꾸 싸돌아다녀서 눈에 거슬리는 풀떼기, 라는 점을 빼고 굳이 말한다면——."

그저 내뱉듯 단언했다.

"······이 세상에서 단독 1위로 시시한 남자——라고 하면 되나?"

진심으로 시시하다는 듯—— 자신의 직감^{진실}을 말했다············.

■ ■ ■

——같은 시각, 에르키아 성 정문 앞.

고고도에서 육박하는 거대 질량을 감지하고——.

그것이 베이그의 우주선임을 즉시 간파한 지브릴과 이미르아인은, 그 추락을 모조리 무시한 채.

광역탐사 결과 발견한 별도의 정령 반응을 향해 공간전이했다.

다시 말해——.

"설마 데모니아 따위가 저희 주인의 거성에 잠입할 수 있을 줄은 생각도 못했나이다♥"

지브릴의 쏘는 듯한 적의 너머에 있던 것은 허공뿐. 그러나——.

"【해석】: ——데모니아《구마장(九魔將)》최종잔존개체——통칭개체명『지혜의 셰라 하』라 단정. 【명령】: 신속한 용건 제시. 불응 시『적』으로 인정. ——본 기체 공격 준비 완료."

플뤼겔만이 아니라 엑스마키나—— 살아 있는 해석장치인 이미르아인에게.

어설픈 은신 마법 따위는 아무 의미도 없음을 알리는 그 경고에——.

"큭큭……. 숨어 있으려는 생각은 없었지만요……."

——허공에서 모습을 나타낸 것은, 어둠색 드레스를 걸친 요염한 소녀였다.

지면에까지 흘러내리는 흑발은 심해보다도 더욱 무겁고 어두웠으며, 머리의 좌우에는 부러진 커다란 뿔.

허리에서 꼬리처럼 돋아난 네 마리의 뱀과 마찬가지로, 무지개색 눈동자는 동공이 세로로 갈라져 있었다.

아름다움과 추악함이 상반되어 동거하며 조화를 이룬—— 데모니아 소녀는 이처럼 우아하게.

두 손을 배 앞에 모으고, 두 마리의 꼬리뱀으로 드레스 자락을 들며 천천히 고개를 숙였다——.

"방문에는 약간 이른 시간이라 날이 밝기를 삼가 기다렸사오나…… 큭큭……. 되레 두 분을 불러내 버린 것 같아 송구스럽습니다."

우아한 자태. 정중한 말씨. 부드러운 미소.

그러한 것들과 모순되는, 우롱하는 듯한 목소리와 조롱하는 듯한 눈으로.

"두 분 모두 용사 일행의 수행원이라 생각합니다만—— 인사를 드려도 될는지?"

""………….""

우아하게, 사악하게 인사할 허가를 구하는 그 데모니아에게.

지브릴과 이미르아인은 약간 의아한 듯, 그러나 경계는 늦추지 않고, 말없이 눈을 가늘게 떴다.

"이 기쁜 만남에 축복의 저주를 바칩니다. 이름은 셰라 하——. 위대한 마왕님에게 창조된 《구마장》의 일각이며 당대에는 참으로 외람되오나 마왕군 통합참모본부의장을 얼마 전까지 배명받았나이다…… 큭큭……."

——데모니아의, 사실상 최고 간부.

"과거에 마왕님으로부터 비할 데 없는 『지혜』를 하사받은 자. 가장 뛰어난 지성을 가진 것으로 정해진 자! ……이오나 이 몸은 어차피 마왕님의 비천한 종복에 불과한지라. 부디 잘 부탁드릴

따름입니다……. 큭~큭큭큭.”

──그리고 동시에 데모니아 최고의 두뇌라며.

지적이고 매력적인 목소리, 그러나 너스레로 포장된 사악함을 띤 자기소개에 지브릴과 이미르아인은 다시금 경계심을 높이며 긴장하고──.

“큭큭……. 각설하고, 오늘은 바쁘신 와중에 시간을 내주셔서 참으로 황공하오나──── 으응? 잠시 실례………… 어라? 어디다 넣어놨더라……?”

셰라 하는 공손한 인사를 하다 말을 끊고는 드레스의 주머니를 뒤적거리기 시작하더니.

그리고 “아, 찾았어요 찾았어요.” 하며.

작게 접은 종잇조각 한 장── 메모 용지를 꺼내 펼쳤다.

그 모습을 보며, 경계심에 곤혹스러움의 빛이 섞이기 시작한 지브릴과 이미르아인.

그러거나 말거나 셰라 하는 어디까지나 마이페이스로 조신하게 어흠 헛기침을 한 차례 하더니──.

“에~『듣거라! 우리는 오늘 밤 그대들에게 절망을 전하러 왔』 콜록! ……『자아 전율하거라── 우리 마왕군이 마침내 세계를 멸망시킬 때가 왔도다!!』──이상콜록.”

목이 상했는지 눈꼬리에 눈물을 머금은 채.

그래도 “경청해 주셔서 감사합니다.” 라고 인사로 마무리하고.

“큭큭……. 그러면 우선 두 분부터 멸망시켜드리겠나이다. 각오하시지요!!"

꼬리와 합쳐 열 개의 눈을 호전적으로 가늘게 뜬 셰라 하의 모습
에——.

""……………."""

지브릴과, 이미르아인.

하늘과 땅을 찢을 기세로 싸우던 불구대천의 종족 두 사람은,
서로를 마주 보고.

웬일로 공통된 의문을 품어, 서로에게 확인을 구하듯 미간을 찡
그리고 고개를 갸웃거렸다.

——설마 싶긴 하지만, 이 자칭 데모니아 최고의 두뇌란 자는.
차신들 두 사람에게, 동시에, 게임으로 도전하고 있는 걸까?——
하고……

"큭큭……! 자아, 어떤 게임이든 어디서든 덤벼 보시지요!!"

——아무래도 정말로 그 설마인 모양이었다.

신비함과 기품이 감도는 수수께끼의 자세로 사악하게, 그렇게
선전 포고하는 셰라 하에게.

지브릴과 이미르아인은 나란히 어깨를 으쓱하고.

……하아. 그럼 뭐, 사양 않고……? 라며……

약 3분에 걸쳐 지혜의 셰라 하인지 뭔지를 작살내 버렸다.

⏻ 제1장 마왕이 나타났다!

에르키아 왕국 즉위식전 폐회로부터── 나흘.

각국의 요인과 특사단도 귀국하고 뒷정리도 끝났을 무렵.

국립 에르키아 대도서관── 지브릴의 서고.

이즈나의 『하루만 뭐든지 해 주는 티켓』을 계획대로 4장 소비해 이즈나를 만끽하고 최후의 마무리── 뽀송뽀송 복슬복슬해진 이즈나의 꼬리를 베개 삼아 책을 읽는다는 행복을 곱씹던 소라와 시로는── 문득.

"……근데, 그리고 보니 그쪽은 안 돌아가도 괜찮아?"

"……그렇다기, 보다…… 왜 아직도…… 있, 어……?"

그 행복을 방해하는, 도서관 한구석에서 울려 오는 소음── 통탕쿵쾅 타격음을 울리는 자에게 물었으나…….

"네? 왜냐니 반대로 왜이지 말입니까? 본인의 두 분이 있는 여기이지 말입니다?"

──에? 아니지 말입니까? 본인 버림받은 거지 말입니까?

하고 해머를 휘두르던 소음의 주인── 티르는 손을 멈추더니, 느닷없이 강아지처럼 파들파들 떨며, 푸르게 타오르는 오리할콘 눈동자에 눈물을 머금었다.

"──아니, 그건 상관없는데…… 슬슬 티르의 누나 설정이 뭔지를──."

오해가 겹쳐진 결과라고는 하지만 티르가 그렇게 바란다면 거부할 이유도 없다.

굳이 따진다면 3개월이나 미뤄놓았던 티르의 누나 설정에 대해 확인을 구하려는 소라──.

그러나 티르는 『그건 상관없는데』에서 이어지는 말은 듣지도 않았는지──.

"애초에 여기!! 과연 플뤼겔의 서고── 마법이론서의 보고이지 말입니다!! 영장 제작이 너무 순조로워서 멈출 수가 없지 말입니다!! ──게다가 소라 공과 시로 공이 있고?! 심지어 소재는 본국에서 보내주고──. 아아…… 꿈만 같은 공방이지 말입니다아~!!"

──원하는 물건도, 원하는 사람도 모두 여기 있다…….

본인 낙원을 발견했노라! 라며 티르는 눈을 빛냈다. 그리고──.

"삼촌── 두령도 돌아갔고 말입니다?! 이젠 두령한테도 두령 대리인지 뭔지 뜬금없는 일 떠넘기는 놈들한테도 쫓겨다니지 않고 말입니다!! 안 그래도 퍼큐 같은── 심지어 두령이 돌아온 하덴펠?! 죽어도 안 돌아가~지 말입~~니다!! ──퉤."

그 낙원의 조건으로 베이그의 부재를 강조하는 모습에.

소라는 가만히, 지금은 멀리 있는 친구를 떠올렸다…….

……괜찮아——. 포기하지 마라, 베이그.

티르는 이렇게 영장 제작을—— 너를 다시 넘어서는 걸 포기하지 않았다!

그렇다면 전혀 가망이 없지는 않다! ——아마도…… 그렇겠지? 어쩌면 말이야.

아무튼—— 티르의 영장 폭발에 의한 화염 대책은 당장 필요하겠다며 다시금 스마트폰의 태스크 스케줄러에 예정을 하나 추가 입력한 소라는——.

그대로 화면을 바라보며, 생각에 잠기고, 그리고 불쑥 중얼거렸다.

"……겨우 돌파구가 보이기는 했지만……『전선』에선 눈에 띄는 움직임이 없단 말이지……."

티르에게도 말했듯 이미 여러 개의 책략과 포석을 깔아 두기는 했다.

그러나 이것들은 모두 적이 먼저 허점을 보인 타이밍에 움직이는 것이 이상적이다.

그렇다고는 해도 이대로 가면 연방은 서서히 멸망한다——. 이상적인 기회를 살필 여유는 없다.

리스크를 각오하고 이쪽에서 먼저 움직여야 할까——.

그렇게 결의를 다지려던 소라에게.

"…………【깜빡】: ————아."

"소, 송구스럽사옵니다 마스터!! 와, 완벽하게 망각하고 있었사오나──!"

──지난 나흘. 완전히 모습과 기척을 감추고 자신을 감시하던 자들.

소라가 언제 '자신들의 셀카를 사용할지' ── 그리고 무엇보다도.

치브릴과 이미르아인, 어느 쪽을 먼저 사용할지를 염탐하던 자들.

그렇기에 결국 어느 쪽도 아직까지 사용하지 않았던── 그런 두 사람이 모습을 나타내더니 진심으로 면목이 없다는 듯 고개를 조아리며 고한 말.

거기에 소라──만이 아니라 시로까지도 사고 정지에 빠졌다.

"데모니아의── '전' 최고 간부 『지혜의 셰라 하』가 찾아왔었습니다……."

……

…………?

"────────────────언제? 에, 설마 지금?! 데모니아의 사절이 에르키아 왕국에 왔다고?!"

목소리를 높이는 소라.

하지만 두 사람은 한층 깊이 고개를 조아리며.

"……아, 아니오…… 지금, 이라고 해야 할까요…… 그게에……."

"【공개】: 약 89시간 전 내방. 【사죄】【반성】: 기억영역에서 결핍되어 있었음. 잘못했어요."

그렇게 송구스러워하며 말하는 두 사람을, 소라와 시로── 그리고.

티르와, 잠들어 있었던 이즈나까지도 눈을 뜨고, 나란히 게슴츠레 흘겨보았다…….

■ ■ ■

"큭큭큭………… 기다리고 있었습니다."

이리하여── 지브릴과 이미르아인에게 안내를 받은 소라와 시로, 이즈나와 티르, 황급히 달려온 스테프까지 더해진 일동은.

"위대하신 마왕님께 하사받은 이 지혜가 고한 대로── 전(前) 마왕군 통합참모본부의장이자 가장 뛰어난 지성을 가진 데모니아인 저 『지혜의 셰라 하』가 예상한 대로…… 슬슬 찾아오셔도 좋을 때라고 생각하고 있었지요……. 큭큭큭."

감옥에 수감되어서도 여전히 우아하게, 그리고 사악하게 웃는 ^바보^^처럼^ 요염한 미녀.

쇠창살을 끼고 이쪽을 바라보는, 세로로 갈라진 무지개색 동공 ──. 그러나.

"이쯤 되면 셰라 하도 '사실은 잊어버리고 있는 거 아닐까?' 하는 의심이 들기 시작해 쓸쓸함에 눈물이 날 뻔했습니다……. 과연 용사 일행 여러분. 맹약을 준수하면서 적확하게 마음을 깎아내는 멋들어진 고문이라고 감복했습니다. 큭큭큭큭………… 크흑."

정말로 잊어버리고 있었다고는 그 뛰어난 지혜로도 알 수 없었는지, 생각하고 싶지 않았는지.

어딘가 해쓱해졌으면서도——4일 내내 식사도 물도 받지 못했으면 당연하겠지만—— 눈빛은 잃지 않은 채, 다만 눈꼬리에 눈물을 머금은 그 모습에.

"지브릴, 이미르아인. 설명을………… 아니 그 전에——."

——꼬로로로록~~~.

크게 울려 퍼지고 있는 『지혜의 세라 하』라는 자가 낸 소리에.

"누구한테 뭐 먹을 거 좀 가져오라고—— 아니다, 그냥 식당으로 안내할까, 스테프……?"

"네, 네에……. 그, 그래야겠죠……? 당장 식당을 준비하게 할게요!"

너무나 가엾은——이 아니라 기품이 넘치는 모습에, 소라와 스테프는 정중하게 대접할 것을 명령했다.

■ ■ ■

"그럼, 어…… 정식으로 데모니아에 대해서랑, 이것저것 설명을 부탁해도 될까?"

식당으로 이동해 테이블에 앉은 소라는 턱을 괴고 말을 꺼냈다.

——소라와 시로가 이 세계에 온 지 벌써 1년. 게다가 최근에는 정보 수집에 몰두했다.

당연히 데모니아에 대해서도, 도서관의 장서와 지브릴 자신을 통해 다소의 정보를 얻고는 있다.

그래도 사정 정리를 겸해 설명을 요구한 소라에게 공손히 고개를 숙이고 지브릴이 입을 열었다――.

"――【익시드】위계서열 제11위――『데모니아』는――."

마왕령《갈라드골름》을 유일한 영토로 삼은―― 종족의 통칭이라고 한다.

통칭――. 그렇다. 데모니아는 모습에 공통점이 없는 종족이라고 한다.

오크, 고블린, 슬라임, 스켈튼, 키마이라 등등――.

다시 말해 지구의 판타지 작품에서 『마물』이라 뭉뚱그려놓은 것들.

나아가서는 이 셰라 하처럼 인간형의―― 『마족』으로 분류되는 것들까지.

그렇다――.

"간신히 의사소통이 가능한 자들로부터 고도한 지성을 가진 자들까지, 실로 다종다양하며――."

외견만이 아니라 내면도―― 지성의 정도까지도 천차만별.

어떤 서적에서는 본래 '하나의 종족'으로 뭉뚱그리는 것도 어렵다고 할 정도로 공통점이 없는 종족이면서――.

"판타즈마의 돌연변이체——『마왕』이 창조한 종족이라 하옵니다. 또한 이에 유래된 것으로 여겨지는 '세계 멸망을 제1목적으로 삼는 성질' 을 공유하는 군체 종족이옵니다."

"……흐음."

대체로 파악했던 것과 같은 설명에, 소라는 일단 고개를 끄덕였다.

——『마왕』이 창조한 종족. 그렇기에 세계를 멸망시키려 한다…….

전형적인 판타지 같은 설정에 의문이 떠오르기는 했지만 일단은 삼키고.

"……그래서? 그런 데모니아가 왜 이렇게 됐어……?"

그렇다, 식당으로 안내를 받은—— 스테프가 준비해 준 4일치 식사를 아구아구.

그럼에도 어디까지나 기품 있게 매너를 지키며 말없이 입으로 가져가고 있는 셰라 하의 모습에.

일동의 시선—— 게슴츠레 흘겨보는 눈초리의 의문을 대변해 물은 소라에게.

"【보고】: 약 90시간 전. 에르키아 성 정문 앞에 해당 개체의 정령 반응을 감지."

"……호오."

"용건을 묻자 저희를 멸망시키겠다고 선전 포고를 했나이다. 구체적으로는── '목숨을 포함한 자신의 모든 소유'를 건 게임을 청했나이다……."

"…………호옹?"

"【결과】: 본 기체가 속투 체스를 지정. 173.6초 후 승리. 해당 개체의 전권 획득."

"…………호, 호~옹……?"

담담히 보고를 마친 지브릴과 이미르아인에게, 소라는 곤혹감이 섞인 맞장구를 치고.

셰라 하를 흘겨보던 일동의 의문을 다시금 대변해 물었다.

"어, 플뤼겔이랑 엑스마키나한테 동시에 도전했어? 어…… 바보 아니야……?"

──『십조맹약』에 따라, 도전하는 측이 지극히 불리한 것은 이 세계의 대원칙.

심지어 그런 세계를 대표하는 양대 엉터리 종족에게, 동시에 도전했다……?

……어라? 내 기억이 잘못됐나?

아까 이 녀석, '가장 뛰어난 지성을 가진 데모니아'라고 자칭했을 텐데.

──혹시나. 만약 그 자칭이 사실이라면, 데모니아는…….

"【긍정】: 본 기체도 마찬가지로 판단. 본 기체에게 전권이 이양된 해당 개체의 처우를 검토함."

어이없어하는 소라에게, 이미르아인은 동의를 보이며 묵묵히 보고를 이어 나갔다.

"【경과】: 번외개체의 집요한『즉각 자해♥ 모가지 확보♥』라는 제안은 기각. 두 주인님께 어떻게 처리할지를 물어야 한다고 판단해 구류─. 일시기억영역에서 결핍됨. 잘못했어요."

……그, 그래…….

"뭐, 뭐어, 지브릴을 말린 건 굿잡. 그 후의 판단도 적확했어."

소라는 하마터면 인명피해를 낼 뻔한 안건을 회피해 주었다는 이미르아인을 칭찬했으나.

"……이미르아인, 이…… '잊었다' ……는 건, 신기한, 일……일까?"

하기야 이미르아인은 다소── 아니, 상당히 못난 부분이 있긴 하지만.

기계종족이 깜빡 망각할 수 있을까……? 하고 의아하게 중얼거리는 시로.

그러나 대답한 것은 마찬가지로 잊고 있었던 지브릴──.

"그게…… 현재의 데모니아는 적도 아군도 될 수 없는── 완전히 무가치한 종족이온지라……."

"【결론】: 408년 전 소멸해『마왕』이 없는 데모니아는 위협도, 우선도 모두 최저 평가.『지혜의 셰라 하』포획 보고. 두 주인님의 수면 시간을 줄일 가치── 없음. 두 주인님의 기상 루틴을 저해할 가치── 없음. 실행예정기억에서 보류를 거듭한 결과, 기억결핍. ……잘못했어요. 본 기체가 소유 중인 해당 개체의 전권. 주인님께 위양함."

그렇게 나란히 깊이깊이 고개를 숙이며 사죄하는 두 사람.

은근슬쩍 셰라 하의 모든 것을 양도받은 소라와 시로는 고개를 갸웃했다.

──현재의 데모니아는 '적도 아군도 될 수 없는 무가치한 종족'이라고……?

──심지어 408년 동안이나 『마왕』이 없었다니……?

그 상세한 내용을 묻고자 입을 열려던 소라에게.

"큭큭큭……. 바로 그 잘못된 인식을 바로잡고차 온 것이었지요──."

식사를 마쳤는지 입가를 냅킨으로 닦던 셰라 하가 사악한 웃음소리를 내더니.

"아차차."

잠시 말을 끊고는 스테프에게 고개를 조아렸다.

"정말로 맛있는 식사였습니다. 포로에게 과분한 대접 진심으로 감사드립니다……. 큭큭."

"──에? 아, 어, 네…… 처, 천만, 에요……?"

어디까지나 기품으로 넘쳐나는 목소리와 몸짓으로 정중히 두 손을 마주하며.

예의 바르게 스테프에게 감사를 표한 후, 짐짓 사악한 웃음을 덧붙인다.

그 모습에 모두가 곤혹스러워하는 가운데, 고개를 든 셰라 하는 다시금 깊은 웃음을 머금으며 오른손을 들었다.

"" ̄ ̄ ̄ ̄ ̄웃?!""

그 손. 셰라 하가 들어올린 부드러운 주먹에── 무언가를 느꼈는지.

지브릴과 이미르아인, 이즈나와 티르에 이르기까지.

다시 말해 이마니티 이외의 사람들이 임전태세를 갖추고── 그리고.

셰라 하는 꼬리처럼 생긴 뱀 하나로 커닝페이퍼인 듯한 종이를 꺼내 들더니──.

"에~ 『우러러보거라 우민들아! 그리고 절망하라! 마왕의 부활이다!!』──콜록."

그것을 커다란 목소리로 읽은 셰라 하가, 사레들어 기침을 하며 치켜든 주먹을 펼친, 그 직후.

──하늘이 어둠에 뒤덮이고, 천둥 번개가 쳤으며. 바람이 소용돌이치고──.

"── ̄ ̄ ̄우우우웃?!"

티르가 창백해진 낯으로 숨을 삼키는 것을, 소라만이 알아차렸다…….

■ ■ ■

세계가 녹아 내린다.

셰라 하가 머리 위에 들었던 손바닥을 기점으로, 시야가 물컹거
리며 돌아간다.

──정신이 들고 보니 소라 일행은 성의 식당이 아니라 황야에
서 있었다…….

핏빛으로 물든 하늘에 일그러진 천둥 소리, 1초 후에라도 와해
될 것 같은── 다 무너져 가는 대지에.

그리고 하늘에 소용돌이치는 먹구름에서 실을 자아내듯 모여
든 어둠이 떨어져 내리고…….

"──뭐, 뭐지……?"

간신히 의문이── 아니. 명확한 '공포'가 소라의 목에서 새
나왔다.

그렇다── 이 세계는 『십조맹약』에 따라 위해도 손궤도 불가
능하다.

그렇기에 눈앞에 펼쳐진 광경이 현실이 아닌── 환영이란 것
은 또렷이 이해할 수 있었다.

그러나 그 이해와 동등하게 또렷한── 강렬한 불안과 초조함
이 일동의 가슴을 찔렀다.

——누구도 감당할 수 없는 무언가가 나타나려 한다——는 감정이…….

　그리고—— 그 확신을 긍정하듯.
　자아낸 실처럼 하늘에서 떨어진 덩어리—— 인지의 영역을 초월한 어둠은.
　말 그대로 그곳에 있는 생명에게서 희망을 앗아 가며 멈추었다.

　"이는 '희망을 먹어 치우는 짐승' ——."
　그렇다—— 그것은 공포와, 절망의 현현…….
　"이것은 '모든 것을 멸하는 불멸의 환상' ——."
　그렇다—— 그것은 모든 생명을 잠식하는 천적.
　"필멸의 숙명을 띤 가엾은 존재들이여, 400여 년의 거품 같은 안녕은—— 즐거웠는가?"
　처음으로 듣는 그 목소리에 사고가 날아가 버린다——. 그러나 알고 있다.
　충격에 뒤흔들리는 머리로도, 그것이 누구인지—— 이해하고 말았다.
　"이 몸을 망각으로 몰아넣었던 어리석은 존재들에게 지금 다시 구태여 소개하노라——."
　그 말과 함께.
　그것이 칠흑의 날개를 펼친 순간, 구름이 걷혔다.
　소용돌이치던 먹구름이 부서지고, 핏빛으로 번뜩이던 하늘에 안긴 황야의 중심에.

하늘과 땅의 모든 어둠이 응축되어 출현한 그것은—— 드높이
선언했다.

"내가 바로——『마왕』이다……!!"

………….

…………………….

모두가 말없이 서 있는 가운데, 어둠의 덩어리——『마왕』은.

짐승의 털로 뒤덮인 검은 날개를 펼치고, 금색의 눈으로 지상을
노려보며,

"……하. 내 위용에 목소리도 안 나오는 모양이군…… 뭐, 그
것도 어쩔 수 없지. 저항할 수 없는 절망 앞에 전율하는 것은 너희
에게 허용된 마지막 특권이다. 불굴의 『용사』—— 너희도 용기
를 내려면 시간이 필요할 터."

그렇게——『마왕』은 희열로 입가를 일그러뜨리며——.

"——좋다. 그 절망과 공포는 마왕인 나에 대한 예찬이지. 침묵
하는 불경은 약자에 대한 관용으로 용서하마. 큭큭, 크하하……
크아————하하하하하하하하하하하하하하하하하하하하!!"

그렇게—— 자칭 『마왕』이 목청껏 웃음을 터뜨리고.

그저 침묵…… 아니, 할 말을 찾을 수 없는 일동 중에서——.

"야…… 저건……."

소라가 마음을 굳게 먹고 입을 열었지만, 세라 하가 정중한 말로 재빨리 가로막았다.

"큭큭……. 아, 실례천만죄송송구스럽사오나지금은오랜만의 마왕노릇에절호조인마왕님을감상하느라바쁘니한동안이대로 경청을부탁드려도될는지요?"

아…… 네…….

말을 더 이을 수 없게 된 소라는 입을 다물고, 다시금── 그것을 올려다보았다.

실제로…… 아무도 말을 하지 못했던 것은 『마왕』의 말 그대로. 그 위용이…….

……위용, 이라고 해야 하나 모습이. 캐릭터 디자인이 말을 잊게 만들었을 뿐이다.

그래, 그것은──.

모든 어둠이 응축된── '검은 털뭉치'였다…….

쫀쫀한 살이 복슬복슬한 털에 싸인 올록볼록한── 귀여운
무언가
물체였다.

날개처럼 펼쳐진 커다란 귀……라기보다 날개로 파닥파닥 허공에 떠 있는 그것은.

한마디로 말해──2등신…… 털북숭이 마스코트였다…….

──모습을 드러냈을 때의 가차 없는── 본능적인 공포는 진

짜였지만.

하지만 거창한 대사도 드높은 웃음소리도…… 비유하자면 여아 목소리로 인기 있는 성우가 예쁘장한 소년 캐릭터를 배정받은 듯한…… 혀 짧은 목소리에 소프라노여서 듣기 편한── 귀여움의 덩어리였으며.

그런 매혹적인 보이스가 더더욱 위엄을 보이고자 귀엽게 말을 잇고 있었다…….

"두려워하라! 찬양하라! 눈물을 흘려라!! 세계를 양분하는 마왕군이 세계를 멸할 때가 왔노라!!"

……응. 그러네. 귀엽네.

얄미울 정도로 귀여운 목소리를 내는 털뭉치가 프리티하게 무언가를 선언한다.

"그리고 종언에 저항하는 어리석은 자들 ──다시 말해 용사── 너희여. 내가 허하노라!! 전율하고 떨면서도 발버둥 치거라! 기특한 용기를 가슴에 품고, 가엾은 희망을 믿고 절망에 도전하는 그 만용이야말로 나의 총애를 받아 마땅하니!! 큭큭큭…….

크앗──핫핫핫핫하!!"

그렇게, 털뭉치가 혀 짧은 소리로 드높이 웃으며 날개(귀?)를 펼치자──.

──다시 시야가 흐물흐물 일그러지더니, 핏빛 하늘의 황야는 돌변하고.

다음으로 나타난 것은 깊은 숲속의── 검게 떠오른 으스스한 『탑』의 윤곽이었다.

……소라 일행의 시야를 빼앗고 있는 것인지, 아니면 공간 그 자체를 바꿔 버린 것인지.

그러한 영상이 항공 촬영처럼 흘러가고── 그리고 소라 일행에게 그 사실을 일깨워 주었다.

숲으로 보였던 것은 지상을 뒤덮을 정도로 들끓는 '대군세' 였음을…….

고블린이며 오크를 비롯해, 이름도 모르는 이형의 『마물』에 이르기까지.

다종다양한 데모니아의 무리에── 자세히 보면 엘프나 드라고니아의 모습까지 섞여 있었다.

──세계를 멸망시키고도 남을 만한 광경. 불안을 부추기는 중후한 BGM까지 울려 퍼지고.

그리고 지상을 내려다보는 영상의 구석에, 한껏 멋을 부린 서체의 인류어로, 이렇게 표시되어 있었다.

──『마왕군(이미지 영상)』이라고…….

그 표기에…… 모두가 계속 말을 잃고 있는 가운데.

드높이 웃고 있던 털뭉치가 파닥파닥, 검은 『탑』의 꼭대기를 향해 멀어져 가고.

이윽고 페이드아웃. 새까맣게 변한 시야에 다시 인류어 표기가 떠오르더니.

혀 짧은 마왕 보이스가 이것을 읽어나간다──. 그렇다…….

──『세계 멸망 커밍 순』이라고…….

─────────.

어느새 시야는 원래의 에르키아 왕성 식당으로 돌아와 있었다.

멸망해 가는 황야도, 검은 탑을 내려다보는 공중도 아니었다.

아니, 애초에 조금 전에 보았던 모든 것은 단순한 환영── 영상이 끝났을 뿐이었다.

그렇기에──.

"큭큭큭!! 어~떠냐, 셰라 하?! 어땠느냐, 나?! 카리스마였느냐?!"

"예!! 아아 마왕님!! 예, 예, 매우 귀엽──이 아니라 공포와 위엄으로 가득 찬 마왕님의 연설에 이 셰라 하는 감동의 눈물을 금할 수 없었습니다!! 큭, 으큭……."

"크앗~핫하!! 그럼~ 연출을 생각한 영상사업부에 특별 상여금을 수배하거라!!"

"아아, 황송하옵니다 마왕님! 셰라 하는 현재 포로의 신분인지라──."

"으음?! 아 글쿠나, 그랬지. 그럼 내 용돈으로 간식이라도 사 줘야겠다!!"

"아아! 마왕님께서 직접 격려를 하신다면── 다들 감격의 눈물에 빠져 흐느껴 올 것입니다!"

──────그렇게.

모든 것이 환영으로 사라졌어야 하는 가운데, 단 한 가지 현실에 남은 까만 털뭉치──『마왕』과.

그 마왕을 하염없이 칭송하며 감격의 눈물을 흘리는 셰라 하만이 남았다⋯⋯.

그 대화에, 소라는 게슴츠레해진 채 돌아오지 않는 눈을 향하며, 물었다.

"어⋯⋯ 일단은 셰라 하라고 부르면 될⋯⋯까?"

"──아, 네? 어, 아아⋯⋯ 네. 지금 셰라 하의 신병은 두 용사님께서 소유하신지라. 부디 원하시는 대로 불러 주세요. ⋯⋯아. 큭큭⋯⋯."

"⋯⋯그렇구나. 그런데 그 사악하게 덧붙이는 웃음은, 무리하고 있는 거면 그만두는 게 어떨까?"

──사실은 그런 캐릭터가 아니란 거 이미 다 들켰고⋯⋯.

소라가 그렇게 말했지만, 셰라 하는 우아하게 웃음을 머금으며 고개를 숙였다.

"큭큭⋯⋯. 배려에 감사드리오나, 이 웃음은 마왕군 통합참모본부의장의 의무인지라⋯⋯. 사임한 몸이라 하여도 OB인지라."

⋯⋯아, 그 말투도 업무 내용에 포함되는구나⋯⋯.

어디까지나 사악한 척 웃으면서 예의 바르고 기품 있게 행동하는 셰라 하에게.

뇌리에서 소용돌이치며 증식하는 대량의 의문에 자기 머리를
붙잡은 소라가 그것들을 어떤 우선순위로 처리할지 고뇌하는 가
운데——.

"……저, 저기…… 미안하다, 요…… 이즈나는, 이제 한계다
——요!!"

"으헉——?! 잠까, 여, 여봐라 셰라 하! 이 멍멍이는 뭐냐?!"

——『마왕』이 모습을 나타낸 후로 계속 엎드려 자세를 잡은 채
커다란 꼬리와 함께 엉덩이를 흔들던 이즈나가, 인내심의 한계에
달해 마왕에게 달려들었다.

"뭐, 뭐 하는 거냐 너?! 용사 일행이라도 용기에 한도가 있지!!
나 마왕인데?!"

귀여운 비명을 지르는 털뭉치에게, 흥분에 젖은 소녀가 맹렬히
엉겨붙었다.

……『마왕』의 모습이 이즈나에게 숨겨진 짐승의 본능을 크게
자극했던 것이리라.

고양이가 털실 뭉치를 가지고 놀듯, 완전히 장난감이 된 털뭉치[물체]
의 모습에——.

"…………좋아, 그럼 몇 가지 질문을 좀 할게. 우선은——."

겨우 생각을 정리한 소라는.

우선 조금 전에 제지당했던 질문을 다시 건네기로 했다.

——다시 말해.

"여기 이…… 뭐냐. 조금만 데포르메하면 인형으로 상품화할 수 있을 것처럼 생긴 털뭉치가…… 정말로, 실화로, 진짜로『마왕』이라고 보면 되는 거야……?"

"이~ 거~ 놔~ 내가 약자에게 관대하다고 했던 건 사실이지만 슬슬 화낼 거다?!"

이즈나에게 안긴 채 도망치지도 못하고 눈물로 호소하는 이 털뭉치가.

──그 뭐냐……『마왕』의 사역마, 라든가…… 혹은 뭔가 문제가 생겨 데포르메당한, 그런 게 아니라.

정말로, 진짜『마왕』의 모습인 거야?

그런 소라의 물음에.

"큭큭……. 네, 이분께서 위대하신 마왕님 본인이십니다!"

셰라 하는 바둥바둥 발버둥 치는 털뭉치에게 경의를 담아 고개를 끄덕이고── 덧붙였다.

"엄밀히는 본국에 계시는『탑과 영역』이 바로 마왕님의 본체이십니다만. 그러나 여기 계신 모습도 셰라 하가 받은 마왕님의 『핵』의 한 조각── 그 위대한 힘의 일부이므로, 정말로 진짜 마왕님과 다를 바 없습니다. 큭큭……."

"…………글쿠나……."

"……이, 복슬이, 가……『마왕』……."

"야 멍멍이!! 나 마왕이거든?! 불경해!! 마왕에게 이빨을 세우다니 정신 나간 거 아냐?!"

잘은 모르겠지만, 마침내 이즈나가 앙앙 깨물기 시작한 저 털뭉치가.

아무래도 본체는 아니치만 『마왕』이 틀림없다고 한다.

그렇다면 조금 전의 장광설도 틀림없이 『마왕』이 직접 한 말인 모양이다.

"큭큭……. 참고로 등신대 마왕님 인형은 대호평 판매 중, 데모니아의 기술진이 만졌을 때와 안았을 때의 감촉에 공을 들인 장인의 명품인데 혹시 하나 생각 있으신지요? 큭큭큭……."

그렇게 말하며 셰라 하가 어디선가 꺼낸 인형을 보고.

──조금 갖고 싶다.

현재진행형으로 마왕을 가지고 노는 이즈나는 물론이고.

시로와 스테프, 원통하게도 소라까지── 잠깐 그렇게 생각했으나.

"아니…… 지금은 됐어. 그보다도 다음 질문을 해도 될까……?"

"……큭큭……. 매우 유감입니다…… 이렇게 귀여운──이 아니라 무서운데……."

요령도 좋게 사악한 웃음을 지으며 인형을 도로 집어넣는 셰라 하에게.

소라는 전제 확인을 마친 지금, 순서를 기다리는 막대한 수의 질문을.

　순서대로 부르짖기로 했다.

　다시 말해——.

"왜 지금 세계를 멸망시키는데?! 지금이 아니잖아~! 분위기 파악 못하냐?!"

　——에르키아 연방과, 대 에르키아 연방 전선…….

　세계가 두 진영으로 갈라져, 서로를 견제하고 깎아내는 이 상황에!!

　안 그래도 겁나 귀찮고 혼란스럽기 그지없는 세계 정세에, 이제 와서 '제3세력'?!

　"자꾸 얘기를 복잡하게 만들지 말라고! 아니, 그보다 데모니아는『전선』측이잖아?!"

　그렇게 머리를 쥐어뜯는 소라의 호소에,

　"……큭큭큭? 왜냐고 말씀하셔도 곤혹스럽습니다만."

　세라 하는 그저 사악한 웃음에 물음표를 찍으며 고개를 갸웃했다.

　"세계의 절반이 마왕군에 들어오고 마왕님도 부활하셨는데—— 지금 이 순간 세계를 멸망시키지 않는다니, 반대로 언제 세계를 멸망시키면 납득하실 수 있으신가요? 큭큭큭."

바라는 점이 있다면 일단 검토는 해 보겠습니다──라고 진지하게 덧붙이는 셰라 하에게.

　……아아, 그렇구나. 하긴.

　소라 또한 진지하게 고개를 끄덕이고 자신의 착각을 인정한 다음, 다시 한번── 정정하는 말을 부르짖었다.

　"언제가 됐든 멸망당하고 싶지 않거든?! 아니 그보다 너도 『마왕』도 '세계의 반'이라느니 뭐니 하는데── 혹시나가 역시나 '마왕군'이란 게 『전선』 얘기하는 거야?!"

　조금 전의 연출에서도, 마치 『마왕』이야말로 『전선』을 거느리고 있는 것 같았다.

　설마 『마왕』──이라기보다 데모니아는, 자기네가 『전선』의 정점이라고 생각하는 거야?!

　창조주 포함해서 진짜 바보 종족인 거야──?!

　그렇게 두통을 참으며 탄식하는 소라.

　하지만──.

　"큭큭……. 죄송합니다. 셰라 하는 질문의 의도를 모르겠군요."

　셰라 하는 매우 정중하게, 고개를 갸웃하며 반문했다.

　"『전선』의 승리는 곧 『섬멸』이며, 그 이후에 기다리는 것은 더 큰 전쟁이 아니겠습니까. 그것이 번영의 미래일 리 없으며── 그렇다면 필연적으로 『전선』의 최종적인 바람이란 세계의 멸망이라고 셰라 하의 『지혜』는 이해하고 있습니다. 큭큭큭……."

──설마 그런 것도 모르는 지적생명체 따위 있을 리 없다고.

거만할 정도로, 의심하는 기색도 없이 진심으로 고한 셰라 하는, 침묵할 수밖에 없는 소라와 시로, 스테프의 반응을 긍정으로 받아들였는지──.

"그렇다면 그것은 마왕님의── 나아가서는 데모니아의 숙원인 세계 멸망에 찬동하여 우리의 밑으로 들어온 것이라 해석할 수 있습니다. 우리만으로는 도저히 이룰 수 없었던 위업을, 설마 세계의 절반이 지원해 주실 줄이야. 매우 기쁜 일이 아니겠습니까──. 큭큭!"

그렇게 감격에 떨며 『지혜의 셰라 하』가 덧붙인 웃음소리가.

지금 이 순간만은── 진정한 의미에서 사악한 환희로 들렸다.

──혹시 이 자식, 진짜 자칭대로 머리가 좋은 건가?

적어도──『전선』 내에서는 누구보다도…….

그렇게, 본의는 아니지만 반론할 수 없는 주장에 떠올랐던 의혹.

그러나 그것은 잠시 옆으로 젖혀놓고.

"──그렇군. 그럼 마지막으로, 이제까지 미루어 두었던 질문을 좀 하자……."

잠시 숨을 고른 소라는 최후까지 아껴놨던 의문을.

타이밍 좋게, 드높이. 애초에 대체 왜──.

"근본적으로── 왜 세계를 멸망시키려는 건데?!"

그렇다. 분명 이곳은 『게임판 위의 세계』—— 판타지 세계다.

이따금 『마왕』의 존재를 듣기도 했고, 마왕이 세계를 멸망, 혹은 정복하려 든다는 것은 고금동서 당연한 흐름이자 이제 와서 놀랄 일도 아닌—— 자연스러운 행태일지도 모른다.

그러나—— 막상 그 당사자가 되고 보면 묻지 않을 수 없다.

원래 세계의 판타지 작품이라면 때로는 금기까지 될 물음을.

다시 말해——.

"세계를 멸망시키면 너희도 멸망하잖아?! 목적 이즈 무엇?! 뭘 하고 싶은 건데?!"

—— '자살'에 일일이 세계를 끌어들이지 마!! 라고.

수많은 작품에 대한 소라의 절실한 호소.

그러나——.

"큭큭……. 그것은……………………… 으~응? ……어라? 왜일까요?"

————————————.

"굳이 말하자면 마왕님이 그렇게 바라셔서, 가 되겠지만…… 생각해 보니 이상하네요. 마왕님, 왜 세계를 멸망시키려고 생각하셨나요? 큭큭……."

……태어나서 처음으로 품는 의문이었는지, 셰라 하는 마왕에게 그렇게 묻고.

"으음?! 왜긴—— 내가 마왕이니까 그렇다만?!"

"존명! 그렇군요. 당연한 일이었습니다. 셰라 하의 어리석은 질문을 용서하여 주십시오."

"음, 용서하마! 용서할 테니까 그보다도 이 멍멍이 좀 슬슬 어떻게 해 줘?!"

그리고 마침내 이즈나에게 발길질을 당하기 시작한 마왕의 대답에 만족했지만—— 한편에서는.

"지브리————————일!! 데모니아 설정 파악이 덜 됐어! 『마왕』이란 건 대체 뭐야아아?!"

조금도 만족하지 못한 소라는 적절한 해설을 요구하며 비명을 질렀————.

■ ■ ■

——다시 장소를 바꾸어—— 에르키아 성, 옥좌의 홀.

그러나 식당에서 이동한 후로도 변함없이…… 그곳에서는 귀여운 비명이 울려 퍼지고 있었다.

"슬슬 아무나 이 멍멍이한테서 해방시켜 줘!! 난 마왕이거든?!"

"……싫다, 요. 이거, 이즈나 거다, 요. 절대— 안 놓는다, 요!"

그렇게—— 어지간히 이 『마왕』이 마음에 들었는지 소중한 장난감을 빼앗기지 않으려 하는 이즈나가 눈물을 그렁거리며 호소했다.

그 모습에 소라는 다정하게 미소를 머금고 고개를 끄덕이며——
『마왕』에게 말했다.

"……아니, 틀렸어. 너는 『마왕』이 아니야."

"하~아?! 나 마왕 맞거든?! 어디서 어딜 봐도 마왕이거든?!"

"보면 볼수록 『마왕』 아닌 건 둘째 치고, 넌 『마왕』이 아니야."

그렇게 단언한 소라는—— 애초에 이즈나가 마왕의 의지에 반
하고 있다는 것.

다시 말해 『마왕』을 장난감 취급할 수 있다는 것이 그 증거라고
말했다——.

"너는 '『마왕』의 단편'—— 셰라 하가 소유한 조각이고, 본체
가 아니야——. 다시 말해 셰라 하의 소유물이지. 그리고 셰라 하
의 '모든 것'은 지금 우리가 소유하고 있어."

"————."

——따라서 '이곳에 있는 털뭉치'에게 『십조맹약』의 보호는
없으며.

"다시 말해 이즈나가 널 장난감으로 삼는 걸 막을 힘은 어디에
도 없지……. 포기해."

"있잖아?! 이 내가 셰라 하의 소유물이라면 셰라 하나 너희가
말려!!"

"근데 없거든…… 왜냐하면."

"……시로랑, 빠야한테는…… 말릴 의지, 가…… 없으, 니
까……!"

"아아, 죄송합니다 마왕님! 용사님들께 소유된 셰라 하에게는 어떻게 할 방법이⋯⋯. 큭, 마왕님이 소녀에게 괴롭힘을 당하다니 이 무슨 귀여운, 이 아니라 마음 아픈 광경인지!"

"셰라 하!! 그렇다면 너도 말릴 의지가 없는—— 야! 돌리지 마 멍멍이!!"

아무튼—— 무사히 전방위에서 『마왕』을 장난감으로 삼는 허락을 얻어.

기쁘게 털뭉치[마왕]를 가지고 놀기 시작한 이즈나와, 이를 바라보는 셰라 하를 곁눈질하며.

——다시금.

"【해설】: 개체통칭『마왕』——【익시드】위계서열 제2위『판타즈마』의 돌연변이."

"우선 판타즈마를 간단히 설명드리자면——'현상생명'이라 정의되는 종족이옵니다."

이미르아인과 지브릴은 소라와 시로에게 고개를 숙인 후.

마왕을 설명하기 위해, 우선 판타즈마에 대해——. 그렇게 말을 꺼냈다.

"판타즈마는 '과거에 실제로 발생했던 현상' 또는 '지금도 지속되고 있는 역사적 사실'에 따른 환상—— 외경이나 공포 등, 그 현상에 대한 『공동환상』이 형태를 띠어, 그 기원을 재현하는 기구[시스템]로서 현현하기에 이른 존재의 총칭이옵니다."

──그렇구나. 하나도 모르겠다…….

과연 위계서열 2위── 1위에 버금가는 엉터리……라고 흰자위를 까뒤집으며 생각한 소라와 시로는.

"예를 들어── '하늘에 뜬 육지' 나 '모든 것을 부식시켜 죽이는 안개', 혹은 '대륙을 뒤덮은 폭풍우' 등등 과거의 천재지변── 이러한 것들이 의지를 띠고 발생한 것이 판타즈마이옵니다."

"【당연】: 유일신 제정 후, 새로운 개체 발생은 미관측. 대전 당시의 잔존 개체뿐인 종족."

"……아……."

"……그렇~구나……?"

이어진 두 사람의 말에 간신히, 개요만은 파악한 기분이 들었다.

──원래 세계에서도 지진이나 해일 등의 재해…….

그러한 것들에서 의지를 연상한 사람들이 '신화 속의 괴물' 을 만들어 낸 사례는 많다.

바하무트, 튀폰, 브리트라, 야마타노오로치 등등──.

보아하니 이 세계에서는 그런 괴물이 정말로 발생했던 모양이다.

……새삼스럽지만, 용케 대전에서 살아남았구나…… 이마니티…….

"하오나 돌연변이체인 『마왕』은 여러 가지 의미에서 특수했나이다."

간신히 이해를 따라잡은 소라와 시로에게, 지브릴과 이미르아인이 말을 이었다.

"『마왕』은 미발생 현상── '세계 멸망이라는 현상' 이 형태를 얻은 것. 그렇기에 재현이 아니라 능동적으로 그 현상을 일으키고자 기능하는 판타즈마──로 여겨지고 있사옵니다."

"【구체】: 생명근절을 목적으로 한 무차별 공격. 【수법】: 데모니아 창조 및 자기 영역 확대 등."

"한편으로는 어째서인지 자신을 토벌하려는 자를 『용사』라 호칭하며, 자신의 본체 중추──『탑』 내부로 끌어들이는 등 이해할 수 없는 행동도 많은 의문의 판타즈마이옵니다."

"【첨언】: 판타즈마는 『핵』을 파괴하지 않는 한 시간이 지나면 부활. 【역설】: 『핵』을 파괴당하면 완전 소멸……. 『마왕의 핵』은 『탑』 내부에 존재. 일부러 적을 불러들이는 의도, 불명."

……흐음.

솔직히 말해 소라와 시로는 역시 애매하게밖에 이해할 수 없었으나.

다시 말해…… 『마왕』은 세계 멸망이라는 '현상' 이고?

원래 그런 존재니까── '딱히 이유도 없이 세계를 멸망시키려 하는' 것이고?

심지어 자신을 쓰러뜨리려 하는 자를 『용사』라 부르면서 환영한다…….

지브릴과 이미르아인의 설명을 통해 그렇게 이해한 소라는, 이즈나가 가지고 노는 털뭉치를 보았다.

──그렇군. 우리를 『용사』라고 부른 이유는 드디어 판명됐다. 그렇다면 말이 나온 김에──.

"기왕 본인이 있으니까 직접 묻겠는데…… 야, 털뭉치. 왜 그런 일을 하는 거야?"

자신을 쓰러뜨리려 하는 존재를 일부러 환영하는 『마왕』──.

그런 전형적인 설정에 대한 답을, 별 기대는 없이 묻는 소라. 그리고 아니나 다를까.

"큭큭큭, 핫─핫하! 어리석구나 용사여?! 물론── 내가 마왕이라서 그렇다만?!"

"역시 말이 안 통하네. 이즈나, 좀 더 세게 가지고 놀아줘라."

"이봐앗──?! 엑, 어째서어째서?! 나 완벽하게 대답했지, 셰라 하?!"

"그렇습니다. 마왕님은 항상 완벽하시고 무적으로 귀여우십니다. 큭큭큭……."

대답이 되지 않는 대답을 한 털뭉치와 이를 칭송하는 녀석들은 이즈나에게 맡기고.

그런 얼빠진 털뭉치라면 필연적으로 발생하는 의문을, 소라는 계속해서 물었다…….

"『마왕』^{이 녀석}…… 그런 생태로 용케 대전에서 살아남았네……?"

모든 생명에 대한 무차별 공격── 다시 말해 신들이라든가 플뤼겔이라든가 엑스마키나…….

세계를 멸망 반걸음 직전까지 몰아넣었던 자들에게 무차별로 싸움을 걸었으면서?

심지어 『핵』이 있다는 본체――『탑』으로 침입하는 것도 환영한다…….

……세계를 멸망시키기는커녕 신속히 자멸할 것 같은 기세 아닌지?

그렇게 의구심을 품는 소라.

그러나 돌아온 대답은.

"예. 지극히 유감이오나――『마왕』의 토멸은 사실상 불가능했사온지라."

"【기록】: 대전. 엑스마키나는 16회에 걸쳐 『마왕』 토멸을 시도하여 『탑』에 침입. 16회 전 기체 상실."

――신을 죽이는 결전병기^{엉터리 생물}들도 '토벌 불가능'이라고 단언하는 결론에.

모두가 눈을 크게 뜨는 가운데, 지브릴과 이미르아인은 담담히 보고를 계속했다.

"그 기괴한 성질 때문에 『마왕』이라는 판타즈마에게는 수많은 이명이 존재하옵니다."

"【열거】: 파멸의 환상. 검은 꿈. 희망을 먹어 치우는 짐승. 종언 기구――. 그리고."

――《절망영역》…….

"이명대로—— '희망을 먹어 치우는 영역'이라는 내포세계를 보유하고 있습니다."

"_____."

"【해설】:『마왕』의 《절망영역》에 침입했던 모든 생명은—— 유기물, 무기물, 실체의 유무초차 불문하고—— 무조건 모든 '희망'을 잡아먹혀 '절망'함. 그 결과 차해 또는 생명 유지의 차추 포기가 관측됨. 이를 회피할 수단. ——불명."

"다시 말해『마왕』에게 도전하더라도 싸울 의욕을—— 살아갈 의욕과 함께 빼앗겨 살아 있는 시체가 되나이다."

…………그렇게.

그저 벌어진 입이 다물어지지 않는 말을, 두 사람은 계속해서 이어 나갔다.

"또한『마왕』내부——『탑』내에 침입해 생환했던 자는 없었사오며——."

"【필연】: 해당 정보는 모두 '『탑』외부에서 발생한 현상'에 따른 추측. 불확정사항."

——그것이 의미하는 바는. 그렇다——.

"『마왕』은 '거대한 탑을 중심으로 한 영역' 그 차체이오며, 이것이 내포한 성질은『탑』의 내부만이 아니라 시간 경과에 비례해 확대되어 외부를—— 세계까지도 침식하기 시작하옵니다."

"_____."

"그 성질 때문에 당연히—— 대전 당시, 많은 이가『마왕』의 완전 토벌을 시도했사옵니다."

"【기출】: 엑스마키나, 플뤼겔, 엘프, 드워프. 또한 비교적 약한 개체이지만 올드데우스의 『마왕』 토벌 시도가 두 차례── 기록 존재. 【보고】: 성공 사례는 0. 모두 실패."

그 누구도…… 신조차 막지 못했던, 절망.

세계를 침식하고, 확대되며 희망을 잡아먹는── 절망이라는 영역.

그렇다면 그것은 대체 무엇을 가져왔는가──?

"【공개】: 엑스마키나가 기록한 최대의 확대 사례── 갈라름 대륙 전역 및 인접한 2개 대륙의 합계 약 47퍼센트까지도《절망 영역》확대 침식. 해당 영향권 내의 모든 생명반응 소실을 확인."

──그렇게.

담담히 마무리한 지브릴과 이미르아인에게.

"…………."

……소라와 시로, 스테프는 그저 아무 말도 하지 못하고 있었다.

너무나도 지나치게 터무니없어 상상조차 불가능했다.

그 자체가 이미 『절망』이라 불러야 할 만한 이야기였으며.

그리고 무엇보다──.

"너── 그렇게 생겨 먹어서 그렇게 무시무시해?! 갭 때문에 감기 걸리겠다?!"

"크앗~~~핫하!! 이제야 나의 무서움을 이해하였느냐, 어리석은 것들아?!"

아무래도 상상을 초월하는 흉악한 존재였던 듯한 『마왕』은 그렇게 거만하게 웃더니──.

"이해했으면 이 멍멍이한테서 날 어서 해방시켜라!! 나 이제 침범벅이거든?!"

일련의 이야기를 전혀 듣고 있지 않았는지 신경 쓰지 않고 자신을 장난감 취급하는 이즈나를 가리키며 소리 높여 애원했다.

그러나 소라 일행은 소라 일행대로 신경 쓸 여유가 없었다. 그렇기에 방치하고 신음한다──.

"다시 말해 『마왕』의 《절망영역》이 세계 전체를 뒤덮으면 진짜로 세계가 멸망한다고?"

……생명을 가차 없이 자살로 빠뜨리는, 신조차 토벌이 불가능한, 심지어 확대되는 영역.

이── 혀 짧은 목소리의 귀여운 인형(날것)이……?

그렇게 첫 인상을 어떻게든 불식하고 '위협'으로 재평가하고자 노력하는 소라와 시로, 스테프.

그러나──.

"【부정】: 아, 주인님. 그건 기우. 걱정하지 마."

"예. 그도 그럴 것이 분명 토벌은 불가능하오나── 무력화는 쉬웠사온지라 ♪"

첫인상을 바꿀 필요는 없다고 말하듯.

한껏 절망을 늘어놓았던 두 사람은 느닷없이 가벼운 분위기로 말을 이었다. 그것은——.

"【해설】: 『마왕』의 『핵』이 존재하는 『탑』과 함께 외부에서—— 마왕령 전역에 대한 무차별 포화공격을 퍼부어 말 그대로 '소멸'시켰음. ——이상으로 최단 58년 동안 『마왕』을 활동 불능에 빠뜨릴 수 있음."

"당연히 『핵』은 건재하므로 몇 번이고 부활하오나. 몇 번이고 태워버리면 그만이옵니다♥"

그렇게 대전 당시의——『마왕』 처리법을 설명하는 플뤼겔과 엑스마키나^{이 미 르 아 인}에게,

"그거!! 그거라고?! 계속 말하고 싶었는데—— 너희에게 긍지는 없는 거냐?! 용사는용사답게정정당당히도전해라마왕을고고도폭격으로장사지내는용사가세상에어디있냐?! 흥, 뭐~ 어차피 그걸로는 나를 없애지 못했으니까? 무의미한 저항이었던 셈이지만?!"

유구한 세월을 거듭해 온 털뭉치가 필사적으로 항의하자, 소라와 시로는 나란히 하늘을 우러러보았다…….

……그래서, 뭔데? 『마왕』—— 이 인형은.

부활할 때마다——『크큭큭……. 크앗—하하하! 자아, 이번에 야말로 세계 멸망이다?! 오너라, 용사여! 나를 쓰러뜨려 보거라

―――――――――― 응? 어라아?』하다가…….

하늘에서 다짜고짜 투하하는 압도적 폭격에 입을 다물어 버렸다는, 그런 소리인 모양이다.

……그렇구나. 세계 멸망의 환상. 희망을 먹어 치우는 짐승……《절망영역》…….

의심할 나위 없는 절망의 화신인 괴물은―― 아아, 슬프게도.

세계를―― 멸망 반걸음 직전까지 몰아넣었던,『마왕』이상의 부조리들 앞에서는.

――상대적으로 보면 별 위협도 되지 않고. 그리고 더더욱 슬프게도――.

"아, 참고로 마스터.『십조맹약』이 있는 현재―― 대전 시절 같은 무력 제압은 불가능해졌사오나. 동시에――《절망영역》또한 당연히 무효이옵니다."

――――――.

"……그야, 뭐…… 그렇겠, 네……."

"냉정하게 생각해 보니―― '강제로 생명을 자살로 몰아넣는다' 는 건……."

"변명의 여지도 없이 맹약 위반이네요……?"

다시 말해 대전 당시에조차 위협을 느낄 가치가 못 되었다는 『마왕』이―― 현재.

거의 무력화되었다는 사실에 소라와 시로, 스테프까지도 아연실색해 중얼거렸다.

그렇게 되면 필연적으로──.

"『마왕』의 《절망영역》은 『탑』 내부── 다시 말해 상호동의한 게임에 따른 경우에 한해."

"【첨언】: 『마왕』은 『탑』이자 『영역』 스스로 움직일 수 없음. 【결론】: 해당 털뭉치는 아무 것도 못함."

──귀여운 털뭉치에서 무시무시한 털뭉치로, 그리고 이번에는 불쌍한 털뭉치로…….

제트코스터 평가 변동을 거친 『마왕』에게 연민의 감정이 떠올랐지만──.

"……그렇군. 이 털뭉치가 외견 그대로 무해한 털뭉치였다는 건 알았어."

"나 마왕이거든?!"

"하지만 너희는 마음에 걸리는 소릴 했어. 『마왕』이 없는 데모니아는 무가치하다고."

실제로 『마왕』은 이처럼 부활했는데.

그렇다면 그 평가는 어떻게 바뀌는가──를 묻는 소라에게.

"예. 실제로 『마왕』이 부활한 이상 데모니아의 평가는 조금 달라지옵니다."

"【긍정】【재평】: 데모니아의 평가── '무가치'에서 '사실상 무가치'로. 재설정."

──0에서 한없이 0에 가까워진, 아무튼 한없이 무에 가까운

평가의 근거는——.

"이유는 두 가지. 우선—— 근본적으로 데모니아가 피라미에 바보이기 때문이옵니다."

"————."

지브릴이 생글생글 웃음과 함께 손가락 하나를 세우며 가차 없이 '우선'을 단언하고.

"【상세】: 데모니아는 개체군에 따른 지성 및 능력에 극단적인 차이가 있는 종족. 다만 상한은 모두 현처히 낮음. 게임에서는 위협이 되지 않음. 번외개체의 평가는 웬일로 정당함. 피라미. 바보."

확인 사살까지 가하는 이미르아인에게, 소라는 얼굴을 실룩거리며 반론해 보았다.

"아니…… 그, 그치만 저기 있는 셰라 하는 『지혜의 셰라 하』라며……?"

——잘은 모르겠지만, 그 뭐냐, 별명? 네임드틱한 거시기라면 강하지 않을까……?

게다가 자칭이라도 『가장 뛰어난 지성을 가졌다』고 하고——?

그렇게 의문을 제기하는 소라에게.

"예. 실제로 대전 당시—— 『마왕』은 부활할 때마다 자신의 직할 친위대—— 《팔섬기(八殲騎)》니 《칠오제(七鏖帝)》니 《사천왕》 등등…… 특별히 강력한 데모니아의 무리를 창조하였사옵니다."

변함없이 기대를 저버리지 않는 전형적인 판타지 설정을 밝히는 지브릴. 그러나.

"뭐, 그때마다 주로 플뤼겔이 게임하듯 수급을 사냥한 바. 그도 그럴 것이 원 오브 유니크 피라미—— 조금 강한 피라미라고는 하나 레어리티는 그럭저럭 높았사온지라♥"

"…………"

이번에도 변함없이 기대를 저버리지 않는 밸런스 브레이커임을 과시하는 말을 덧붙였다.

게슴츠레 흘겨보는 소라와 시로를 내버려 둔 지브릴은 웃음을 머금은 채——.

"저기 있는 『지혜의 셰라 하』는 그 최초기—— 4만 년 이상 전에 만들어진 《구마장》 최후의 생존자로, 플뤼겔이 마지막까지 수급을 취하지 못했던 유일한 개체임은 사실이오니다."

그렇게, 온화한 미소를 띤 셰라 하에게 시선을 보내며 말했다.

"……그럼, 역시 엄청 강한 거 아냐……."

플뤼겔에게서 4만 년 이상이나 도망쳐 다녔다는 실적——. 상정을 초월한 강캐릭터 설정에.

이건 지브릴이 수급을 탐낼 만하네, 하고 수긍하는 소라와 시로. 하지만——.

"【부정】: 해당 개체는 전투력 전무. 지성 수준도 낮음. 다만 엑스 마키나에 의한 합계 12차례의 폭격—— 이 모든 시도에서 교전 개시 직전에 전투 영역으로부터 이탈. 소식이 두절되었던 개체."

"다시 말해 주인을 저버리고 도망치는 데 한해 지성을 발휘하는 피라미였던 것이옵니다 ♪"

그렇게── 특필할 만한 힘 따위 없으며, 지성도 '도망치고 숨는 데 특화' 되었다며.

노골적으로 단언하는 두 사람에게, 의외로 경악했던 것은──.

"──어. 셰라 하, 너, 용케 살아남았다~ 싶었더니 날 저버리고 도망쳤던 거였어?!"

디딩─ 하는 의성어를 배경에 깔고 눈물을 머금은 털뭉치였다.

그러나──.

"그렇습니다! 마왕님께 하사받은 이 지혜를 발휘하라는 명령을 받들었습니다. 큭큭……."

대체 뭐가 그렇다는 건지──. 아무튼 셰라 하는.

지브릴과 이미르아인을 홱 돌아보더니, 사악하게 말을 걸었다…….

"큭큭……. 분명 여러분의 말씀대로 지혜의 셰라 하는 전투에서 《구마장》 중 최약── 아니지요?! 역대 친위대 중 최하등의 전력이라 단언할 수 있습니다!!"

그렇게 드높이 자신의 약함을 자랑하더니──!

"그렇다면! 그런 셰라 하가 플뤼겔과 엑스마키나의 포화 공격 앞에 버티고 선들 마왕님의 호위는 고사하고 휴지 한 장만큼도 도움이 되지 않으리란 것은 자명하지요!!"

그렇다면──!! 이라며.

어디까지나 사악한 웃음을 한층 대담하게 머금고!

"귀여우신 마왕님은 불멸! 그렇기에 설령 티끌 하나 남지 않고 날아가 버리시더라도 반드시 부활하실 터——이지만 셰라 하는 축숩니다. 그때 위대한 『지혜』를 마왕님께 하사받아 가장 뛰어난 지성을 가진 셰라 하가 없이! 대체 누가! 마왕님께서 부재중인 데모니아를 통솔하고 지탱하고 세계를 멸망으로 이끌 준비를 계속할 수 있겠나요?!"

그렇게 드높이 설파하더니!

"그리고 무엇보다도! 큭큭……. 그리고 셰라 하에게 위대한 『지혜』를 내려 주신 것은 다름 아닌 마왕님——."

그렇기에——!

"모든 것은 마왕님을 위해! 데모니아의 미래를 위해! 무엇보다도 세계를 멸망시키기 위해—— '그 지혜로써 무슨 일이 있더라도 살아남아라' 라고!! 그것이 총명예지하신 마왕님의 심모원려에 따른 덕성대업을 이루기 위한 칙령임은 명명백백——하지요 마왕님?"

————.

……그렇게, 한껏 몇 초의 침묵을 거쳐,

"……어. 으, 응…… 크하하!! 나의 책략을 용케 간파했구나! 과연 셰라 하다!"

"그렇습니다! 마왕님께 하사받은 『지혜』가 있으면 이 정도쯤은 아무 것도 아니지요!!"

그렇게 동공에 지진을 일으키며 고개를 끄덕이는 털뭉치에게, 맹목적인 신자는 무릎을 꿇으며 고개를 조아렸다.

"……그래서, 보시다시피…… '데모니아의 최고 지성' 도 창조주가 이 꼬락서니이온지라♥"

 ──『캐릭터의 지능은 작가의 지능을 넘어설 수 없다』이론과도 같이.

 창조주가 바보인 이상 그 피조물도 바보인 것은 필연이라고.

 웃음과 함께 데모니아의 지성을 비아냥거리는 지브릴──. 그러나.

 ──난 그렇게 생각하지 않는다만……?

 이라는 말을 마음속에 담아 둔 채, 소라는 눈을 가늘게 뜨고 중얼거렸다.

 "……흐음. 그렇다 해도 데모니아가 무가치한 이유는 되지 않을 것 같은데?"

 가령, 지브릴과 이미르아인의 평가대로 데모니아가 바보라 쳐도.

 그렇기에 파고들 틈이 있다, 고 하면── 오히려 우선 목표 아닐까?

 그렇게 묻는 소라에게, 지브릴은 공손히 고개를 조아리고.

 "예. 이상은 데모니아가 위협의 대상이 되지 않을 이유에 불과하옵니다. 진짜는 두 번째."

 데모니아가 적도 아군도 될 수 없는, 무가치한, 두 번째 이유를.

"——『데모니아의 피스』는 항상 『마왕』이 보유하고 있기에,
이옵니다."

　두 번째 손가락을 펴며, 그 사정을 밝히고……

　………….

　………………….

"——이상. 『마왕』이 부활하든 말든 데모니아가 무해하면서도
무력하고."

"【첨언】: 덤으로 사실상 무가치한 이유. 【추천】: 무시. 방치.
먹금."

　그렇게, 긴긴 시간을 들여 상세한 이유를 다 밝힌 지브릴에게
이미르아인도 동의를 보이며 고개를 끄덕였다.

"………….."

　그러나 소라는 그저 침묵한 채, 정보를 정리하고, 조용히 생각
을 거듭했다.

　——과연. 정말로 지금 지브릴과 이미르아인이 말한 내용이 사
실이라면.

　데모니아——『마왕』은 무해하며, 또한 '애초에 공략불가능'
이다…….

　추천한 대로 무시, 방치, 먹금으로 갈 수밖에 없겠지만——.

'——그게~ 또 그렇게 안 된단 말이지…….'

　소라와 시로의 목적에서 보더라도, 『전선』을 무너뜨리기 위해

서라도, 데모니아의 공략은 필수조건이었다.

하물며——.

——셰라 하가 찾아온 이유에, 소라가 생각을 거듭한——그때.

"……그, 건…… 본인은 추천 못하지, 말입니다……."

이제까지—— 유일하게, 일관되게, 말없이.

드워프만이 알고 있는 사실이 있기에 위기감에 사로잡혀 있던 티르가, 불쑥 중얼거렸다.

그 목소리에 소라는 천천히 고개를 들고——.

"큭큭……. 네에, 네에. 그것은 셰라 하도 추천드릴 수 없군요……?"

기품 있고 우아한 그 어조에 두려움을 느꼈다.

"그러기 위해서—— 셰라 하는 이렇게 여기까지 온 것이니까요……. 큭큭……?"

……지브릴과 이미르아인 두 사람에게 동시에 도전하는 어리석은 행위.

이제는 그녀의 모든 것이 소라와 시로의 소유——라고는 생각할 수 없을 정도로 자신만만한 목소리와 안광.

그렇다—— 그야말로 뱀과도 같은 지성을 머금은 날카로운 눈이.

——용사님 일행에게 선택권 따위 없는걸요? 라고.

포식자의 미소를 띠며 고하는 것을, 틀림없는 한기와 함께 듣고
있었다…….

■ ■ ■

　한편── 바랄 대륙, 구(舊) 티르노그 주── 에르키아 공화국.
　즉석 수도는 달이 빛나는 밤에도 바쁘게 오가는 사람들로 넘쳐
나고 있었다.
　새로운 국가가 설립되었을 때의 혼란과, 늘어나기만 하는 이주
자로 혼잡은 아직까지 해소될 조짐조차 보이지 않는다.
　그런 도시의 중앙에 있는 새하얀 건물── 에르키아 공화국 정
부청사에서.
　에르키아 공화국 의원 내각 수석인 흑발 흑의의 소녀── 크라
미 첼은.
　램프가 켜진 밤의 집무실에서, 산적한 서류 중 한 장을 붙들고
노려보며.
　"……구역질 나."
　오늘 몇 번째인지 모를 저주를 내뱉고 짜증과 함께 펜을 들었다.

　……연방을 배신하고 『전선』 측에 붙고 싶다는 족속들의 타진
서가 또 한 장.
　별일은 아니다. 지난 몇 달 동안 수천 장씩 보았던 정형적인 글
귀. 요약하자면 조국과 동족을 배신할 변명과, 그 대가로 무엇을

보장받을 수 있겠느냐고 졸라대는 문장이 늘어선 서류에── 기계적인, 마음에도 없는 동의를 기재하기 위해 무심히 펜을 놀렸다…….

……이것이 자신의 일.

보신을 생각한다면 『전선』에 붙는 것은 당연. 공화국은 그러기 위한 리스크헤지 장치다.

그러나 그 선택은── 연방의 해체 및 지배, 즉 섬멸에 동의한다는 것과 같은 뜻이다.

다시 말해 자신의 보신을 위해 동족을, 타인을 죽여도 상관없다는── 매국노^{개 자 식}들.

하지만 그렇다고 배를 째지는 못할 정도로 선인이고 싶어 하는── 위선자^{쓰 레 기}들에게.

──이해합니다, 라고. 이성적인 판단입니다, 라고. 가슴 아픈 결단이었으리라 생각합니다, 라고.

웃음과 함께, 최대한 원하시는 대로 단물을 빨아먹을 수 있도록 이권을 조정한다.

──본 국^{옐본가르드}의 정재계 각 계층을 비롯해, 그들의 공모세력, 나아가서는 공화국 내의 유력자들까지.

전후좌우상하에 겉과 속까지, 전방위로 눈치를 살피며──.

'이 구역질에…… 익숙해졌다간 끝장이지…….'

이런 고행을 계속하면서도── 그래도 아직 자신은 제정신이라고 믿을 수 있는 것은.

　그것은 분명, 어디까지나――.

"크. 라. 미~? 슬슬~ 자는 게 좋지 않을까요♥"

　집무실의 어둠을 밝히듯, 해님을 연상케 하는 온화한 미소의 주인.

　엷은 금색 머리카락과 네 개의 마름모를 담은 눈동자를 가진――자신의 벗, 필 닐바렌의 존재와.

　"……그러네. 고마워, 피이. 이것만 끝나면 잘게."

　그녀가 끓여 주는 이 차 덕분이리라고―― 한 모금을 마신 후 심호흡했다.

　피이가 말할 필요도 없이, 냉큼 끝내고 자고 싶은 것은 자신도 마찬가지라면서.

　산더미 같던 서류의 마지막 한 장을 처리하면서 크라미 또한 자기도 모르게 안도의 한숨을 쉬었――으나.

"수고했어요~. 그렇지만―― 한 장만 더 확인해 줬으면 하는데요……."

　그렇게, 진심으로 미안하다는 듯, 필이 내민 서류를.

　크라미는 의아하다는 듯이 받아 살펴보고―― 그리고.

　"……『「마왕」 부활 확인. 동맹 상대이므로 정관하라.』……? 이게 뭐야?"

　본국―― 엘븐가르드 원로원에서 직접 내려온 지령서의 내용에, 크라미는 눈살을 찌푸렸다.

　——애초에, 데모니아는 위협이 되지 않는다.

　허울 좋게 이용해 먹기 위해, 또한 『전선』의 숫자를 맞추기 위
한 장기짝이라는 것이 윗선의 견해였을 터.

　크라미가 아는 한—— 부활했다는 『마왕』도 『십조맹약』으로
무력화된 상태다.

　일부러 지령서 따위 보내지 않더라도 방치 이외의 선택지는 없
었을 텐데……?

　의문으로 낯을 찡그린 크라미에게, 필은 조용히 세운 손가락을
입가에 가져다 대고——.

『——중앙첩보국에서 빼내 온 정보에 따르면요~』

　다중술식으로 위장한 마법에 의한 염화(念話)로—— 뇌내에 직
접, 아무렇지도 않게, 엄청난 고백을 전제로 깔고서.

　크라미가 놀랄 틈도 주지 않은 채—— 그 이상의 경악을 안겨 줄
말을 고했다.

　——그것은 곧.

『……「마왕」의 《절망영역》은—— 지금도 유효하다고 해요~.』
　————————.

　————————————.

『……말도 안 돼.』

《절망영역》── 모든 생명을 절망시켜 죽음에 이르게 만드는 영역.^{현상}

말도 안 된다. 그런 괴물이 『십조맹약』 체제 아래에서 기능할 리가 없다.

그렇게 단언하는 크라미.

그러나 필은 고개를 가로젓고.

『……전제부터 설명하자면요…….』

그렇다고도 단언할 수 없다──고 행간으로 알리며 조용히 설명하기 시작했다…….

『우선── 데모니아의 전권대리자가 「마왕」인 건 알고 있죠?』

알고 있다. 분명 예전에── 피이가 들려준 적이 있다.

──대전 당시 『마왕』은 플뤼겔이나 엑스마키나의 공격으로 소멸과 부활을 반복했다.

그리고 대전 말기 무렵에는 소멸했으며── '휴면상태' 로 종전을 맞았다.

다시 말해 『십조맹약』이 제정된 당시── 「마왕」은 없었다.

그러나 『마왕』에게 충실한 데모니아는 종의 피스를 휴면 중인 『마왕』에게 헌상했다고 한다.

그 결과──.

『데모니아는 전권대리자가 사실상 부재인 상태였다──는 거구나.』

『그렇답니다~ ♪ 과연 크라미. 이해력이 좋아요~ ♪』

백 점 만점이라며 머리를 쓰다듬는 손을 피하며, 크라미는 속으로 정보를 보충하고 정리했다.

──『마왕』은 판타즈마이며, 『핵』을 파괴당하지 않는 한 몇 번이고 부활한다.

다시 말해 부활하기 전까지도──휴면 상태라 해도 확실하게 존재는 한다.

그렇기에 휴면 상태인 『마왕』에게 『종의 피스』를 양도하는 것은 거래로서 유효했으며.

이리하여 데모니아는 아무도 『종의 피스』를 빼앗을 수 없게 되었고──그 대신.

천권대리자 수준의 의사결정권을 가진 자 또한 존재하지 않았다──.

이것이 데모니아가 오랫동안 '무가치' 하다고 간주되었던 이유 중 하나였을 터.

그렇게 정리를 마친 크라미.

그러나 필은 이번에는 처음 듣는 정보를 제시했다.

『하지만 415년 전──대전 종결 후 처음으로 『마왕』의 부활이 확인되었답니다.』

──왜 5천 년도 넘는 세월 동안 부활하지 않았는지.

반대로, 왜 5천 년도 넘는 세월을 거쳐 부활했는지 모두 불명인 채로——.

『부활한「마왕」은 대전 당시와 똑같이, 자신을 없앨 용사를 세계에서 모으고 있었던 거예요. 다시 말해—— 전 세계 전 종족에 대한「게임」을 선언했다는 뜻이죠~.』

……그렇구나?

『내용과 판돈은?』

대전 당시라면 몰라도——『십조맹약』이후에는 필수가 될 내용——.

다시 말해 룰과 베팅을 묻는 크라미에게, 필은 고개를 끄덕이며 대답했다.

『도전자는 최대 7명으로 '용사 파티'를 짜서「마왕」의 탑——《절망영역》에 침입. '희망만을 무기로' 최상층까지 도달해「마왕」에게 승리하면「마왕」이 가졌던 모든 것을 얻을 수 있다. 희망을 모두 먹히면 패배——라는 룰이었다고 해요~.』

…………그렇구나?

『그리고, 바보들이 우르르 몰려가서 오순도순 전멸했다——는 거지?』

『그렇답니다~ ♪ 많은 종족이 도전했지만 당연한 결과죠~.』

그럴 만도 한 것이, 오랫동안 존재하지 않았던 '마왕의 모든 것'—— 당연히 거기에는 데모니아의 피스도 포함된다.

이기면 『마왕』 자신과, 그 『마왕』에게 절대복종하는 데모니아가 송두리째 손에 들어온다.

누군가에게 이 경품을 빼앗기기 전에 자신이 차지해야만 한다고, 앞을 다투어 도전하는 것은 자연스러운 흐름이다.

──구역질 나는 흐름이지만.

하지만 현재 데모니아의 피스가 빼앗기지 않은 이상, 그것이 나타내는 결과는 하나.

게임에 도전했던 자는 예외 없이 패배──. 귀환자는 한 명도 없었다는 뜻이다.

──애초에 '상호 동의'가 있으면 《절망영역》은 당연히 유효하다.

그 《절망영역》 때문에 대전 당시 플뤼겔이며 엑스마키나, 올드 데우스까지도 『마왕』을 없애지 못했다.

게임이 되면서 『탑』에 침입하는 것이 곧 패배를 의미함은 자명하며──.

『공략 불가능한 게임이란 걸 알고 다들 손을 뗀 거예요──. 두더지들 말고는.』

『──드워프 말고는?』

『그렇답니다~. 두더지들은 7년 동안, 백 번도 넘게 계속 도전했어요.』

……왜? 명백히 공략 불가능한 게임에 백 번 이상을──?

크라미가 떠올린 의문을 긍정하듯, 필은 고개를 끄덕이고.

염화로 이어진 뇌내에 어떤 두 가지 영상을 투영했다.

『우선 하덴펠 다간 주의 415년 전부터 408년 전 사이의 인구동태랍니다.』

하나는 50만이 넘었던 인구가 409년 전을 경계로 갑자기 격감해── 겨우 1년 사이에 '0'이 되었던 그림과.

『그리고 이쪽이── 《절망영역》이 대전 당시와 같은 속도로 확대되었다고 가정하고, 중앙첩보국이 계산한 407년 전 시점에서의 영역을, 세계지도와 겹쳐본 건데요…….』

두 번째는── 마왕령에서 펼쳐진 원이 하덴펠의 다간 주를 집어삼키는 그림.

그것이 가리키는 것은── 다시 말해 이런 뜻이었다.

왜 드워프는 백 번 이상이나 『마왕』에게 도전했는가?

──도전할 수밖에 없었으므로…….

그리고 그것은…… 《절망영역》이 『십조맹약』이 있는 지금도 여전히 유효하며.

409년 전, 50만이나 되는 희망을 먹어치웠다고 말해 주는 명확한 증거였으며──?

『──아니야, 아니지. 말이 안 돼! 『십조맹약』은 절대법칙이잖아?!』

그러나, 그래도 받아들일 수 없다고 크라미는 고개를 가로저으며 호소했다.

　유일신이 제정한 법칙은 판타즈마는 물론 올드데우스^신조차도 어길 수 없을 텐데——!!

『그렇답니다. 어디까지나 가능성——. 첩보국도 확신을 가졌던 건 아니에요.』

　그런 호소에 필은 고개를 끄덕이면서도 "그래도."라고 덧붙였다.

『그래도 지극히 높은 가능성이다——라는 것이 '윗선'의 견해거든요…….』

『십조맹약』은 '해의'를 무효화한다……. 가령—— 해의가 아니라면?

　혹은——《절망영역》의 작용은 간접적인 결과에 불과하다면?

　그 가능성을 완전히 부정할 수는 없다는 말에.

『——좋아. 그럼 지평선 저편까지 양보해서, 그게 사실이라고 가정할게.』

　그렇다면——!! 이라고 크라미는 속으로 부르짖었다.

『「마왕」의 《절망영역》이 세계 전체까지 확대된다면 이 세상의 끝이잖아!! 그걸 '정관하라'고?! 원로원 그 늙은이들은 대체 무슨 생각인 거야——?!』

——그것이 사실이라면 연방이니 전선이니 하고 있을 때가 아니다.

일시 휴전해서라도 총력을 다해 대처해야 할 사태일 텐데——.

크라미는 그렇게 눈을 까뒤집고 신음했지만——.

『……「마왕」의 《절망영역》이 확대되어도 당분간은—— 영향권에 들어가는 건 연방 영토뿐……. 「전선」에는 잘된 일인 거예요——.』

"그딴 거 알 게 뭐야?! 엿이나 먹으라고 해!!!"

필의 해답에, 마침내 견디지 못하고 소리를 내며 멱살을 잡았다.

방치하면 수십만의 생명이 사라지는 사태에—— 잘된 일? 잘된 일이라고?!

하물며 피해가 그것으로 그치리란 보장은 어디에도 없는 《절망영역》—— 방치하면 내일은 자신이, 연방 정도가 아니라 세계까지 파멸할 수도 있는 위기에—— 좋은 말 다 놔두고 잘된 일?!

얼마나 썩어빠져야 그렇게까지 멍청해질 수 있는 거야——————?!?!?!

"……저도 알아요, 크라미……. 저도 알아요……!"

"————큭."

전율하는 크라미의 손에 부드럽게 겹쳐진 필의 손.

그러나 분노와—— 고뇌로 떨리는 손의 감촉에, 크라미는 흠칫 헛숨을 삼켰다.

……그래……. 피이도 이런 이야기를 간과할 수 있을 리가 없지…….

그러나 지금의 자신들은—— '윗선'에 거역하는 것도, 그 무엇도 사실상 불가능하다…….

그렇다면—— 피이는 이 정보를 자신의 마음속에만 담아 둘 수도 있었을 것이다.

그렇게 되면 적어도 크라미는 아무 것도 모른 채…… 죄책감에 시달리지 않아도 됐다.

그러나 그렇게 하지 않고. 오히려 크라미에게 알렸다——.

"————미안해 피이…… 잠깐 이성을 잃었어……."

"괜찮아요~. 크라미는 피곤했으니까~ 어쩔 수 없었는걸요?"

——더럽혀질 거라면 함께. 그런 말과 함께 서로 신뢰할 수 있는, 대등한 파트너가 머리를 쓰다듬어 주는 감촉에.

조금 침착성을 되찾은 사고로, 크라미는 다시금 염화로 물었다——.

『……소라네^{그 녀석들}한테, 승산은 있을 거 같아?』

——드워프^{하 덴 펠}가 붙어 있는 소라 측은 이 정보를 더욱 상세하게 알고 있을 것이다.

그리고 안다면── 희생을 간과하지 않는다. 그런 것이 없었더라도 데모니아 공략을 포기하진 않을 것이다.

그렇기에── 소라네는 반드시 『마왕』의 게임에 도전한다. 하지만…….

『……대전 당시에도, 종전 후에도──「마왕」을 쓰러뜨린 자는 없었어요…….』

다시금 들려온 필의 대답에 크라미는 애써 냉정을 유지하는 머리로.

떠오른 한 가지 의문을 입에 담지 않고 머릿속으로 되물었다.

『……하지만 「마왕」은 지금 부활했어……. 그렇다면 408년 전, 쓰러졌던 거 아냐?』

그렇다. 마왕은 408년 동안 휴면 상태였던 것이다.

그렇다면 408년 전에 누군가── 아마도 드워프가 쓰러뜨리지 않았을까?

그렇게 묻는 크라미.

그러나 필은 고민스러운 듯 고개를 갸웃거리며 대답했다.

『그렇기는 한데요…… 그래서는 데모니아가 건재한 이유가 설명이 되질 않아서요~.』

분명…… 그렇다. 그것이야말로 조금 전 크라미가 생각했던 것──.

『두더지들이 「마왕」의 게임에서 승리했다면 「마왕」을 완전 소멸시키는 것도 꼭두각시로 만드는 것도 자유──. 최소한 데모니아의 피스는 두더지들 손에 넘어갔어야 하거든요.』

　──하지만 그렇게 되지는 않았다.

그렇다면 드워프들은 다른 방법으로 『마왕』을 휴면 상태에 빠뜨렸거나.

혹은…… '무승부' 를 거두었거나.

어느 쪽이든 승리는 불가능했다는 뜻이 되지만────.

『그래도 소라네는 도전할 거야. 그것도, 도전하는 이상──
'완전 승리' 를 전제로.』

크라미의 그 확신에는 필도 이의 없이 고개를 끄덕였다.

　──그렇다면, 어떻게 도전할까.

최대 7명이라는── '용사 파티' 의 편성.

소라와 시로 두 사람은 말할 것도 없다 치고…….

남은 슬롯을 메울 5명을 예상해 보는 크라미와 필.

『전투력, 지식, 해석력을 고려하면~ 플뤼겔과 엑스마키나는
빼놓을 수 없겠죠.』

『……과거의 실적을 고려해 드워프── 베이그 아니면 티르,
혹은 둘 다?』

『 '희망만이 무기' 라는~ 이상한 룰 때문에 마법을 쓸 수 없을
가능성도 고려해야 할 거예요. 워비스트── 하츠세 이노 씨, 일
까요~? 이렇게 하면 7명이네요~.』

　──대체로 틀리진 않았을 예상.

하지만 이 7명이 만약 만에 하나…… 희망을 모두 먹혀 자살,
미귀환^{패배}한다면.

에르키아 연방은 중추를 잃고 거의 확실하게—— 와해된다.

……그렇다……. 알고 있다.

자신들은 『전선』측이다……. 그들의, 연방의 적이다.

원래는 바랄 수도 없는 입장임을 거듭 잘 알면서도——.

『괜찮으세요~ 크라미? 소라 씨네라면~ 어떻게든 잘해낼 거예
요♪』

『……? 왜 그러는데, 피이? 피이가 소라네를 신용하다니 웬일
이야…….』

불안과 조바심을 얼굴에 내비친 크라미를 격려하기 위한 말이
라 해도.

너무나 그녀답지 않은 벗의 말에 어리둥절 눈을 동그랗게 뜨는
크라미.

『신용? 에헤헤~ 농~담이 심하네요오~?』

필은, 그렇다—— 매우 그녀다운 미소로 대꾸했다.

『거들먹거리면서 우리한테 '엘븐가르드를 안쪽부터 무너뜨려
라'—— 같은 무리난제를 시켰는걸요? 그래 놓고 자기들은 그
정도도 못한다고 하면 안 되죠~♪』

『…………그렇구나? 그것도 그러네.

크라미는 쓴웃음을 짓고.

──그럼 뭐~ 그쪽도 한번 열심히 잘들 해 보셔? 하고.

멀리 에르키아 왕국을 향해, 대충대충 성원을 보낸 크라미는.
안심하고 잠들기 위해 필과 함께 침실로 걸어갔다⋯⋯⋯⋯.

⏻ 제2장 용사는 도망쳤다!

——마왕령《갈라드골름》…….

세계에서 가장 작은 대륙 '갈라름'——. 그 전체가 데모니아의 고유 영토이며, 대륙 하나로 이루어진 광대한 그 영지가 다른 종족에게 점령당한 적은 한 번도 없었다고 한다.

이유는 단 하나——. 정신이 아득해질 정도로 먼 옛날, 대륙 중앙에 발생했다는 그것.

파멸의 탑, 불멸의 영역—— 판타즈마『마왕』의 존재였다.

하지만 현재, 이와 같은 불멸의『마왕』을 치기 위한 7명.

다시 말해 '용사 파티'가, 장거리 공간전이를 거쳐 그곳에 서 있었다.

……서 있었다, 고 해야 할 것이다. 전이하기 전에는 그렇게 들었지만…….

"겁나게 춥잖아아아아아아앗?! 어어어어어어어디야여기가남극인가?!"

"——빠, 빠바바, 빠야! 추, 추위——. 아니…… 아, 아파……!"

그렇게 7명의 용사 중 2명──── 소라와 시로는 평소대로 가벼운 옷차림에 배낭만 메고.

한 치 앞도 보이지 않는 어둠과 비명조차 휩쓸리는 폭풍설에 시달리고 있었다.

대답하는 목소리는──── 아무래도 바로 옆에 있는지.

"【해설】: 갈라름 대륙. 남극점에 가장 가까운 대륙. 마왕령 수도──── 현재는 혹한기. 복잡한 지형과 해류에 의해 남극에서 몰아치는 한파로 블리저드가 빈발. 평균 기온──── 섭씨 영하 31도."

아무래도 이곳이 마왕령의 수도가 맞는 것 같다고.

그렇게 보고하는 7명의 용사 중 3번째──── 이미르아인의 말을 간신히 알아들을 수 있었다.

────그런 걸 알고 있으면서, 어째서 출발 전에 미리 말하지 않았는데……?

이제는 말도 나오지 않아 소라와 시로를 부둥켜안고 이를 따닥따닥 울리는 소라의 말없는 물음에.

"【보고】: 본 기체의 기체 표면 온도를 섭씨 54도로 설정. 주인님──── 본 기체 안아 줘?"

그렇게──────── 자신의 모략 때문에 말하지 않았다고 밝히는 이미르아인.

그러나 이미 따지고 잇을 상황이 아닌 소라와 시로는 불평이고 불만이고 전부 뒤로 미루고 시키는 대로 이미르아인을 안아 몸을 덥히고자 했으나────.

"늦었사옵니다, 마스터. 다소 술식의 편찬—— 출력 조정에 애를 먹었사온지라♪"

7명의 용사 중 4번째—— 지브릴의 마법.

머리 위에 밝혀진 빛의 구에서 발생한 열이 이미르아인의 음모와 함께 냉기를 막아냈다.

"……【역정】【요구】: 번외개체의 마법 출력 조정 시간. 추정을 대폭 초월한 이유를 공개."

"주인을 위해서라면 한계 따위 얼마든지 넘어서는 것이 종자이온지라♪ 뭐~ 자신의 욕망을 위해 주인에게 고통을 강요한 짝퉁 종자로서는? 이해할 수 없어도 당연한 일이오니 괘념치 마시기를♥"

이리하여 머리 위에 밝혀진 빛의 구체는 불꽃을 뿜는 두 사람의 시선을 비추고.

나아가 주위의 블리저드를 차단하며 몸을 에는 듯한 극한을 쌀쌀함 정도까지 누그러뜨려 주었다.

……사, 살았다…….

그렇게, 하마터면 얼어 죽을 뻔했던 소라와 시로는 안도했으나——.

"…………아직 춥다, 요……. 이즈나, 추운 거 싫다, 요……!"

"야 멍멍이!! 장난감 다음에는 핫팩이냐?! 너 마왕을 뭐라고 생각하는——."

7명의 용사 중 5번째―― 하츠세 이즈나는.

도착해, 한기를 느낀 그 순간 겨울잠을 자는 여우와도 같이 땅에 구멍을 판 것이리라.

구멍에서 고개만 살짝 내민 채, 불평을 터뜨리는 털뭉치를 끌어안고 아직도 춥다고 불만을 토로하고 있었다.

그리고 7명의 용사 중―― 6번째와 7번째는.

목숨이 위태로워지는 저온이 일단 가신 데 대해 안도한 것은 소라나 시로와 마찬가지인 듯했으나.

다만 이번에는 의문에 비명을 지르고 있었다. 그것은 즉――.

"저, 저저, 저기요?! 어째서 두령―― 삼촌이 아니고 본인이지 말입니까아?!"

"그렇게 따지면 제가 제일 '어째서'인걸요?!"

그렇다―― 티르와, 스테프가.

출발 전부터 일관되게 무시당했던 의문을 거듭거듭 외쳐대고 있었다…….

"아, 안 그래도 저는, 게임에서는 자타가 공인할 정도로 쓸모가 없는걸요?! 하물며―― 습격하는 데모니아를 쓰러뜨리며 나아가는 게임이라니―― '전투' 같은 건, 게임이 아니어도 무리인 데요?!"

――그렇다……. 게임의 내용은 셰라 하의 설명과.

과거의 기록을 아는 티르에게 들었다. 요약하자면 그것은――.

── '던전 공략 게임'이었다.

최대 5명의 전투 파티에 대기 2명을 더한, 최대 7명으로 던전에 침입해.

덮쳐드는 데모니아를 쓰러뜨리며 나아가, 최상층── 100층의 마왕을 쓰러뜨리면 승리.

굳이 말하자면 그 던전이란 『탑』──『마왕』의 내부이며.

다시 말해 《절망영역》의 영향권── 희망을 잡아먹히는 영역이라는 것과.

그리고── 무기가 되는 것은 용사들의 '희망' 뿐이라고 하는.

──이 두 가지가 특수할 뿐, 룰 자체는 단순한 게임이었다.

그런 게임에 도전한다면…… 과연. 플뤼겔과 엑스마키나, 혈괴 개체인 워비스트.

과거에 『마왕』과 '무승부였던 것으로 여겨지는'── 드워프를 데리고 오는 것도 이해가 간다.

하지만 그렇다면 왜── 최강의 드워프가 아니라 최약의 드워프를 선택했을까?

하물며 그 대신 스테프를 고른 것은 어째서일까? 하고 계속해서 묻는 두 사람에게.

소라는 "음." 하고 깊이 고개를 끄덕이더니, 마침내 그때가 왔다는 듯 이유를 밝혔다──. 그것은 곧!

"왠지 그냥이다!! 이게 베스트 편성이라고 내 게이머로서의 감이 말했다!!"

"소라 공까지 두령 같은 소리는 하지 말아 주시지 말입니다~~
앗?!"

"……소라는 더 이론적으로 전략을 짜는 타입 아니었나요?"

훗……. 물론 지극히 논리적인 인선이다마다.

다만 그 논거가 확정될 때까지는 감으로 보완하는 것이 게이머
가 아니겠는가, 라고.

매우 오만불손하게, 속으로 중얼거리는 데에서 그친 소라를 보
다──갑자기.

'그렇, 지만…… 소라? 지금은 '함부로 움직여선 안 된다' 고
하지 않으셨나요?'

──그렇다, 분명 《절망영역》의 확대 저지는 필수 사항. 여기
에 선택권은 없다.

그러나 함부로 공세에 나선다면 진짜 끝장이라는── 그 우려
때문에 연방은 함부로 움직이지 못하고 있었다.

애초에 『마왕』에게 이길 수 있을까? 이긴다고 해도, 이긴 다음
에는──?

그렇게 고뇌를 얼굴에 내비치며 귓속말을 하는 스테프에게.

"그래, 괜찮아. 이거야말로 기다리고 있었던, 공세에 나서기에
이상적인 타이밍이었으니까."

그렇게 당당하게 대답한 소라는, 고개를 갸웃하는 스테프를 잠
시 내버려 두고.

"……그래서? 각설하고── 셰라 하. 목적지는 어디야?"

지브릴의 마법으로 최소한의 광원과 열원을 확보할 수 있었지만.

벽 하나 너머에는 여전히 미친 듯이 몰아치는 눈보라와 어둠 때문에 아무 것도 보이지 않는다.

──지브릴이나 이미르아인의 공간전이로는 시야 밖까지 날아갈 수 없다.

이곳이 마왕령 수도라고는 하지만, 이곳에서부터는 걸어가야만 하리라.

잘못하면 『탑』에 도착하기 전에 조난당하는 것 아닌가…… 하고 눈을 흘기며 묻는 소라에게──.

"큭큭큭……. 안심하십시오. 보아하니 마중을 나온 것 같으니까요."

이제까지 일관되게 침묵하며 무언가를 기다리던 듯했던 셰라 하가 대답했다.

그녀의 시선 너머── 눈보라가 몰아치는 어둠 속에서 조그만 불빛이 다가오고 있었다.

"역시 마왕님……. 이미 마중 나올 자들을 수배해 놓으셨군요. 큭큭……."

"크하하하, 당연하지 않느냐!! 나에게 도전하기 전에 조난당하거나, 하물며 동사하는 용사가 있을까?!"

보아하니 이즈나에게 안긴 털뭉치가 본체── 『탑』에서 마중

나올 사람을 보내준 모양이었다.

……놔두면 알아서 죽을 것 같은 용사를 꼬박꼬박 구해 주는 마왕도 없겠지만…….

그렇게 속으로 중얼거리는 일동의 눈앞까지 다가온 불빛이 모습을 드러냈다.

──그것은 커다란 마차── 아니, '인마차(人馬車)'라 해야 할까?

정확하게는 말이 아니라 상반신이 인간이고 하반신이 말인 두마리…… 아니, 두 사람?

아무튼 한 쌍의 켄타우로스틱한 ──데모니아겠지── 자들이 끄는 차량이었다.

그리고 그런 인마차의 문이 열리더니 같은 데모니아로 보이는 누군가가 내려섰다.

그것은 사악하게 웃고── 있었으리라. 아마도.

다만 그 표정은 전혀 읽을 수 없었으며── 아니, 뭐랄까, 표정이 없었으며.

높은 위치임을 드러내는 질 좋은 정장을 입고, 가슴에 손을 얹은 채 예의 바르게 고개를 숙였지만──.

"카카……. 처음 뵙겠습니다, 용사 일행 여러분. 저는──."

"────삐<del>까</del>아아아아~~~~~~~~~~~~~~~~~~악?!"

──해골의 자기소개는 스테프의 요란한 비명에 묻혀 버리고

말았다………….

■ ■ ■

——역시 데모니아였던 켄타우로스가 끄는 인마차.

인골로 이루어졌을 것 같은 이미지와는 달리 내부의 만듦새는 매우 기품 있고 널찍했다.

추위 내성을 가진 지브릴과 이미르아인을 제외하고 소라 일행 전원이 여유롭게 탄 차내에서.

"카카……. 그러면 다시 인사드리지요. 로드 스켈튼 족의 족장 —— 또한 지혜의 세라 하 님으로부터 통합참모본부의장을 인계 받은 이 몸은 '게나우 이'라고 하옵니다."

다시금, 카랑카랑 울리는 소리뿐인 사악한 웃음소리와 함께.

——세라 하가 이탈한 현재는 『마왕』 다음가는 지위—— 데모니아의 최고 간부라고.

예의 바르게, 깊이 두개골을 조아리는 스켈튼을 보며——.

"……응. 잘 부탁해…… 그런데 당신, 목소리는 어디서 나오는 ——."

——카랑카랑 뼈를 울리며 말하는 스켈튼의 성대가 어디 있는지 궁금하다며.

예의와는 반대 위치에 있는 남자—— 소라의 반문은 스테프가 차단해 버렸다.

"정~말로 실례했습니다!! 그, 그게 무서운 나머지 저도 모르게
──!!"

이렇게 겉만 보고 뼈를[사람] 판단한 무례를 부끄러워하는 스테프에
게.

"카카……. 카카카──. 아니오, 아니오!! 아아, 매우 영광스
러운 반응이었습니다!"

오히려 다시 감사를 올리는 해골── '게나우 이' 라고 불리는
자에게.

"게나우 이, 너 혼자 치사하구나?! 이 녀석들 난 하나도 안 무서
워했는데?!"

"아아, 마왕님! 이 몸을 두려워했다면 그것은 마왕님께 창조된
자이기 때문이지요!"

"큭큭큭……. 다시 말해 사실상 마왕님을 두려워한 것이 되지
요……!"

"────음, 그것도 그렇군?! 크앗핫하, 이제야 나의 무서움
을 이해했느냐!"

대드는 털뭉치와, 그에게 아첨을 떠는── 아니.

진심에서 우러나온 것으로 보이는 두 사람?의 찬사에──.

"……잘은 모르겠지만…… 너희는 두려움의 대상이 됐으면 하
는 거야?"

"두려움의 대상이 됐으면 한다고?! 그게 아니지?! 두려워하는

게 당연하다고! 나 마왕이거든?!"

여전히 이즈나의 품에서 버둥거리며 호소하는 털뭉치와.

"카카──. 데모니아는 세계를 멸망으로 이끄는 존재. 그것은 이미 당연히 두려워해야 하는 것인데?! 하지만 두려워해 주신 것은 당신이 처음이었습니다. 진심으로 감사를. 이마니티의 아름다우신 레이디."

그렇게 말하며 스테프의 손등에 입을 맞추는 멋쟁이 해골을 보며 소라 일행은 생각했다…….

──그렇구나? 세계 멸망을 지상목적으로 삼는 종족…… 그런 놈들이.

대전 당시에는 피라미 취급을 받고, 맹약 이후에도 무가치하다고 무시당하고 우습게 여겨졌다면──.

두려움의 대상이 된 적은 거의 없었을 테니, 감동할 법도──한가……?

"카카……. 하지만 지혜의 셰라 하 님께서 무사하셔서 다행입니다."

그렇게 생각하거나 말거나, 해골은 예의 바르게 소라 일행도 신경 썼던 점을 언급했다.

──다시 말해…….

"마왕님께서 지혜의 셰라 하 님께 죽으라고 명령하셨을 때는 어떻게 되는가 했습니다만."

"———————에? 나 그런 명령 안 했는데?"

"예! 물론이지요! 그러나 부활하셨을 때——."

『큭큭큭……. 크앗—핫핫하!! 408년 만의 현계—— 기분이 좋구나!! 당장 세계를 멸망시키자, 세라 하! 당장 가서 용사 후보 몇 명을 없애고 오너라!!』

"——라고 말씀하셨던 것을 이 해골은 기억하고 있사온지라."

"으, 으음? ……응……. 그야 그렇게 말했, 지만……?"

……말했구나…….

소라 일행이 일제히 어이가 없어져 눈을 흘기는 것도 전혀 모르는 마왕에게.

예의 바른 해골은 몸짓과 목소리만으로 재주도 좋게 고뇌의 빛을 표현했다.

"『전선』은 우리 산하——. 필연적으로 '용사 후보'란 연방의 요인이 되는 바."

"……으, 음? 당연하지?"

"위대한 지혜의 세라 하 님이라 해도 플뤼겔이나 엑스마키나를 거느린 에르키아 왕에게 도전했다가는 필시 패배할 터——. 그렇기에 뇌도 없는 이 해골은 『가서 죽어라』라고 명령하셨다고밖에는 이해할 수 없어서……."

"…………?"

…………?

"──────음? 어, 어라?"

──그렇게…… 꼬박 30초의 침묵을 거쳐, 털뭉치에게서 새 나온 그 물음표가.

셰라 하가 책략도 없이 지브릴과 이미르아인에게 싸움을 걸었던 이유의 답이었다.

──다시 말해 그렇게 명령한 『마왕』은 딱히 아무 생각도 없었던 것이다…….

"큭큭……. 여러분 따위가 마왕님의 심모원려를 이해할 수 없는 것도 당연한 일……. 조금도 죄책감을 가지실 필요는 없습니다──. 하오나 분수는 파악하십시오."

"──────윽!"

……그러나 셰라 하의 견해는 달랐는지?

여전히 기품 있게 사악한 웃음으로── 그러나 또렷하게 냉철한 질책을 담아,

"당신 따위가 생각할 수 있는 의구심을, 설마 마왕님이 이해하지 못했을 거라는 말씀이신가요?"

날카로운 뱀의 눈이 노려보자 해골은 벼락을 맞은 것처럼 몸을 떨었다.

……아니, 이해하지 못했을걸?

이즈나의 품 안에 있는 털뭉치님이 "……응?" 이라고 하고 있는데……?

소라 일행이 그렇게 흘겨보고 있었지만, 셰라 하는 자신의 지혜를 드러내고자—— 말한다!!

"의장직을 사임한 셰라 하가 스스로 패배하여 이 몸을 용사님들에게 소유케 하고! 맹약에 맹세코 '마왕님께 도전하는 것 외에 선택지가 없다'는 말에 허위가 없음을 증명하고! 그렇게 함으로써 용사님들의 퇴로를 차단했다——. 그것이 바로 마왕님의 노림수였던 것입니다!"

"——그, 그럴 수가아……. 아아, 아아 마왕님……!!"

"큭큭……. 또한 용사님들은 '희생' 만이 최선의 수인 상황이라 해도 이를 거부할 것임은 누구나 아는 사실. 그렇기에 셰라 하를 살해하는 일은 없으리라고, 마왕님은 당연히 간파하셨을 것입니다!!"

"헉!! 아아, 과연 마왕님——. 뇌도 없는 이 해골의 망언을 부디 용서하여 주시옵소서!!"

"…………."

"……아…… 으, 음. 요, 용서하마. 나는 관대하니까? 흐, 흐하하……."

그리고 불손하게 대하는 것도 역시 켕겼는지 눈을 피하면서.

관대함을 가장하는 털뭉치의 말에, 말 그대로 뼈를 떨며 감동하는 해골과.

"역시 지혜의 셰라 하 님……. 마왕님의 사소한 한마디에서 그런 의도까지 헤아리시다니……!"

"큭큭……. 셰라 하는 마왕님께 지혜를 하사받았으니까요. 이 세상에서 가장 현명하신 마왕님께 버금가는 지성──. 이 지혜로 이 정도를 하지 못한다면 그거야말로 마왕님에 대한 불경이 아니겠나요."

그렇게 자신의 지혜와 충성을 과시하는 셰라 하를 보며, 소라는 생각했다.

──데모니아……. 역시 그럭저럭 똑똑한 거 아닐까……?

저런 창조주에게 너무 맹신적이라 좀 거시기하긴 해도…….

"……아. 그러시다면 마왕님의 의향에 따라, 용사 일행 여러분은 숙소로 안내를──."

용서를 받은 해골은 다시금 두개골을 조아리며 인사를── 아니, 사죄를 했다.

"──할 생각이었사오나, 이대로 마왕님께 직행하셔도……?"

…………?

"……아니, 이쪽은 처음부터 그럴 생각이었는데…… 숙소?"

뭘 사죄하는 건지 이해하지 못해 고개를 갸웃거리는 소라 일행과는 달리──.

"야!! 나한테 지친 용사를 보낼 생각이야?! 내 명령이니까 숙소에서 회복시켜!!"

──자신에게 도전하려면 만전의 상태를 바라는지.

자신의 명령이 기각된 틸뭉치는 진노──했지만.

"오오, 용서해 주십시오 마왕^{마 왕}님!! 그도 그럴 것이 갑작스러운 명령이었던 관계로── 모든 여관의 영업 시간이 치나고 말았습니다!!"

"으음?! ……으, 으음…… 그, 그럼 할 수 없지……."

── '영업 시간이 지났다'는 한마디에 순순히 화를 거두었다.

……마왕님의 의향보다 『영업 시간』이 우선이구나…….

"……호, 혹시나 해서 말인데, 『마왕』이란 거, 별로 존경받지 않는 거 아닙니까……?"

그렇게 자기도 모르게 작은 목소리로 소라에게 묻는 티르. 하지만──.

"큭큭?! 무무……무, 무슨 말씀을 하시는 건가요?!"

"카카카카!! 마왕님의 위광은 천지의 암흑을 두루 비추십니다만?!"

"히익?! 시, 실례했지 말입니다, 어? 근데 『마왕』이 암흑을 비추나요?!"

용케 알아들은 셰라 하와 격렬하게 카랑카랑 울리는 해골이 반박하고.

티르는 시로의 스커트 속에 숨으면서도 제대로 딴죽을 걸었다.

그리고── 어흠 헛기침을 한 차례.

"큭큭……. 마왕령^{갈라드골름}은 8시간 노동에 완천 주4일제를 기본으로 하지요."

이성을 잃고 화를 낸 것을 사과하듯 고개를 조아린 셰라 하가.

"큭큭……. 시간 외 노동 수당은 통상의 3배에, 2일 전까지 종업원의 승낙을 받고 노동국에 서류를 제출해야 하며, 규칙을 어겼을 때의 대응은 엄격하다는―― 그런 이야기일 뿐입니다."

사악하게 들려주는―― 초절 화이트한 노동 환경에.

소라는 놀라움을 금치 못하면서도 일단 물어보았다.

"……마왕의 명령이라도?"

"큭큭……. 설마요! 물론 마왕님의 의향이시라면! 그렇게 전달하면 여관 정도가 아니라 모든 데모니아가 즉시 자다 말고 일어나 감격의 눈물에 흐느끼며 노동에 힘쓰겠지요! 하지만――."

"그건 갑질이잖아?! 됐어!! 이대로 용사들을 내게 안내해라!!"

――아무래도 이곳의 『마왕』은 화이트한 상사인 모양이었다.

마왕인데……. 절망의 환상, 세계를 멸망시키는 털뭉치인데…….

――근데, 뭐랄까…… 그런 화이트한 노동 환경도 놀랍지만…….

달려가는 인마차가 겨우 도심부에 도달했는지, 눈보라가 약해지며 창문 너머 어둠 속에 떠오르는 거리와 무수한 등불을 바라본 소라 일행은――.

"마왕령…… 데모니아――니까, 다시 말해 몬스터의 나라라고 들었는데 말야……."

"……무슨…… 동굴, 같은 거…… 상상, 했, 지만……."

"평범하게—— 아니, 에르키아와 비교해도 손색이 없는 문명적인 거리네요……?"

소라와 시로. 나아가 스테프까지도 나란히 아연실색해 중얼거렸다.

그것은 석조이면서 고층 건축물도 늘어선, 틀림없는—— '도시'였다.

다채로운 종족이 있어서인지 건물이며 문, 포장된 가로등이 늘어선 도로까지도 모두 거대하지만.

반대로 그것이 언뜻 봐도 고도로 계획 정비된 도시임을 말해 주고 있었다.

"……근데 이 차량부터 마음에 걸렸지만 말이야. 이 시트, 설마 실크야……?"

"큭큭……. 아라크네 족의 견섬유는 최고의 질감과 강도를 겸비했지요. 거기에 슬라임 족의 염색 기술이 더해지고, 오크 족이 베어 온 목재를 고블린 족의 목공기술자가 정성을 다해 만든 것입니다. 마음에 드셨는지요?"

그렇게 사악하게 기뻐하며 자국 산업을 자랑하는 셰라 하에게, 소라는 그저 신음했다.

"……세계 멸망이 목적인 종족이 왜 이렇게 고도한 문명 사회를 세운 거야……."

세계 멸망을 바란다면 좀 더 뭐랄까—— 그럴듯한 황폐한 거리,

라고 해야 하나.

최소한 지성과 능력에 격차가 있는 종족이라면 철저한 격차 사회── 신분별 거주 구역이라고 해야 하나.

국가라고는 이름뿐인 스산한 촌락 같은 것을 상상했던 소라 일행에게, 셰라 하는 해골과 함께 대답했다.

"큭큭큭……? 아뇨, 당연히 세계를 멸망시키기 위해서인데요?"

"카카……. 네에, 모든 것은 지혜의 셰라 하 님──. 나아가서는 마왕님의 뜻!"

……그랬어? 하며 이즈나에게 안긴 털뭉치님에게 시선을 돌린 소라 일행. 하지만.

대답한 사람은 묵비권을 행사하며 눈을 돌리는 털뭉치가 아니라──.

"셰라 하의 『지혜』가 실행시켰던 것──. 그렇다면 마왕님의 뜻이 틀림없습니다."

──다시 말해 셰라 하 혼자 실현해낸 고도 문명이라고.

그렇게 이해한 소라 일행에게, 이번에는── 셰라 하가 갑자기 물었다.

"큭큭……. 세계 멸망을 이루려면 무엇이 필요하다고 생각하시는지요……?"

……흐~음.

세계 평화가 아니라 세계 멸망의 실현을 새삼스레 생각하는 건 처음 있는 일인지도 모른다.

적어도 소라와 시로의 원래 세계에서 세계 멸망이란 새삼스레 생각할 필요도 없다. 그 이전에.

오히려 아무 생각도 안 하면 '깜빡하고' 실현될 수도 있는 일이었으므로——.

"……그야, 뭐…… 『강대한 무력』……이라든가?"

그렇기에 의문형으로 대답한 소라에게 셰라 하는 사악하게 고개를 끄덕이더니 정정을 덧붙였다.

"큭큭……. 그 말씀이 옳습니다. 더 정확하게는 『강대한 국력』이 되겠지요."

그리고 이어서—— 역시 악마와도 같은 웃음과 목소리로.

"큭큭……. 그러면 『국력』이란 무엇인가? 『백성』 말고 또 있겠습니까?"

다만 성왕도 맨발로 도망칠 말을 담담히 늘어놓았다…….

"위대한 마왕님께서 창조하신 다양한 백성. 저마다 하사받은 다양한 특성. 차이는 있을지언정 상하와 귀천 따위 있을 리도 없는, 그러한 것들을 충분히 발휘할 수 있는, 활용할 수 있는 사회를 형성하는 것——. 바로 그것이 『국력』이 됩니다."

"…………."

다짜고짜 정론을 들이대니 말문이 막혀 버린 소라 일행에게, 셰라 하는 다시금 "예를 들어."라며 말을 이었다.

"웜 족 없이 이 극한의 대지를 개척하기는 지극히 어려운 일. 슬라임 족의 체액에서 정제되는 약제, 또한 다산하면서 강인한 육체를 하사받은 오크 족의 대규모 노동력, 그들이 사용할 공구를 만드는 손재주를 하사받은 고블린 족──. 누구 하나만 없어도 농경도 토목도 성립되지 않습니다. 큭큭……."

"…………."

"필연적으로── 그들 없이는 이 셰라 하도 굶주릴 뿐입니다. 그러면 그들에게 부양받는 이 몸이, 마왕님께 하사받은 『지혜』가 그들을 살리기 위해 있는 것은 자명하지 않겠습니까?"

──아아, 아무런 이의도 없다. 한 치의 허점도 없는 정론이다.

다만 정론은 종종 '이상론'에 불과하다는 문제가 있으며.

막상 실현하려 들면 무수한 문제에 부딪치게 되는 법이다.

구체적으로──.

"……그런데 마왕령은 봉건제죠? 그래서는 직업 선택이나 경제의 유동성이──."

그렇게 묻는 스테프에게, 셰라 하는 역시 사악하게──.

"큭큭……. 아니오. 데모니아는 다양한 부족으로 이루어졌기에, 이를테면 식량이 많이 필요한 개체── 부족에게는 식품에 대한 감세 조치 등의 법 정비를── 또한 직업 선택은 자유이며── 부족 특성에서 일탈한 발상이 빛나는 경우도 있기에── 다만 그럴 때를 위한 육성 제도를 설립하여──."

───────그렇게…….

이상론을 실현하기 위한 무수한 정책, 법 제도를 막힘없이 설명

해 나가면서 스테프는 메모장을 꺼내 강의를 받는 학생으로 변하
고──.

"큭큭큭……. 아차. 말이 길어져서 실례했습니다. 다시 말해
요약하자면──."

그렇게 강의를 마무리지으려 하는 셰라 하의.

"다양한 민족이 그 다양한 특성을 충분한 기력과 활력으로 발휘
할 수 있는 사회──. 다시 말해 백성 하나하나가 마왕군── 마
왕님께서 창조하신 보물이며!! 그 한 사람 한 사람이 세계를 짊어
질 자라는 확고한 책임과 자부심, 그리고 긍지를 가지고!! 한 덩
어리가 되어 목적에 매진하는 강한 국력──. 그것이 세계를 멸
망시키기 위한 최소 조건이라고, 셰라 하는 생각하고 있습니다."

이러한, 주인^{마왕}에게 하사받았다는 지혜의 결론에, 소라는 꼴깍
목을 울렸으며.

"……실화야? '다양한 민족으로 이루어진 공생 국가'가 이미
실현되고 있었잖아……."

그리고 '마지막에 그 말만 없었다면' 하고 머리를 쥐어뜯었
다…….

그렇다── 에르키아 연방이 지향하는 최종적인 이상.

지금껏 그 누구도 실현하지 못했던── 사회가.

──세계를 멸망시키기 위해 실현되었다고 하는 아이러니.

안타깝다……. 왜 그렇게 되는 거야. 어떻게 쫌, 이렇게 그…….

"소라. 세라 하 씨의 소유권을 제게 양도해 줄 수 없을까요? 어떻게든 에르키아 연방의 어드바이저로── 아니, 제 상사로라도 모시고 싶은데요."

──데모니아가 바보 종족? 말도 안 된다.

적어도 지혜의 세라 하── 그녀에 한해서 그 이름에는 거짓이 없다.

틀림없이, 뛰어난 현자임은 의심할 여지가 없었으며.

다만…… 지향하는 방향성에 치명적인 문화(사상)의 벽이 있었을 뿐이었다…………

■ ■ ■

──그 후로도 인마차를 타고 가기를 한 시간 가량.

겨우 목적지에 도착해, 인마차에서 내린 일동은 나란히── 아니.

지브릴과 이미르아인을 제외한 일동은 눈앞의 광경에 숨을 멈추었다.

"큭큭……. 어흠. 그러면── 다시금."

"카카……. 용사 일행 여러분, 잘 오셨습니다. 마왕성의 어전에."

그렇게── 자신들의 주인이자 창조주.

──『마왕』을 자랑스러워하듯, 두 데모니아가 고개를 숙이며 고하는── 그 뒤로.

그 위용을 처음으로 본 소라와 시로, 스테프와 티르가, 그리고 이즈나가 목을 꼴깍 울렸다.

그렇구나……. 이건 틀림없이 『마왕』이다, 라고.

겨우 몸을 떨며 실감했다.

──그것은 과거에 보았던 어떤 건축물보다도 거대하고 이질척인 『탑』이었다.

그도 그럴 것이── 그것은 건축물조차 아니었으며…… 그야말로 환상(악몽) 그 자체였으므로.

크툴루 신화 창작물에서 이따금 보이는 '비(非) 유클리드 기하학적 구조물'이란 묘사는 그야말로 이것을 가리키는 것이리라──. 삼차원 공간에 있을 리 없는, 직감과 배척된 모습으로 일그러져 형언하기 힘든 하늘을 찌르는 이형은── 보는 이 모두에게 가차 없는 위화감과 불안, 그리고 확신을 준다.

그랬다. 인간의 몸으로는 『십조맹약』 없이 이것을 앞에 두고 제정신을 유지할 수 없었으리라.

원래 같으면 영역에 발을 디딘 목숨을 무조건적으로 절망에 빠뜨린다고 하는── 희망을 먹어 치우는 짐승. 파멸의 환상. 절망의 영역──.『마왕』…….

"크왓──핫하!! 어~떠냐 거대하지~ 무섭지?! 겨우 나의 무서움을 알았느냐?! 그러면 셰라 하!! 용사들이 두려움에 떨며 도망치기 전에 어서 시작하자!!"

"큭큭……. 어, 아뇨, 마왕님. 셰라 하는 용사님들께서 소유하고 있으니까요……."

"아! 외람되오나 이 몸과 통합참모본부가 게임의 운영을 집행하겠습니다."

"……어라? 아 글쿠나~ 그렇게 되나? ……뭐~ 알았어. 그럼 게나우 이! 시작하거라!!"

하지만 기껏 느꼈던 공포를 순식간에 망각시키는 털뭉치의 대화에.

……스윽, 하고…….

너무나도 쉽게 평정을 되찾은 소라 일행에게, 정장 차림의 해골은──.

"그러면 용사 일행 여러분. 이미 설명은 들으셨겠지만 다시금……."

고개를 숙여 인사하더니, 이미 들었던 게임 내용의 최종 확인에 들어갔다──.

──도전자는 최대 7명의 파티로『탑』공략에 도전한다.

동시 전투는 최대 5명까지──. 대기자는『자루』에서 대기한다.

도전자는 '희망'만을 무기로 삼아 『탑』내의 데모니아를 쓰러뜨리며 최상층에 도달해야 하고── 아울러.

최상층에 있는 『마왕의 핵』을 격파해야 비로소 승자가 되며, 승자는 『마왕』이 가졌던 모든 것을 얻는다.

한편 도전자 전원이 '희망'을 다 먹혀 버리면 도전 실패── 게임 종료가 된다.

그런 확인을 마치고, 마시막으로──.

"『기권』은 패배로 간주하며, 그 즉시 모든 '희망'을 징수합니다──."

그리고──.

"또한 게임 종료까지 『탑』에서는 나갈 수 없다는 것도 알아주시기 바랍니다."

그렇게── 도중 이탈도, 기권도 불가능하다고 못을 박더니.

"이상. 질문이 없으시다면【맹약에 맹세코】게임을 개시하도록 하겠습니다."

……괜찮으신지요? 하고 선언을 요구하는 해골에게──.

"……흐음. 그럼 세 가지 정도 질문과 확인, 괜찮을까?"

소라는 다시금 규칙을 머릿속에서 자세히 곱씹으며, 우려되는 문제와 의문점을 제기했다.

"우선 첫 번째──. 『탑』에 들어간 순간 공격당하지 않으리란 보장은?"

"큭큭……. 안심하십시오. 용사 일행 여러분이 '희망의 『무기』를 손에 넣는 자리── 입구인『준비의 홀』은 상호 공격 불가능한 안전지대입니다."

── '희망의『무기』'…….

에르키아를 떠나기 전에 셰라 하가 설명해 준 이 게임── '희망만을 무기로 싸운다'는 그 구체적인 방법에, 소라는 해골도 고개를 끄덕이는 것을 확인하고, 일단은 넘어가기로 했다.

다만── 이어서.

"그럼 두 번째. 애초에── '희망'이란 구체적으로 뭘 말하는 거야?"

──오직 그것만을 무기로 삼아 싸우는 게임.

그리고 다 먹히면 즉시 패배라고 하는── '희망'…….

이 게임의 대전제가 되고 있는, 그러나 너무나도 애매하게 여겨지는 요소에.

에르키아를 떠나기 전에도 셰라 하에게 했던 질문을, 소라는 다시금 물었지만.

대답한 것은 셰라 하도, 하물며 해골도 아니고──.

"【재답】:『영혼』을 구성하는 정신활동의 한 요소.『마음』의 일부로 정의됨. 감정의 일종."

"주로 생존 욕구를 관장하는『영혼』의 기초이며── 생명이 내포한 개념 중 하나이옵니다."

"……아하아……. 역시 그런가요…….."

"……몇 번을 들어, 도…… 모르겠, 어."

에르키아를 떠나기 전, 셰라 하가 대답했던 것과 같은 설명을 지브릴과 이미르아인까지도 단언하는 바람에, 소라와 시로는 눈을 부릅떴다.

이 세계에서는 명확하게 존재가 확인되었다는──『영혼』과 마찬가지로.

보아하니 '희망' 도, 그놈의 『영혼』에서 비롯된 것이라고 명확하게 정의가 된 모양이다.

……뭐, 그렇다면── '그런 게 있다' 라고, 이해하는 수밖에 없, 나……?

"──그럼 마지막으로 쓸데없는 질문……. 아니, 어떤 의미에서는 가장 중요한 질문인데."

그렇게 억지로 받아들이고, 소라는 세 번째 의문을 던졌다. 그것은 곧──.

"마왕령^{이 나라}, 완전 주4일제 8시간 노동이랬잖아……. 정시 이후에는 진행 불능 같은 일이 일어나는 건……?"

──『탑』 안으로 들어가면 게임이 끝날 때까지 나올 수 없다고 한다.

그러면 『탑』 내의 데모니아 전원^{스 태 프}이 정시 퇴근해서── 있는지는 모르겠지만, 보스틱한 녀석을 쓰러뜨리지 못해 다음 날 출근

할 때까지 진행 불능, 같은 시스템 에러를 묻는 소라에게——.

"카카……. 안심하십시오. 게임은 제가 책임지고 24시간 체제로 운영하고 있습니다."

예의 바른 해골은 그렇게 대답했다.

"——아. 그건 그렇게 되는구나……."

역시 화이트 국가에도 한계, 예외는 있다. 이상은 어차피 이상일 뿐인가. 하며.

스스로도 신기할 정도로 실망하며 듣는 소라. 그러나 이어진 말에——.

"예……. 6시간 4교대제로. 각 계층의 보스도 용사 일행 여러분이 접근할 때까지는 대기 휴가 수당을 지급하며—— 애초에 이 게임에 대한 협력 자체가 본래 업무 외 노동이온지라……. 노동국에 신청한 후 모든 데모니아의 근무표 관리와…… <ruby>운영<rt>스태프</rt></ruby>만으로도 두개골이 아픈데……. 지혜의 셰라 하 님이 사표와 함께 제출하신 계획서가 없었다면 어떻게 됐을지……."

"큭큭………… 예. 셰라 하도 쓰러질 뻔했지만 어떻게든 시간에 맞출 수 있었습니다."

그렇게—— 역시 어디까지나 화이트한 직장인 듯한 보고와.

심지어 이를 실현하기 위해 상사가 더더욱 바쁘게 뛰어다니는 구조에 감동마저 느끼는 소라 일행. ——하지만.

"후—— 당연하지!! 주 4일 근무 정시 퇴근으로 마왕에게 도전하는 용사가 어디 있나?!"

바로 그 『마왕』만은 부하들의 고생을 전혀 이해하지 못하는 모습에.

역시 이상은 어딜 가더라도 이상인 걸까…… 하고 먼 곳을 보는 표정을 지었다.

그리고——.

" ——그럼, 다른 질문이 더 없으시다면 저희 일동과 함께——
선언을."

그렇게 말하며 손을 드는 해골과 일동의 시선은 소라를 향했다.

——대전 당시에도, 종전 후에도—— 그리고 지금도.

과거 그 누구도—— 올드데우스조차 승리할 수 없었던 『마왕』에 도전한다.

……정말로 괜찮을까?

그렇게, 결단을 맡기는 일동의 시선에——.

"그래. 그럼 게임을 시작하자고. ——【맹약에 맹세코】."

그렇게 단언하며 손을 들고 선언한 소라에게—— 그렇다면 이의는 없다며.

시로, 스테프, 티르, 이즈나, 지브릴, 이미르아인까지 총 7명.

그리고 해골과—— 『탑』 내의 데모니아까지도 나란히 선언했다——.

——【맹약에 맹세코】——.

"큭큭. 아, 마왕님? 외람되오나 마왕님도——【맹약에 맹세코】
라고……."

"으에? ……어, 그렇쿠나, 나도 동의해야 시작되는 거였지. 그
러면—— 음! 좋다 나도 동의하마!! 자아, 도전하거라 용사들이
여——!!【맹약에 맹세코】다!!"

셰라 하에게 채근을 받아, 여전히 이즈나의 품 안에서 그렇게
외치는 털뭉치에게 대답하듯.

——이질적이고 거대한, 사위스러운 『탑』이 문을 열었다.

"카카……. 그러면 이 몸은 운영 본부로 이동하겠사오니, 이쯤
해서 실례를……."

그렇게 깊이, 예의 바르게 고개를 숙이는 해골의 배웅을 받고.

"큭큭……. 용사님들은 이쪽으로. 입구까지는 셰라 하가 안내
해드리겠습니다."

앞장서는 셰라 하에게 이끌려, 소라 일행은 『탑』의 문을 들어섰
다——.

■　■　■

거대한 문을 지나 『탑』 안으로 들어서자—— 무기질적인 홀이
있었다.

에르키아 왕성에 있는 옥좌의 홀 정도 크기는 될 것 같은——그러나 지금 막 지나온 문의 거대함을 생각하면 너무나도 작은 홀. 돌아보자 거대한 문은 홀의 크기에 적절한 문이 되어 있었다.

보아하니 외견과 마찬가지로—— 이 『탑』 내부는 역시 상식이 적용되지 않는 모양이었다.

아무튼 그곳이 셰라 하가 말한 『준비의 홀』—— 안전지대일 것이다.

작은 창문에서 희미하게 밤하늘이 엿보이는 홀의 중심에는 이질적인 무늬의—— 커다란 마법진이.

그리고 그 중앙에는 부정형으로 흔들리는 일곱 개의 빛과 조그만 『자루』가 떠 있었다.

"큭큭……. 그러면 용사 여러분께서는 우선 저기 있는 빛에 손을 대주시기 바랍니다."

경계하면서도 셰라 하의 채근을 받아, 소라 일행 7명은 각자 빛을 만졌다.

——찰나…….

"……그렇군? 이게—— '희망의 『무기』' 란 건가."

—— '희망만을 무기로 싸운다' 는 룰.

말 그대로의 의미였다고 실체를 손에 들고 이해한 소라를 비롯해, 7명 각자의 손에는—— 희미하게 빛나는 『무기』가 출현한 상태였다.

그리고 그것을 둘러본 소라는 "흐음." 하며 고개를 끄덕였다.

"대충── '본인의 희망이 가진 모습이 무기로 형태를 이룬다' 는 느낌인가?"

"……응. 이거…… 마음에, 확…… 와닿아……."

그렇게, 묘하게 손에 착 감기는 듯한 자신의 『무기』를 확인하는 소라와 시로에게.

셰라 하는 사악한 미소를 지으며 수긍하더니── 이내 고개를 갸웃했다.

"큭큭……. 역시 용사님. 눈치가 빠르시군요────. 근데 매우 황송하오나 용사님 두 분의 그것들은 어느 시대의 어떤 종족이 사용하는 것이온지요……?"

──개인의 '희망' 이 가진 모습이 『무기』로 형태를 이룬다── 고 한다면.

희망할 수 없는 『무기』── 실존하지 않는 무기가 생겨나는 것은 있을 수 없으리라.

그렇기에 수만 년을 살아온 셰라 하조차도 알지 못하는, 소라와 시로가 든 『무기』의 정체를 묻는 목소리에.

아아──. 모르는 『무기』인 것도 당연하지.

소라와 시로는 그렇게 생각하며 쓴웃음을 지었다.

그도 그럴 것이 소라의 손에는── 원래 세계의 『대물저격총』 으로 보이는 대구경총.

그리고 시로는 두 손에 한 자루씩── 전자동 사격이 가능한

『기관권총』.

　양쪽 모두 이 세계에는 실존하지 않을 무기를 들고 있었으므로.

　"……저기, 이즈나 거 이거……『무기』 맞냐, 요?"

　"크앗~핫하!! 자신의 육체만이 무기인 워비스트에게 어울리는 무기로구나?! ――그리고 슬슬 진짜로 날 놔줄 마음은 없는 거냐? 저기 멍멍아? 야, 내 말 좀 들으라고?!"

　시끄러운 털뭉치를 안은 이즈나의 두 손에는 희미하게 빛나는 ――『젤리 장갑_{고양이 글러브}』이.

　"……본인은 본인의 영창이 빛나고 있을 뿐인데 괜찮지 말입니까?"

　이미 휴대하고 있던――『해머』가 빛을 띠기만 한 티르는 불안스레 중얼거리고.

　"호오. 무기 따위 거의 써 본 일이 없사오나…… 무엇일는지요. 묘하게 손에 착 감기옵니다."

　지브릴이 황홀한 표정으로 바라보는 손에는 담담히 빛나는―― 사위스러운『대낫_{사이스}』이.

　"――【해석】【추정】: 조작형 소형 부유공격기_{켐프 퍼}. 전투체가 아닌 본 기체에게는 적절한 무장."

　그리고 이미르아인은 주위를 날아다니는, 역시 희미하게 빛나는 소형 부유체.

　마치 레이저라도 쏠 것 같은 『공격기(드론)』가 다수 떠 있었다.

　──오호라. 정말로 용사 파티의 '희망'이 『무기(이쪽)』가 되는 모양
이다.

　적어도 운영 측이 『무기』로 부정을 저지를 거라 경계하지는 않
아도 되겠다고 우려할 사항이 하나 줄어든 소라와는 달리──.

　"저기요…… 『무기』 같은 건 고전 지식으로 아는 게 전부지만
요……."

　그렇다, 6천 년 전에 무력을 금지당한 세계.

　아아, 과연. 정말로 『무기』 따위 고전 중에서도 고전── 태고
의 도구인 모양이었다.

　그렇기에 자세히 알지 못한다고 자부하는 스테프는, 그래도 자
신의 손에 들린 『무기』──.

　"──이게 절대로 『무기』가 아니란 건 알겠거든요?!"

　거대한 『방패』에 곤혹스러운 목소리를 내는 스테프에게, 소라
와 시로, 이즈나는 눈을 크게 떴다.

　──아아…… 『대형 방패』……. 다른 이를 상처 입히기를 바라
지 않고, 그저 지키고 싶다는 마음…….

　그야말로 스테프의 '희망'에 어울리는, 덧붙여 말하자면 훌륭
한 『무기』였다.

　그렇기에── 세 사람이 눈을 크게 뜬 것은 그 『대형 방패』 때

문이 아니라──.

"……스테프의…… 그 스테이터스, 어떻게 된, 거야……?"

"스, 스테공…… 너, 너어, 괴물이다, 요……?!"

그렇다── 스테프의 머리 위에 나타난 '게이지' 탓이다…….

──그것은 각자 손에 『무기』가 출현한 것과 동시에.

마찬가지로 각자의 머리 위와 왼손 손목 위에 출현한 '상하 두 줄의 게이지' 였다.

── '희망만을 무기로 싸운다' ──.

── '희망을 모두 먹히면 패배' 라는 룰에서 추측건대──.

" '희망' 을 눈에 보이게 한 스테이터스 게이치. 위의 빨간 게이지는 공격을 받으면 줄어드는 'HP' 고, 아래쪽의 파란 게이지는 『무기』를 사용── 공격하면 줄어드는 'MP' 정도 되려나?"

"큭큭……. 과연 용사님…………. 그렇다 해도 조금 지나치게 눈치가 빠르신 것 아닌지요?"

눈치가 빠르달까, 수많은 전자 게임에서 공통으로 사용하는 전형에 불과하지만.

아무튼 겨우 이해한 일동을 대표해 티르가 비명을 질렀다──.

"……그, 그럼 스테프 공은── 혹시 불사신이지 말입니까?!"

"스테공…… HP 게이지가 3줄이라니, 밸런스 완전 끝장났다, 요……?"

"……네, 네에? 제, 제가, 뭔가 이상한가요……?"

그렇게 각자 경탄을 드러내는 모습에, 아무래도 자신이 무언가 이상하다는 사실을 알아차렸는지.

불안안 눈치로—— 괴이라도 보는 듯한 눈으로 보는 일동에게 묻는 스테프.

"뭐, 역시 스테프가 이 게임의 열쇠가 되겠지."

"열쇠——라니 무슨 말씀인가요?! ——헉!"

유일하게 이해하고 중얼거리는 소라에게, 스테프는 눈을 빛냈다.

"제가 이렇게 될 걸 알고 데려오셨던 거군요?! 평범하게 생각하면 이 게임에서는 아무짝에도 쓸모가 없을 저를! 역시 소라, 이 게임의 공략법을——?!"

——역시 이 남자가—— 소라가.

왠지 그냥 자신을 데려왔을 리가 없었어! 라며.

그 심모원려를 기대의 눈빛으로 바라보며 묻는 스테프.

그러나…….

"아니…… '희망만을 무기로 싸우는' 게임, 이잖아……? 우리 중에서 제일 낙천적이고 머릿속에 뿅——이 아니라 모두를 지키고 싶다는 희망으로 넘쳐나는 게 스테프 아닐까~ 해서."

"그렇군요?! 딱 반만 칭찬받고 욕먹은 기분이 드네요?!"

소라의 대답에 스테프는 희망과 절망을 반반씩 얼굴에 띠며 하늘을 우러러보았다.

그러나 그런 스테프와는 대조적인 두 사람.

소라와 시로는 서로의 머리 위를 보며 중얼거렸다.

"그보다 우린 우리대로 이 낮은 HP와 높은 MP가 마음에 걸리는데 말이지……."

"……이거, 혹, 시…… 끔살, 범위…… 아냐……?"

그렇다——이상하게 긴 HP 게이시와 이싱하게 짧은 MP 게이지를 가진 스테프와는 반대로.

소라와 시로는——극단적으로 HP 게이지가 짧고, 반면 누구보다도 MP 게이지가 길었다.

——이즈나와 티르, 지브릴과 이미르아인.

다른 넷은, 다소 차이는 있어도 HP와 MP 균형이 얼추 잘 맞는데……?

"……일단 좀 묻겠는데. 셰라 하, 이 스테이터스의 편차에는 뭔가 의도가 있어?"

"큭큭……? 아니오, 용사님께서 이해하셨다시피 희망을 가시화한 시스템일 뿐입니다."

——원래 소라 일행에게 소유당한 몸……. 거짓말은 할 수 없을 것이다.

그렇게 고개를 갸웃거리며 사악하게 대답하는 셰라 하에게, 이즈나와 이미르아인도 고개를 가로저었다.

거짓말 검출—— 없음. 아무래도 정말 '원래 그런 시스템' 인 모양이다——.

　…………흠.

　그런 거라면—— 그 '시스템'이란 걸 확인해 볼까.

　"지브릴, 이미르아인. 마법은 역시 쓸 수 없을 것 같아?"

　—— '희망만을 무기로 싸운다' 는 룰의 게임이다.

　그렇다면 당연히 마법은 쓸 수 없을 것이라고 내다보고 그냥 확인을 했지만, 의외로——.

　"……어, 아니오, 마스터……. 그것이—— 쓸 수 있을 것 같사옵니다."

　"【보고】: 유사정령회랑 접속신경 싱크로 정상. 마법 구사 가능으로 추정."

　————뭐야?

　지브릴과 이미르아인의 보고를 듣고 소라는 눈살을 찡그리고, 흘끔.

　"큭큭큭……? 아~ 네. 분명 이 『탑』—— 마왕님의 내부에서도 어째서인지 마법은 쓸 수 있습니다만—— '희망' 을 현저히 소비하기에 권장드리지는 않습니다."

　세라 하를 쳐다보자—— 그렇게 의아해하는 대답이 돌아왔다.

　—— '희망' 만을 무기로 싸우는 게임.

　그런데 마법을 쓸 수 있다?

심지어—— '희망' 을 소비해서……?

"……지브릴. 한계까지 출력을 낮춰서 마법을 써 봐. 손끝에 빛을 켜는 정도로."

소라가 그렇게 명령하자, 충실하게 손을 내민 지브릴의 손끝에서 마법이 빛난다——. 그러나.

…………

"……명령해 놓고 이런 말은 좀 그렇지만…… 지브릴, 이 정도로 출력을 억제할 수 있었어?"

그렇다……. 반딧불만 한, 정말로 미미하게 생겨난 빛에.

감탄하는 소라와는 달리 당사자인 지브릴은 이해할 수 없다는 듯 고개를 갸웃거렸다.

"……어라? 아니오, 이것의 백 배는 밝은 빛을 내야 하는 술식이었사오나……?"

"【추측】:『탑』 내에서 마법 구사는 가능——. 다만 출력은 100분의 1 미만으로 제한……? 【첨언】【보고】: 번외개체의 MP 0.03% 감쇠를 확인. 해당 마법 구사가 원인으로 추정."

——그런 이미르아인의 해석과 보고.

과연. 정말로 아주 미미하지만 지브릴의 MP 게이지가 줄어든 것을 확인할 수 있었다.

…………흐음……

"참고로 지브릴. 이 조건으로 만약 공간전이를 쓴다면, 지금의 몇 배나 되는 힘이 필요해?"

"………………대략이오나 체감으로 수천 배, 가 아닐는 지요."

"【계산】: 3334배 이상이며, 번외개체의 MP는 고갈. 【결론】: 마법 사용은 비현실적."

다시 말해 이 게임은 마법 사용이 가능은 하지만―― 현실적으로는 쓸 수 없다고.

그렇게 결론을 내리는 이미르아인.

그러나 소라는 대답하지 않은 채 조용히 생각을 거듭하고――.

…………

"……응. 뭐, 나머지는 공략하면서 확인할까……."

그렇게 고개를 끄덕이며 다시 일동을 돌아보더니―― 『탑』 공략의 전술을 말했다.

"일단 스테프의 역할은 『탱커』로 확정이겠네."

"…… '고기 방패' …… 부탁, 해…… 스테프……."

"'탱커'는 모르겠지만 '고기 방패'에는 뭔가 위기감이 드는데 요?!"

그렇게 호소하는 스테프는 내버려 둔 채, 이어서――.

"그리고 미안하지만 이즈나는 나와 시로를. 티르는 스테프를 들어줘. 할 수 있겠어?"

"응. 맡겨만 줘라, 요. 여유다, 요."

"스테프 공 가볍지 말입니다? 밥 더 먹는 게 좋겠지 말입니다?"

소라의 지시대로—— 소라와 시로, 스테프 세 사람을.

그 조그만 몸으로 가볍게 업은 인외 두 사람에게 고개를 끄덕이고, 다시금——.

"그리고 지브릴과 이미르아인은—— 대기. 『자루』속이다."

"……네?"

"……【곤혹】."

——그렇게 소라가 지시한 것과 동시에.

눈을 동그랗게 뜬 두 사람은 허공에 떠 있던 조그만 『자루』속으로 그 목소리와 함께 빨려 들어갔다.

——규칙은 동시 전투 가능 최대 5명.

당연히 공략 중 두 명의 『대기 인원』이 발생한다.

그 대기인원이 기다리는 곳이 바로 마법진 위에 떠 있던 조그만——『도구 자루』였다.

에르키아를 떠나기 전에 셰라 하가 말하길, 『자루』는 파티의 뒤를 자동으로 따라오며 짐도 수납해 주는 뛰어난 물건.

덤으로 배낭을 짊어진 소라 일행은——.

『【보고】: 주인님. 해당 공간이 상정 이상으로 좁은 것을 확인.
【경고】: 번외개체의 본 기체에 대한 접촉에 강한 유감의 뜻을 표

명. 좋아. 만지지 마. 저리 가.』

『좋아서 고철을 만지고 있다고 생각하시는지요? 기계라면 손 바닥 사이즈로 변신이라도 해 보심이 어떨는지♥』

『【반론】: 플뤼겔이야말로 마법생명. 모습 변형 가능. 【추천】: ——버섯이라도 되든가?』

　——동료를 『도구 자루』에 수납하는 게임 설계에 다소 의문을 느끼면서도.

　당장 싸움을 시작한 『자루』 속 두 명의 목소리를 들었지만——.

　아무튼 그렇게 소라의 지시는 이어져.

　전략을 말하고 마무리를 지었다. 그것은 곧——!!

　"이대로 이즈나와 티르에게 안겨서 단숨에 최상층까지 달려간다! 워비스트와 드워프의 신체 능력이라면 적을 전부 감지하고 회피할 수 있겠지——. 한 번도 전투하지 말고 가자!!"

　……밀려드는 데모니아를 쓰러뜨리면서 나아간다……?

　왜 그런 짓을 해야 하지——라고!!

　"——개막 첫 수부터 게임의 전제를 대놓고 무시하다니…… 역시 대단하세요……."

　드높이 울부짖는 소라를 보며, 티르에게 업힌 스테프가 중얼거렸다.

　"전제 무시라고? 어허 이봐, 쓸데없는 전투를 회피하는 건 오히려 기본이지."

마찬가지로 이즈나의 등에서, 자신도 시로를 업은 소라는 거창하게 고개를 가로저었다.

"아니면 뭔데, 스테프. 롤플레잉 게임에서 눈에 뜨이는 몬스터는 전부 소탕해야 직성이 풀리는 타입이야? 냉정하게 생각해 봐. 그거 '학살'이다? 살벌한 사상이네, 무서워라⋯⋯."

"롤플레잉이라는 게임 자체를 모르거든요?!"

그렇게 스테프를 놀리던 소라는── 갑자기.

" '희망만을 무기로 싸운다'⋯⋯ 공격하면 MP, 공격당하면 HP. 다시 말해 '희망'이 줄어드는 게임──. 이런 룰에선 전투는 전혀 무의미하잖아. 적은 무시하는 게 최고야."

"⋯⋯⋯⋯어라? 어. 그것도 그러, 네요⋯⋯?"

그렇다── 원래 같으면 이런 게임에서 전투는 경험치와 돈, 드롭 아이템── 플레이어의 강화가 목적이다.

그러나 원래 개개인이 가진 '희망'이 『무기』와 스테이터스가 되는 게임이라면, 전투해 봤자 '희망'이 증가하는 시스템을 바랄 만한 요소는 전무──.

적어도 소라 일행에게는, 도전자 측에는 전투할 메리트가 전혀 없다고 느꼈다.

──뭐, 왼쪽 손목에 표시된 스테이터스⋯⋯.

HP와 MP를 표시하는 게이지의── '그 아래의 여백'은 마음에 걸리지만——.

"그렇다고는 해도 '각 계층의 보스'가 있댔던가? 전투를 전부 회피하진 못하겠지."

——예의 바른 해골이 중얼거렸던 '보스'까지 무시하고 나아갈 수 있을지는 애매하다.

그렇다면 소모를 최소한도로 억제하고 나아가려면…….

그렇게 뇌내에서 전략을 그리는 소라에게——.

『……마스터. 지시에 의문을 제기하는 불경을 부디 용서하여 주시길 바라오나…….』

『【명료】: 주인님과 여동생님의 HP는 치명적으로 낮음. 【진언】: 두 분이야말로 대기해야 함.』

대기 인원——『자루』안에서 쭈뼛쭈뼛 말하는 두 사람의 목소리가 들려왔다.

——그렇다. 실제로 소라와 시로의 HP는 자칫하면 원턴킬 사정권이 아닐까 우려될 정도로 낮다.

이즈나에게 업혀 있다고는 하지만—— 사고 하나에 게임 오버도 가능하다.

지브릴과 이미르아인의 우려는 지당하다——. 그러나.

"여차할 때의 히든카드—— 마법을 쓸 수 있는 건 너희 둘밖에 없어."

……뭐, 엄밀히 따지면, 원래는 드워프인 티르도 쓸 수 있지만.

그런 티르는 '본인은 무리이지 말입니다' 하며 자신만만하게 폭발 가능성을 인정했다.

그렇기에 지브릴과 이미르아인에게는 소모를 가능한 한 0으로 억제시킨다──.

──이 게임은 아직도 의문점이 많으니까, 라는 뜻을 담아 넌지시 말하는 소라에게.

『……알겠사옵니다. 마스터의 뜻에 따르겠나이다.』

『……【승낙】: 주인님. 조심해.』

두 사람은 조용히 물러나고── 소라 일행은 다시금 『준비의 홀』의── 안쪽.

그 너머에 던전이 펼쳐져 있을 것으로 보이는 문을 노려보고는.

드디어 『탑』 공략에 임──하려다가…….

"……저기, 이즈나? 그 인형은 두고 가지 않을래?"

"……가능하면…… 시로랑 빠야, 두 팔, 로…… 잡아, 줘……."

"우우우우?! 싫다, 요! 이, 이건 이즈나 거다, 요?!"

"난 누구의 것도 아니라고 했지?!"

그렇다── 아직까지 소중하게 안고 있는 털뭉치──『마왕』 때문에 소라와 시로, 2인분의 체중을 한 손으로 지탱하고 있는 상태인 이즈나.

아무리 그래도 이대로 나아가는 건……이라며 불안을 느끼는 두 사람의 호소에──.

"큭큭……. 마왕님에게 매료되는 것은 당연하지만 그것은 셰라 하의 소유물입니다."

그렇게, 자칭 누구의 것도 아니라는 털뭉치의 소유자는 사악하게 고개를 조아렸다.

"마왕님의 조각은 셰라 하를 매개로 현현하였습니다. 셰라 하에게서 떨어지면 사라져 버리는지라, 어쨌거나 게임 내에는 가지고 들어갈 수 없습니다……."

"봐봐, 그런 뭔지도 모를 털뭉치는 두고 가자──. 아니, 근데 알고는 있었지만 힘 세다앗?!"

그렇게── 셰라 하와, 또한 그 셰라 하의 소유권을 가진 소라와 시로.

세 사람의 의지에 따라 마침내 해방된 털뭉치.

그러나 이즈나는 여전히 미련이 철철 넘쳤다.

"우우우우우…… 우우우우우우!"

"……이즈나, 땅…… 어차피, 최상층에, 있으니까…… 응?"

돌바닥에 깊이 발톱을 박으며 나아가기를 거부하는 이즈나를 어떻게든 설득해 다시금 업힌 등에서──.

"좋았어!! 목표는 하루 안에 최상층 답파!! 초스피드 결전으로 가자아!!"

"……와……!"

"아, 알겠어요!!"

"아이아이 써~ 이지 말입니다!!"

"우우우우…… 알겠다, 요!!"

그렇게 기합을 넣는 소라와 시로, 스테프를 등에 업은 이즈나와 티르.

그리고―― 그들을 뒤따라가듯 허공에 뜬 상태로 달려가는 『자루』는.

문을 지나, 『탑』 공략에 임해 맹렬한 속도로 달려 나갔다――.

…………

"……셰라 하. 정말로 저놈들이 나한테까지 올 수 있는 거겠지?"

"그렇습니다. 마왕님께 하사받은 이 『지혜』를 셰라 하는 믿고 있습니다."

그리고―― 그 일행의 뒷모습을 지켜보던 털뭉치와 뱀눈의 검은 소녀는.

정적만이 남은 홀에서 그런 말을 나누었다.

"그들은 반드시 도달합니다…… 마왕님께서 바라시는 그 너머까지도――."

그렇다―― 확신조차 아니라, 그 뱀눈에 과거를 비추고 있는 것처럼 단언하며.

셰라 하는 자신이 가진 마왕이 단편을 안고, 조용히 『탑』을 떠났다…………

■■■

　──문을 지나자 그곳에는── 다른 세계가 펼쳐져 있었다.

　조금 전까지 있었던 『준비의 탑』의 무기질적인 홀과는 완전히
달리──.

　"……뭐야, 이 대성당은……. 『마왕』이 아니고 『성왕』이 사는
데 아냐?"

　"……빠야…… 프롬 게임, 이라면…… 그게 그거……인, 걸?"

　"……아까부터 무슨 말들을 하고 계시는 거예요?"

　신비함마저 감도는 장엄한── 천장까지 20미터는 될 것 같은
대리석의 성.

　곧게 이어진 통로에는 현란한 장식이 가미된 무수한 기둥과 옆
길──. 그리고.

　소라 일행을 시인하자마자 밀려오는 무수한 데모니아^적──. 갑
옷을 입은 뼈다귀^{스켈튼}의 모습이 있었다.

　──그들의 머리 위에는 역시 소라 일행과 같은── 붉은색과
푸른색, 두 개의 게이지가.

　이쪽과 마찬가지로 공격을 받아 HP가 고갈되면 전투 불능에 빠
지는 시스템일 것이다.

　그러나 밀려드는 해골^적에게는 눈길도 주지 않은 채, 이즈나는 작
전대로── 주먹을 쳐들더니,

━━━━**투콰**━━━━━**아아아앙!!** 하고…….

　내리친 주먹이 포탄처럼 바닥에 크레이터를 형성하는 충격과 대음량을 만들고━━.

　"━━━━━응. '계단' 찾았다, 요. 이쪽이다, 요!!"

　반사되어 돌아온 소리를 통해, 너무나도 쉽게 상층으로 가는 계단의 위치를 특정했다.

　복잡하게 얽힌 통로도, 나아가 트랩까지도━━ 오감으로 모조리 밝혀내.

　소라와 시로를 업은 이즈나의 뒤로, 스테프를 업은 티르도 따른다━━. 그렇다.

　"━━━━━언~제 봐도 엉터리구나, 이종족……. 알고 있었, 지마아안."

　"……빠, 빠야……. 시, 시로…… 떨어질, 것…… 같……!"

　"으히이이이이익꺄아아아아아악죽, 떨어지, 죽, 죽겠어요오오오오?!"

　"스, 스테프 공! 귀, 귓가에서 소리치지 마시지 말입니다앗?!"

　━━장엄한 장식의 벽이며 기둥, 심지어 20미터는 될 것 같은 천장까지도━━ 사양하지 않고 밟으면서.

　당연하다는 듯이 허공과 지면을 박차고 고속으로 달리는 두 사람에게, 등에 업힌 세 사람은 필사적으로 매달렸다.

　그런 두 사람을 잡을 수 있는━━ 아니. 시인이라도 할 수 있는 데모니아는 존재하지 않았다.

간신히 따라잡은 데모^적니아도 있었지만—— 떨어지지 않도록 필사적으로 이즈나의 등을 붙잡은 소라와 시로가 요령 좋게도 사격으로 모조리 없애나갔고——.

그리고—— 시간으로는 겨우 18분 후.

단숨에 9계층을 돌파한 소라 일행은 10계층으로 이어지는 계단을 뛰어올라——.

그곳에서—— 역시 일그러진 마법진이 떠 있는, 부자연스러운 문 앞에 서 있었다…….

……『어서 오세요. 이 너머가 10층 보스의 방이랍니다 ♪』라고…….

그렇게 말하는 듯한, 전형적인 분위기가 덕지덕지 묻어나는 중후한 문.

그렇다면 이쪽도 전형적으로—— 보스에게서는 도망칠 수 없겠지, 라며——.

마침내 이즈나와 티르의 등에서 내려와, 땅에 내려선 일동에게.

"이 너머에 보스가 있겠지. 아마 무시할 수 없을 거야. 다시 말해—— 첫 전투다."

그렇게 선언하는 소라에게, 각자 말없이 『무기』를 고쳐 들고 긴장을 드러내는 기색에.

소라는 "작전은 이래."라고 말을 이었다——.

"스테프가 『탱커』── 다시 말해 전열이야. 가능한 한 적에게 접근하고, 역시 가능한 한 모든 공격을 받아내. 말 그대로 우리의 『방패』── 생명줄이지. ……부탁할게."

"────네. 맡겨만 주세요."

……그런 막중한 임무를 내가 해낼 수 있을까? 하는 생각을 뿌리쳤는지 고개를 가로저으며 힘차게 끄덕이는 스테프.

소라도 진지하게 고개를 마주 끄덕여 주고── 이어서.

"이즈나와 티르는 『근거리 딜러』── 속도와 동체 시력으로, 너희를 노리는 적의 공격을 회피하고 스테프의 방패로 유도하면서 빈틈을 봐 공격해. 가능하다면 스테프가 너무 공격당하지 않도록 교란도 하고. 나랑 시로는 『원거리 딜러』── 후열에서 사격으로 공격한다──. 이상."

그 단순명쾌한 작전을 다 말한 소라의 "질문은?"이라는 시선에.

"……소, 소라 공과 시로 공의 호위는 누가 맡지 말입니까……?"

티르가 그렇게, 10여 분 전에 지브릴과 이미르아인이 우려했던 점을.

지금도 여전히 『자루』 속에서 걱정하고 있는 두 사람의 기척을 대변하는 물음에── 그저 대담하게.

"……필요, 없어……. 어차피, 시로랑 빠야…… 안 맞을, 거니까……."

──과거 동부연합과의 대전에서.

이즈나의 탄막 결계조차 자신들을 잡지 못했던 것을 설마 잊은 걸까? 라며.

숫제 오만하게 『우습게 보지 마라』라며── 호위는 필요 없다고 단언하는 두 사람에게, 일동은 목을 꼴깍 울렸다.

그럼에도 그 선언이 결코 자만이 아니며──.

"걱정하지 마. 만에 하나 보스가 여러 마리 있거나 회피 불가능한 공격을 한다면 스테프한테 등을 맡길게. 이즈나와 티르가 스테프만 철저하게 지원해 주면 우리는 안전해."

대처할 수 없는 공격도 충분히 상정한 상태에서의 자신감이며── 작전이라고.

각각 역할을 부여받아 파악과 수긍이 끝난 듯 고개를 끄덕이는 일동을 둘러보고.

다시금 보스가 기다리는 문을 돌아보는 소라에게── 문득, 시로가 중얼거렸다.

"……빠야…… 『힐러』 없는, 건…… 솔직히, 힘들, 지……."

──그렇다……. 이 게임은 '회복 수단' 이 거의 존재하지 않는다.

그것이 이 게임을 클리어한 자가 없었던 이유이리라──. 그렇기에.

"──가자."

그렇게, 보기 드물게 긴장감을 드러내는 목소리로 소라는 문의 마법진을 만졌다.

동시에 마법진이 터지며 문이 꿍음과 함께 열리고──.

《~~~~~~~~~~~~~~~~~~~~~~~~~~~~~~~~~~~!!》

홀 중앙에서── 이마니티의 가청 영역을 넘어선 저음이었는지.

바닥에서 천장까지── 무엇보다도 소라 일행의 내장을 뒤흔드는 듯한 포효를 낸 자──.

거대한 도끼를 두 손에 든, 5미터는 될 것 같은 소 머리에 인간의 몸을 가진 데모니아가 흉흉하게 울부짖고 있었다.

──오는 길에 있던 데모니아와 마찬가지로 머리 위에는 두 줄기의── 그러나 보스답게 길쭉한 게이지가 있었다.

스테프가 자기도 모르게 히익 비명을 삼키는 가운데, 소라 일행은 상관하지 않고 홀로 돌입했다.

그때 뒤에서 다시 꿍음을 내며 닫히는 문과── 보스 데모니아의 등 뒤.

역시 마법진이 떠 있는 문── 아마도 상층으로 이어지는 문을 시인하고──.

──역시 보스 데모니아 잡기 전까진 못 나갈 거고, 진행할 수 없구만?!

그렇게 내심 소리친 소라가 자신의 『무기』── 『대물저격총』

을 겨눈 것을 신호로.

시로, 이즈나, 티르, 그리고 스테프가 각자 『무기』를 들었다.

자아……. 아무래도 둔중해 보이는 외견인데——. 과연……?

"속공으로 해치운다!! 전원 소모는 최소한도로—— 단숨에 끝내자!!"

——이리하여.

다시 울려 퍼진 미노타우로스의 포효에, 지지 않겠노라고 터뜨린 소라의 호령과 함께.

일제히 땅을 박찬 다섯 사람의, 사실상 첫 전투의 막이 열렸던 것이었다…………

■ ■ ■

결과만 놓고 보면—— '압승'이었다.

순수한 신체 능력만이라면 익시드 최강을 자랑하는 워비스트
—— 혈괴개체인 이즈나.

그런 워비스트에 육박하는 완력과 동체 시력, 손재주를 가진 드워프—— 티르.

보스 데모니아—— 외견대로 둔중한 놈의 공격이 두 사람을 포착하기란 도저히 불가능했다.

벽과 천장을 입체적으로 박차고 달리는 두 사람을 노린 공격은

모두 회피되고 유도되어 끝.

또한 스테프의 『대형 방패』도 기대 이상의 성능을 발휘했다.

거구가 내리치는 도끼는 방패 너머에 있는 스테프에게 미미한 대미지밖에 주지 못했으며.

그런 스테프의 등 뒤—— 소라와 시로를 노린 도끼 투척 공격도 크게 빗나가 끝났다.

……그리고——.

"이제 얼마 안 남았어요——!!"

이즈나의 『젤리 장갑』과 티르의 『해머』, 소라와 시로의 탄환에 잇달아 피격당해.

보스 데모니아의 머리 위—— HP 게이지가 얼마 남지 않았다고 스테프가 외친 것과—— 동시에.

………….

"…………에? 어, 어라……?"

갑자기 보스 데모니아가 무릎을 꿇더니, 소리도 없이 빛에 휩싸여 사라졌다——.

"……후우. 사실상의 첫 전투치고는 잘됐지만…… 꽤 소모가 심했어……."

어리둥절하는 스테프를 내버려 둔 채.

소라는 담담히 모두의 머리 위에 있는 HP/MP를 확인하고 전투 평가를 시작했다.

——첫 전투. 강적을 상대로, 스테프가 방패 너머로 입은 것 이외의 대미지는—— 제로.

MP도—— 모두가 전투 종료 시점에서 평균 90퍼 넘게 남아 있었다.

원래 같으면 그야말로 『압승』——. 흠 잡을 수 없는 완봉승이라고 할 수 있다.

그러나—— 이곳은 이제 겨우 10층……. 정석대로라면 지금의 보스는 최약체 보스다.

앞으로—— 도중에 나타날 데모니아도, 보스 데모니아도 점점 강해진다면.

100계층의 던전 중—— 10계층 시점에서 MP 10퍼 이하의 소비는, 위험하겠다고…….

소라와 같은 우려에 시로와 티르, 이즈나까지도 떨떠름한 표정을 짓는 가운데.

"아, 아니에요!! 저기요?! 다들 끝났다~ 같은 분위기지만요!! 보, 보스—— 아직 HP가 남았는걸요?! 계, 계속 공격할지도 몰라요?!"

그렇다—— 보스 데모니아는 일시적으로 모습을 감추었을 뿐이 아닐까, 하고.

아직까지 경계를 풀지 않은 채 혼자 주위를 둘러보며 적을 찾는 스테프에게——.

"……아~ 스테프는 아직 눈치 못 챘구나. 여기까지 오면서 만난 데모니아, 전부 그랬어."

"―――네?"

"도중에, 나랑 시로도 사격했고, 이즈나랑 티르도 가~끔 공격했잖아."

"아, 네……. 적을 전부 무시한다고 그랬으면서 왜 그랬는지 이상했지만요?"

"……전투 시스템도 파악, 검증하지 않고 보스에게 도전할 수는 없으니까 그렇지……."

천진난만하게 고개를 갸웃하는 스테프에게, 소라는 눈을 흘기며 검증 내용을 들려주었다.

"우선 피라미도 보스도 그렇지만―― 아무래도 쓰러뜨리면 우리의 MP는 약간 회복되는 것 같아."

"―――네? 그랬어요……?"

일제히 고개를 끄덕여, 유일하게 깨닫지 못했던 스테프만 겸연쩍어했지만, 소라는 말을 이었다.

"그리고 이번에 대미지를 입은 스테프도 보스 격파 후에 HP를 회복했으니까―― HP도 회복돼."

그렇다……. 이 게임은 '회복 수단' 이 거의 없다.

거의――. 전혀 없는 것은 아니다……. 다만.

"다만―― 쓰러뜨리는 데 필요한 MP 소비에 비해 회복량이 전혀 수지가 맞질 않아."

——오는 길에 소라 일행은 몇 마리의 데모니아—— 스켈튼이
며 슬라임을 쓰러뜨려 봤지만.

스테프를 제외한 넷이서 한 마리를 일제 사격——. MP 소비를
넷이 분산시켰는데도, 역시 회복은 미미했다. 소비 쪽이 웃돌아
서—— 전체의 수지는 마이너스.

보스 격파는 회복량도 조금 많았지만 그래도 평균 1할이 약간
못 되는 마이너스가 결과였다.

"역시 전투는 소모되기만 할 뿐, 무의미하다고 보면 틀림없을
것 같아."

——애초에 왜 적을 쓰러뜨리면 HP와 MP가 회복되는지 의문
은 남지만.

"……하지만 그 이상의 문제가—— '세 가지' 나 있어."

그렇게 말하며, 소라는 우선 손가락을 하나 세우고—— 말을 이
었다.

"첫째, 이 게임 내에서의 『공격』에 충격이 없다는 거야."

소라와 시로의 총탄만이라면 데모니아의 신체 능력 때문이라
고 생각할 수도 있었지만.

포탄과도 같은 이즈나의 주먹을 받은 피라미도 보스도 비틀거
리지 않았던 것이다.

"뭐…… 희망만을 무기로 싸우는 게임……. HP는 결국 『희망

의 배리어」같은 거고, 우리도 적도 『공격』—— '희망'을 서로의 ^{MP}
배리어에 부딪쳐대는 시스템이겠지——. 애초에 그게 아니라면
보스 데모니아의 도끼 같은 건 방패 너머로라도 스테프가 받아낼 ^{미노타우로스}
수 없었을 테니까."

"_____."

들고 보니 분명…… 보스 데모니아가 내리치던 거대한 도끼. ^{미노타우로스}

……어떻게 그걸 받아내면서 '죽는다'는 생각이 안 들었을까
요? 하고.

새삼스레 얼굴에 핏기가 가신 스테프는 차라리 자신의 둔감함
에 고마워했다.

——그렇다고는 하지만 이것은 이미 알고 있었던 일이다…….
『십조맹약』이 있는 이상 당연한 시스템이다.

아무리 '배틀 게임'이라고 해도 서로에게 '위해'를 가하는 것
은 원리적으로 불가능하다.

상정했던 대로의 시스템. 그렇기에 문제는—— 그 시스템이 적
에게도 유용하다는 것이며——.

"다시 말해—— HP를 전부 깎아내기 전까진 적의 돌진초차 막
을 수 없다는 게 문제야."

공격을 받아도 적은 움츠러들지 않는다——. '스토핑 파워'가
없는 것이다.

그리고 당연히, 적의 HP를 일일이 깎아내려 하면 MP는 금방
바닥을 친다.

앞으로 이즈나와 티르까지도 도망칠 수 없는 지형에서 적의 집단에게 포위당한다면————.

꼴깍 목을 울리는 스테프.

그러나 소라는 두 번째 손가락을 세웠다.

"그리고 두 번째는 바로 아까의—— 'HP를 다 깎기 전에 적이 사라진다'는 문제야."

그렇게—— 조금 전, 스테프가 처음에 품었던 의문에 대한 가설을 설명했다.

"『탑』 내의 적—— 데모니아는 4교대 완전 주4일제로 화이트 운영되는 『스태프』야."

"……? 네에. 하긴, 게나우 이 씨가 그렇다고 했죠……?"

그렇다면 HP가 모두 깎이기 전에 적이 사라지는 이유도 자명할 것이다——.

"요컨대—— 이 게임의 운영진은 '복리후생 관점에서' 종업원을 보호하고 있다."

"…………네에?"

——무슨 말인지 이해할 수 없다는 듯.

하물며 그것이 뭐가 문제가 된다는 건지도 모른다는 듯한 스테프는 내버려 둔 채.

"야! 어차피 듣고 있지?! 내 말이 맞아, 틀려? 세라 하!!"

그렇게, 갑자기 그 자리에 없는 이를 부르는 소라에게.

스테프를 비롯해 일동이 어리둥절하는 십여 초의 간격을 두고
──.

【……뭐어, 마왕님이 허가하셨으니…… 말씀하시죠, 지혜의
셰라 하 님.】

【큭큭……. 역시 혜안이시라고 말씀드릴 수밖에 없겠군요, 용
사님.】

──『탑』의 바깥── 아마도 『운영본부』의 해골과 함께 있는
지.

소라와 시로가 소유한, 운영진도 아닌 셰라 하의 응답은 원래
NG겠지만.

털뭉치의 허가가 있었는지 사악하면서도 기품 있는 목소리가
관내 방송처럼 홀에 울려 퍼졌다.

【큭큭……. 예. 왜냐하면 용사 일행 여러분이 『HP』라 부르시는
것의 고갈은 '희망의 고갈' …… 그렇기에 데모니아는 고갈 직전
에『탑』밖으로 전송되어 산재 수당과 요양 휴가를 받게 되지요.】

과연 빈틈없는 복리후생. 초 화이트 대응. 그러나──.

"_____."

그 말로 눈치를 챌 수밖에 없었는지, 숨을 흠칫 멈추는 스테프
에게 소라는 쓴웃음으로 말했다.

그렇다……. 다시 말해 적──『탑』내에 있는 데모니아의 구
제 조치인 그것은──.

"반면 그 '희망의 고갈' —— HP가 0이 되는 게 우리의 패배 조건이다만? 물론 용사 일행인 우리한테 그런 복리후생^{도 전 자}이 마련됐을 리는 없겠지?"

"………………."

"그래서 희망이 다 떨어지면—— 다시 말해 패배하면 어떻게 되는가는 다들 잘 알겠고."

그것은 대전 전후를 막론하고 『탑』에 들어왔던 자들이 예외 없이 도달했던 말로.

——완전한 희망의 소실. 다시 말해 '절망' 이며——.

"즉, 우리는 MP가 고갈된 시점에서 공격 수단을 잃고 HP도 끝장. 잘해야 자살, 최악의 경우 산송장이 되는데, 뭐~ 이 경우에는 어느 쪽이 최악일지 해석이 갈리려나?"

다시 말해, 이 게임은.

——희망을 다 먹히면 도전 실패^{패 배}라는, 그 본질은.

자신들이 『공격』해서—— '희망' 을 소비^{MP}할 때마다.

조금씩—— 그러나 확실하게—— '죽음^{절 망}' 으로 향한다.

'희망^{목 숨}' 을 소비하지 않고서는 나아갈 수 없는, 회복 수단도 거의 없는 게임…….

"………………."

그렇게 비아냥거리며 말하는 소라에게, 스테프만이 아니라 시로와 티르, 이즈나까지도.

다시금 자신들이 도전하고 있는 '절망'[게임]에 자기도 모르게 얼굴을 굳히는 가운데──.

『……그러시다면 황송하오나, 역시 두 분 마스터야말로 대기하고 계셔야 하지 않는지요…….』

　그렇게── 허공을 떠다니는『자루』속에서도 바깥의 상태를 알 수 있는지.

　다시금 그렇게 진언하는『자루』속의 지브릴에게, 소라는 이번에는 몇 초 깊이 생각했다가──.

　"……지브릴, 이미르아인. 티르와 이즈나와 '체인지' 다."

　소라가 그렇게 중얼거린 것과 동시에, 티르와 이즈나가『자루』로 빨려 들어가고.

　그 대신, 쑤욱~ 하고── 지브릴과 이미르아인이 나타났다.

　──왜 소라와 시로가 아니라 티르와 이즈나를 교대시킨 걸까……?

　의아해하는 지브릴과 이미르아인의── 머리 위 게이지를 흘끔 보고.

　"……너희, 왜 HP도 MP도 미묘하게 줄어들었지……?"

　"───예?"

　"……【확인】: 본 기체와 번외개체의 HP, MP에 약 2퍼센트의 감쇠.【의문】: ……어째서?"

　그렇다── 전투도 하지 않은 두 사람의 HP와 MP 게이지가 약간이지만 줄어들고 있는 이유.

그렇게 묻는 소라도 포함해 아무도 대답하지 못했던 그 의문에 일동이 그저 곤혹스러워하는 가운데——.

"……티르, 이즈나. 지브릴, 이미르아인과 다시 '체인지'."

그리고 다시 『자루』 속에서 쑤~욱 나타난 티르와 이즈나를 대신해 다시금 『자루』 속으로 돌아간 지브릴과 이미르아인에게—— 소라가 말했다.

"교대는 언제든 즉시 할 수 있어. 예정대로 두 사람은 여차할 때를 위해 대기해 줘."

『……예. 분부에 따르겠나이다.』

『……【의문】…… 【애석】…… 알았음.』

분명, 자칫하면 원턴킬 당할지도 모르는 소라와 시로가 밖에 나와 있는 것은 위험하다.

하지만 지금은 그것을 웃도는 위험—— 우려 사항에 소라는 눈을 가늘게 뜨고 생각에 잠겼다.

——지브릴과 이미르아인은 '한 번밖에 쓸 수 없는 초커' 일지도 모른다고——.

"……티르. 다시 한번 확인할게. 이 게임을 유일하게 '무승부'로 이끌었다——고 여겨지는 드워프 파티는 '하루 하고 약간 더' 걸려서 클리어했다—— 맞지?"

"……예? 아, 그렇지 말입니다. 자세한 내용은 알 수 없지만. 『탑』에 돌입했다가 『마왕』의 소멸이 확인됐던 게 30시간 후였다고 두령에게서도 들었지 말입니다!"

그렇다—— 그것은 에르키아를 떠나기 전에도 티르가 말했던

408년 전의 정보.

그렇기에 소라도 최상층—— 100계층까지 하루 안에 답파할 것을 목표로 내세웠다.

'희망'의 소비를 최소한도로 억제하고 최단거리로 달려나가는 것 이외에 이 게임에 승산은 없다.

……그럴 것이다. 그랬어야, 하는데…… 정말로?

"…………아니~ 그보다아…… 야, 셰라 하?! 내 『무기』너무 약한 거 아녀?!"

오는 길에도, 보스전에서도 계속 마음에 걸렸던 사실을.

앞으로의 전략과 사고를 정리할 겸—— 소라는 견디지 못하고 외쳤다.

"이렇게 우락부락하게 생겼는데 위력이 시로의 『기관권총^{머신 피스톨}』이랑 비슷하다는 게 말이 돼?! 연사 성능도 낮고 장탄수도 7발——. 심지어 리로드^{쿨 타임}도 느려!! 나, 꽝 뽑은 거 아녀?!"

——그랬다…….

'희망'이 형태를 이룬 것이어서인지 중량은 전무. 사격의 반동도 없어, 외견과 달리 기동성이 좋다는 데에는 불만이 없다.

하지만 『대물저격총』의 탄환과 『기관권총』의 탄환이 같은 위력인 건 이해가 안 가지!?

그렇게 호소하는 소라의 클레임에, 다시, 사악하게 난처한 목소리의 관내 방송이 대답했다…….

【큭큭……. 아뇨, 그렇게 말씀하셔도. 거기서 쓰이는 무기는 어디까지나 용사님들의 '희망'이 형태를 이룬 것일 뿐, 운영 측에서 설정한 게 아니라서…….】

"……겉보기만 그럴 듯, 하고…… 약하고, 작은…… 빠야의, 빠야 자신, 의 형태?"

"후우…… 동생아. 무슨 말인지 모르겠다만? 일단 반론은 하자──. 오빠 거는 겉보기조차 그럴듯하지 않아!! 물론 딱히 작지도 않다만?! 그리고 7발이나 연사할 수 있으면 당당하게 자랑하겠다고도 말해 둘까──. 무슨 소린지는 전~혀 모르겠다만~?!"

"저기, 스테공. 소라, 시로, 무슨 얘기 하고 앉았냐, 요?"

"……이즈나 씨가 앞으로 10년은 몰라도 돼요──. 아니, 가능하면 평생 몰라주셨으면 하는 이야기고…… 저는 알게 돼 버린 자신을 탄식하고 있는 그런 이야기죠."

"소라 공! 소라 공이 가르쳐 주셨던 것처럼── 무기는 성능보다 사용하는 방법에 달린 것이지 말입니다!!"

『예. 그렇사옵니다, 마스터. 사이즈나 속사성보다도 기술이옵니다.』

『【긍정】【첨언】: 높은 명중률. 뛰어난 개체의 증거. 주인님, 자랑해도 돼.』

그렇게 전방위로── 심지어 『자루』 속에서까지 성희롱의 폭풍을 받고.

하늘을 우러러보며 머리를 감싸 쥔 소라는── 그럼에도 홀로 진지하게 고찰했다.

　——실제로 웃을 일이 아니다. 이해할 수 없다.

　스테프의 이상할 정도로 높은 HP도, 당연히 마음에 걸리지만.

　아마도 그녀의 『대형 방패』도—— MP 소비 없이 대미지를 차단하고 있는—— 이상한 성능이 더 문제다.

　게다가 이즈나의 『젤리 장갑(고양이 글러브)』도, 티르의 『해머』보다 위력도—— MP 소비도 많다.

　각자의 HP, MP와 마찬가지로——『무기』의 성능도 편차가 너무 크다.

　각자의 '희망' 이 가시화된 HP, MP와—— '희망의 형태' 라는 『무기』…….

　…… '희망' …….

　이 세계에서는 명확하게 해명되었다는 『영혼』인지 뭔지에서 유래된 개념.

　——정말로 그럴까? 그렇다면 이 차이를 낳고 있는 것은——?

　"…………이러고 있어 봤자 어쩔 수 없지. 전진하자…….”

　답이 나오지 않는 무수한 의구심에 일단 생각을 중단하고. 다시금.

　"작전은 이제까지대로. 피라미는 무시하고 다음 보스까지 단숨에 돌파한다——. 다만 정석대로라면 다음 플로어부터는 이제까지와 양상이 달라질 거야.”

그리고, 다음 층으로 이어지고 있을 마법진이 사라진 문을 노려보며.

"지형이나 데모니아^몹의 능력에 따라서는 불가피한 전투도 발생할 수 있어. 각오하고 가자."

그렇게 말한 소라에게, 일동은 말없이 고개를 끄덕이고.

다시 한번—— 이즈나는 소라와 시로를, 티르는 스테프를 업고 달려 나갔다.

지브릴, 이미르아인이 들어간 『자루』가 허공에 떠서 그들의 뒤를 따른다.

……그러나 소라는 결국 입에 담지 않았던—— 세 번째 문제.

확증이 없는, 그러나 돌이켜보지 않을 수 없는 의구심을 마음속으로 생각했다…….

'……아까의 보스 데모니아^{미노타우로스}. HP가 절반 이하로 떨어졌을 때부터 움직임이 달라졌어…….'

정석적인 제2페이즈. 보스의 강화——가 아니라. 오히려 그 반대로.

공격은 둔화되고 반응 속도도 떨어졌다——. 까놓고 말해 명백히 약해졌다.

——HP, MP는—— '희망'을 수치화한 것이라고 한다.

보스의 그 거동 변화가, 원인이—— 만약 소라의 예상대로라고 한다면.

그리고── 그 현상이 자신들에게도 발생한다면────.

 '……아니, 말이 안 돼. 그렇다면 드워프가 이 게임을 클리어했
을 리가 없어.'
 그렇게 고개를 가로저어 불안을 불식하고자 하는 소라의 의구
심을 내버려 둔 채.
 이즈나와 티르는 문을 지나 11층으로 이어지는 계단을 뛰어 올
라갔다.

 ──그렇다. 소라가 필사적으로 부정하고 불식하려 했던 그
의구심이.
 겨우 한 시간 후, 멋들어지게 적중하고 말리란 것은.
 이 시점에서는 아직 그 누구도 알지 못한 채………….

        ■ ■ ■

 11층부터── 소라의 예상대로 다시금 경치가 바뀌었다.
 장엄한 백색 성에서──『탑』의 안이라고는 여겨지지 않는 신
비로운 숲으로.
 길 없는 숲속── 그러나, 그래도, 덤벼드는 인간형 식물 맨드레이크
데모니아 사이를 누비듯.
 이즈나는 소라와 시로를 등에 업은 채로 정확하게 상층으로 가
는 길과 계단을 찾아냈으며.

스테프를 업은 티르를 데리고 나무들을 박차며 고속으로——
일직선으로 달려 나갔다.

그리하여 20층 보스—— 거대한 식물 괴물 아래까지.

넝쿨을 채찍처럼 휘두르고, 씨를 발사하고, 꽃가루로 시야를
차단한다——.

그러나 그러한 것들은 모두, 역시 이즈나와 티르가 동체 시력과
반사 속도로.

시로는 궤도를 손쉽게 계산해 안전지대를 찾아내고, 소라는 그
녀를 서포트.

그래도 막을 수 없는 공격은 스테프가 유인해—— 문제없이 격
파했다.

그렇게 21계층—— 복잡하게 얽힌 아름다운 종유동으로 변한
경치 속을 나아가.

추가로 5계층을 답파한—— 제26계층에서——.

"…………."
"…………."

——복잡하게 얽힌 종유동이 이어진 너머, 상층으로 가는 계단
으로 가던 일행.

그러나 그들에게 1시간쯤 전까지의 기세는 없었으며, 그저 말
없이 전진만을 하고 있었다.

그런 가운데 이즈나의 등에 매달린 채, 소라는 상황을 정리했다

———.

———20계층 보스 데모니아와의 전투^(트리피드) —— 그리고.

21계층 이후로 이어지는 이 지형 —— 이즈나와 티르의 기동력을 살릴 수 없는 동굴.

물량으로 앞을 가로막는 데모니아와의^(오크와 고블린) 몇 차례나 되는 전투에서, 생각지 못한 소모를 강요당했다…….

———전원 남은 MP가 평균—— '절반 남짓' 할 정도까지.

"……소, 소라, 잠깐 쉬는 게 좋지 않겠어요……?"

모두의 무거운 발걸음과 낯빛을 알아차린 스테프는 그렇게 휴식의 필요성을 호소했다.

그렇다, 분명—— 『탑』^(던전) 공략 개시로부터 약 2시간……. 휴식 없는 행군.

일동의 육체적인 피로를 우려한 스테프의 제안은 지극히 타당했다.

———그러나 이제까지 전투 중일 때를 제외하면 이즈나에게 계속 업힌 채.

전투 중에도—— 안전지대를 간파해 최소한도로 움직이기만 했던 소라와 시로의 이 피로감은—— 결코 육체 피로 따위가 아니었다.

이것은 잘 알고 있는 '다른 피로'였으며, 소라가 우려했던 피로였다.

……틀림없다. 이것은…….

"――――우웃?! ――실수――. 미안해! 함청 밟았다, 요!!"

그러나 소라의 사고는, 이즈나의 원래 오감을 생각하면 있을 수 없는 보고가 차단해 버렸다.

그리고 시야가 깜빡인 다음 찰나―― 소라 일행은 막다른 골목으로 전송되고――.

"……젠장!! 하필이면 '몬스터 하우스' 냐고――?!"

15마리가 넘는 데모니아―― 무기를 손에 든 오크의 포효에 포위되어 있었다.

출구로 보이는 유일한 통로에는 눈에 익은 일그러진 마법진.

――소탕하기 전까지는 나갈 수 없는 건가……?!

그렇게 혀를 한 차례 차고――.

"스테프의 뒤는 나하고 시로!! 이즈나하고 티르는 스테프의 정면 적은 무시하고 측면을 처리!!"

간결하게 지시를 날린 소라에게, 일동이 일제히 고개를 끄덕인 후 움직였다.

――그러나 그 움직임은 눈에 띄게 둔해져――.

"――웃?! 미안하다, 요……!"

"아우우우이즈나공?! 사과할 때가 아니지 말입니다뒤에뒤에뒤에?!"

이즈나는 티르와 충돌――. 주의력이 산만해져 연계를 이루지 못하고, 심지어——.

"…………에? ……거짓말……."

——시로의 탄환이, 노렸던 사냥감을 빗맞힌다는—— 이상 사태까지도 발생.

소라가 커버하려 해도 그의 『무기』는 속사성도, 위력도 떨어졌으며.

하물며 스토핑 파워도 없으므로…… 탄막에도 아랑곳 않고 밀려드는 적에게——.

"——소소소, 소라?! 여여여여기 다 해치울 수 없을 것 같은데요오?!"

울려 퍼진 스테프의 비명에, 소라는 요란하게 혀를 차고는.

—— '조커' 중 하나의—— 이름을 외쳤다!!

"이미르아인!! 이즈나와 '체인지' 다——! 쓸어 버려라!!"

동시에—— 이즈나가 『자루』로 빨려 들어가고. 그리고——.

"【승인】: 본 기체의 차례. 명령 수락. 섬멸함. 전원—— 아우프비더젠."

대신 메이드복을 우아하게 펄럭이는 소녀가 고개를 숙이며 그렇게 고하자마자.

다음 찰나, 무수한 『공격기』에서 번뜩인 빛이 동굴 내를 새하얗게 물들였다.

…………

…….

　──명령대로, 말 그대로 적들의 HP를 모조리 깎아 휩쓸어 버린 빛이 사라지고.

　망연자실……. 그러나 어떻게든 버텨냈음을 이해한 안도에 털썩 주저앉아,

　"사, 살았어요……. 근데 소라?! 이렇게 강하면 처음부터──."

　이미르아인을 꺼냈으면 됐잖아요, 라고.

　말을 이으려던 스테프의 목소리는.

　"……이미르아인. 이즈나와 다시 '체인지' 다……."

　담담한 소라의 명령과, 이를 신호로 했던 것처럼──.

　"…………이젠…… 싫어…………."

　──쌍권총을 떨어뜨리며, 무릎을 꿇고.

　얼굴을 감싸며 굵은 눈물을 쏟아내는 시로의 오열에 가로막혔다.

　"──하? 에, 잠깐, 시, 시로?! 왜 그러시는 거예요?!"

　공격을 당한 걸까, 아니면 그것과는 무관하게 다치기라도 한 걸까.

　핏기 가신 얼굴로 시로에게 달려간 스테프.

　하지만── 상처는 보이지 않고 HP 감소도 없는데── 스테프의 목소리가 들리지 않는 것처럼 울기만 하는 시로에게 당황했다.

다만 한 사람──.

역시 그렇게 되는 거군, 이라며.

최악의 우려 사항이 적중했다는 데에 이를 갈던 소라 또한 시로에게 달려와.

마침내 시로가── 자신의 '절망' 을 입에 담는 것을, 들었다.

그것은, 아아──.

"……빠야, 시로, 왜 가슴 커지지 않아?!"

"시로!! 저기 동생아?! 절망할 방향성이 그거여도 괜찮은 거냐, 너 진짜?!"

한편── 마찬가지로 가까운 곳에서 무릎을 꿇고 있었던 이즈나 또한──.

"……우우우……. 화딱지 난다, 요……. 배고프다, 요……!"

"이쪽은 이쪽대로 엄청 귀여운 절망이구만?!"

내용은 시시한── 그러나 당사자들에게는 틀림없는 '절망' 일 것이다.

줄줄 눈물을 흘리는 시로와 이즈나에 이어, 이번에는 『자루』 속에서──.

『【주지】: ……본 기체는 쓸모없음. 6천 년 전에도 의지자^{슈필러}를 배신했음. 속였음. 지키지 못했음. 이번에도 주인님의 기대 배신했음……. 본 기체는 지키지 못함. 아무도. 약속도. 아무것도…….』

"이쪽은 갑자기 부담작렬이야?! 너무 부담스럽잖아, 그 절망은!! 낙차 때문에 이명 생기겠다?!"

『마, 마스터, 대체 무슨 일이⋯⋯. 이 고철, MP가 완전히 고갈됐사옵니다⋯⋯?!』

──그렇다, 알고 있다.

단 한 번의 교전으로── 이미르아인의 MP는 순식간에 0이 되었다.

그것을 확인했기에 소라는 즉시 이즈나와 다시 체인지를 시킨 것이었다.

그러나 이유까지는 아직 알지 못해, 초조함에 머리를 쥐어뜯던 소라에게──.

"어, 어떻게 된 건가요⋯⋯? 다들, 대체 무슨 일이──."

마찬가지로 상황을 이해하지 못하는 스테프의 물음에, 소라도 기력을 쥐어짜 대답했다.

"⋯⋯어떻게고 자시고도 없어. 이게 10계층 보스의 HP가 절반 이하로 줄었을 때부터 묘하게 움직임이 둔해졌던 이유야⋯⋯. 젠장. 최악의 우려 사항이 적중해 버렸어⋯⋯."

그것은 대부분의 RPG──만이 아니라, 대부분의 전자 게임에 공통된 의문점.

다시 말해── PC플레이어 캐릭터는 HP와 MP가 아무리 줄어들어도──.

피로하고 상처 입더라도 죽을 때까지 베스트 컨디션으로 움직일 수 있다는 비현실적인 의문점.

하물며──.

소라는 자신의 머리 위와 왼손 손목에 표시된 게이지를 노려보았다.

"……우리의 HP, MP는── '희망' 이 가시화된 거랬잖아? 공격해도 공격당해도 줄어드는 '희망' ──. 다시 말해 이 두 개의 게이지는 '희망의 잔량' 이란 소리잖아."

그렇다면 '희망' 이 떨어질 경우── HP, MP가 0이 되는 '절망' 전에는.

당연히 이런 과정이 있지 않겠는가?

다시 말해── 육체가 아니라 정신이 피로하고 마모되어.

불안에 휩싸여 흐느끼는 멤버들이 보여 주듯── 절망으로 향하는 과정.

──일정 이상의 '희망' 을 '상실한' ── '실망' 이라는 필연이.

더는 움직일 기력조차 없는 듯한 시로와 이즈나의 모습에──.

"……그, 그치만…… 저도── 게다가 소라도, 티르 씨도 멀쩡한걸요……?"

"……그렇게 보여? 흐음…… 우선 스테프는 『탱커』── 공격하지 않으니까 그렇겠지."

그렇다……. 스테프의 MP는 여전히 꽉 찬 채──.

HP도, 이 상황에 와서까지 8할 이상 남아── '희망' 이 거의 줄지 않았다.

그러나 시로와 이즈나와 마찬가지로 MP가 절반 이하로 떨어진
티르와 소라는──.

　"……후? 후후. 본인 의기소침에는 익숙하지 말입니다. 이 정
도는 주 5회가 아니라 주 7회는 있지 말입니다……. 뭐…… 하지
만 냉큼 술이나 마시고 퍼질러 자야겠지 말입니다……."
　"나도 티르만큼은 아니지만 익숙한 편이거든……. 그냥 참고
있는 거야."
　그렇다── 두 사람 또한, 그저 어떻게든 참으면서 움직이고 있
을 뿐이었으며.
　심지어 소라는── 기분 나쁜 플래시백이 멈추지 않고 있었다.
　정신줄을 놓으면── 당장에라도 땅바닥에 엎어진 채 움직이
지 않을 것 같은 두 사람의 대답에.
　──스테프는 이번에야말로 비명을 꾹 참듯이 물었다.

　"그, 그럼 어떻게 해야 하나요?! 아직 30계층도 못 갔는데……!"
　그렇다……. 이곳은 아직 26계층…….
　최상층── 100계층까지 가는 길은 4분의 3이나 남았다.

　……그렇다, 소라도 시로도, 티르도 이즈나도, HP는 멀쩡하다.
　MP도 아직 절반가량 남았다──. 단순 계산으로 50계층까지
는 갈 수 있다.

──50계층. 그렇다……. 그래 봤자 50계층이 한계다.

게다가 그것은 당연히── 계층이 올라가면 올라갈수록 적이 강해진다는 사실과.

무엇보다도 이 '절망' 감쇠에 의한 컨디션 저하를 고려하지 않은 계산이다.

그러한 것들을 감안해, 정확히 계산한다면── 단언해도 좋으리라.

이대로 나아간다 해도 30계층에 있을 보스조차 쓰러뜨리지 못한 채──『전멸』한다…….

그런 소라의 침묵을 대답으로 받아들였는지, 스테프는 고개를 끄덕이고.

"……소라. 제2안── 있죠?"

소라가. 이 남자가. 이마니티 최강의 게이머──『공백』의 전략 담당이.

초기 전략의 파탄 정도도 상정하지 않고 게임에 임했을 리가 없다며.

──『플랜 B』의 존재를 확신하고 묻는 스테프. 그리고──.

"……그래. 당연히 있지. 그러기 위한 '두 번째 조커' 도……."

"역시! 그러면 아끼지 말고 얼른 그 조커란 걸──!"

그렇게 답하는 소라에게 스테프는 얼굴을 빛내려 했으나──이어서.

"아직 쓸 수 없어!! 이 게임의 근간(트릭)을 밝혀내지 못하고 쓰면 '끝장' 이라고!!"

"————!!"

그렇게 고뇌로 일그러진 얼굴, 여유가 없는 소라의 비통한 외침에 얼어붙고 말았다.

그러나…… 미안하지만 그런 스테프에게 신경을 써 줄 여유조차 없어서.

소라는 숙고하려 할 때마다 방해하고 드는 플래시백에——.

——크게 심호흡을 한 차례 하고…… 명령했다.

'————방해된다, 꺼져.'

——동료(모두)의, 자신의, 무엇보다도 여동생의 생명이 걸린 판단을 해야 하는 이 국면에서.

시시한 과거의(플래시백) 기억이며 아무래도 상관없는 불안 따위를 신경 써 줄 만큼 한가하지 않다고.

뇌리를 스치는 쓸데없는 모든 것들을 명령 하나로 날려 버리고, 소라는 더욱 깊은 생각으로 잠겨든다——.

……생각해라.

과거 드워프 파티는 『탑』에 침입하고 겨우 하루가 조금 넘는 시간 동안 클리어했다.

'희망' 의 회복 수단은 없는 거나 다름없다——. 그렇다면 최대 효율, 최고 속도로 클리어할 수밖에 없다.

드워프도 그렇게 생각했을 테고, 소라도 그렇게 생각했다——. 하지만 결과는 이 꼬락서니다.

그렇다—— 분명 자신들은 과거의 드워프 파티와는 다를지도 모른다.

모든 적을 회피하지는 못했다. 특히 21계층 이후에는 어쩔 수 없는 교전도 다발했다.

——드워프들은 그 '감성'으로 모든 전투를 회피했다?

아니—— 설령 그렇다 치더라도 보스전까지는 회피하지 못했을 것이다.

그렇다면 '희망'—— 적어도 MP의 손실—— '실망'은 피할 수 없다.

판단력과 사고력이 저하되어, 그 상태로 전투하면 더욱 쓸데없는 소모를 가져오는—— 악순환이다.

그렇다 해도—— 최대 효율을 의식하고 '첫 플레이'라는 조건도 똑같을 텐데.

소라 일행의 네 배 이상을 진격해, 최상층—— 100층까지 도달했다고……?

——있을 수 없다. 아무리 생각해도 불가능하다!!

이 조건에서는 이 게임—— 드워프들이라 해도 클리어할 수 없었을 텐데——!!

……혹시.

『마왕』의 소멸과 과거의 드워프 파티 도전은——무관했던 것 아닐까?

『마왕』은 무언가 다른 이유로 소멸했을 뿐이고, 이 게임은 원리 척으로 공략 불가능인 것은?

'——아니야, 절대 그렇치 않아!! 현혹되지 마라 소라 동정남 18————이 아니라 19세!!'

감쇠한 '희망'——정신피로——'절망' 탓인지.

머리를 들려 하는 그런 생각을, 소라는 애써 고개를 가로저어 부정했다.

——그렇다. 그거야말로 있을 수 없다.

이 게임은———— 천체상 '공략 가능' 하다——. 그건 확실 해!!

셰라 하의 언동과 『마왕』의 성질——. 그 모든 것이 명백히 제 시하고 있다!!

그렇기에 자신은 불확실한 룰이 많은데도 이 게임에 임했는데 ——!!

그렇다……. 이 게임에는 명확히 클리어할 방법이 있다.

아니—— '준비되어 있다' 고 해도 과언이 아니다!

그러나. 그러면. 그렇다면 그 방법은——대체 어디에?!

──HP, MP에──『무기』의 성능에…… 개인차가 지나치게 심한 것은 어째서지?

──적을 쓰러뜨릴 때마다 약간씩 회복되는 HP와 MP──. 무슨 의미가 있지?

── '희망' 만이 무기인 게임에서 왜 마법을 쓸 수 있지? 왜 MP를 소비하지?!

──왜 이미르아인은 단 한 번의 교전에서 MP를 전부 소비해 버렸지?!

──왜 지브릴과 이미르아인은 싸우지 않았는데도 HP와 MP가 줄어 버렸지?!

있을 것이다── 이 안에. 준비된 답이!!

소라는 그 사고의 바다를 제한 없이 깊이 내려갔기에…….

"────소, 소라?!"

"소라 공?! 뒤, 뒤를 보시지 말입니다아!!"

──동굴 내를 배회하고 있었을까.

데모니아의 무리가 소라 일행을 발견하고 그들의 뒤까지 육박했던 것을.

스테프와 티르의 비명이 울릴 때까지 알아차리지 못하고 있었다…….

…………

지나치게 깊은, 지나치게 가속했던 사고 탓이었을까. 뒤를 돌아본 소라는——.

육박하는 데모니아 한 마리의 해머가 짓쳐드는 것을—— 묘하게 느리게 느꼈다.

그러나 이어서 느꼈던 것은 충격도, 대미지의 감촉도, 하물며 '절망'도 아니었으며.

가차 없는 행복감을 수반하는 두 개의 감촉이었다.

……신비할 정도로, 부드러운.

그러나 모순을 넘어서는—— 확실한 반발력.

신비함마저 드는 그 감촉이—— 창졸간에 자신에게 달려든 두 사람.

다시 말해—— 티르의 배와 스테프의 가슴이었음을.

소라가 이해하기도 전에——.

"——소라, 는, 못 건드려요오오오——!!!"

티르가 소라를 끌어안고 한달음에 홀 안까지 도약했으며.

남은 스테프는 그런 외침과 함께 『대형 방패』를 지면에 꽂은—— 그 순간.

——소라의 눈은 스테프의 머리 위—— 그녀의 MP 게이지가 처음으로 줄어드는 것을 확실히 보았다.

그리고 적의 무리가 스테프 이외에는 보이지 않는 것처럼—— 스테프만을 노리는 모습도.

"……빠야! 빠야, 빠야 미안, 해……!"

"소, 소라……! 미, 미안하다, 미안하다, 요!!"

그렇게── 고개를 숙이고 울기만 하느라 소라의 위기를 알아차리지 못했다고, 울면서 사과하며 달려든 시로와 이즈나를 완만하게 끌어안고.

그리고──.

"스, 스테프 공?! 대, 대체 뭘 하신 거지 말입니까아?!"

"모, 모르겠어, 요……?! 가, 갑자기── 왼쪽 손목이 빛나더니 눈앞에 문자가──. 하, 하지만 이건── 기, 길게는 못 버티겠어요──?!"

──그 모습을, 아아…… 소라는 보았다.

기묘할 정도로 차분하게── 이어서 왼쪽 손목으로 시선을 돌리고.

그것을, 보았다.

그 순간──── 모든 것을 이해했다…….

──왼쪽 손목에 표시된 두 개의 게이지 중 파란 쪽── MP가.

약간── 그러나 확실하게 회복된 이유도, 그 밑에 있던 여백의 의미도.

스테프가 사용하고 있는 것이── 《어그로 집중》이라는 것도
──.

전부. 그렇다……. 전부, 이해했다…….

————하…….

하하…….

"……하하하…… 아————핫핫하아아!! 아아, '희망'!! 희
망희망희망!! 그렇구나, '희망'이란 말이지이?! 그러네 이게
'희망'이었구마안?! 앗하하하하하하!!"

"……빠……빠, 야……?"

"소, 소라 공……? 머, 머리라도 부딪치셨지 말입니까……?!"

——말없는 생각, 방심——에서 오는 갑작스러운 홍소.

모두가 제정신인지 걱정했지만 소라는 상관하지 않았다.

그리고 털끝만큼의 망설임도 우려도 없이. 확신을 가지고.

자신의 『무기』—— 대형 총기의 포구를—— 똑바로 스테프에
게—— 아니.

스테프의 방패 너머—— 적의 무리를 향해 조준을 맞추고. 강하
게, 강하게 강하게—— 머릿속에 그렸다.

——그래…… 희망만을 무기로 싸우는…… 게임.

——본인의 희망이 형태를 이루는——『무기』…….

그러니까 내 『무기』가—— 평범하게 쓰면 약했지!!

그러니까—— 이런 외견, 이런 형태가 됐지——!!

그렇다—— '자신의 희망'을 강하게 강하게 뚜렷하게, 선명하

게 머릿속으로 그리면서.

내심 소라가 부르짖었던─── 찰나. 자신의 왼쪽 손목─── 두 개의 게이지가 늘어선 그 아래의 여백에.

섬광처럼 떠오른 것과 같은 문자열이 시야에 넘쳐났다───.

───《스킬 『섬광발음(閃光發音)탄』 해방》───

찰나─── 총신에 장전되었던 탄환이 바뀌는 감촉과 함께 방아쇠를 당겼다.

무거운 폭음과 섬광, 그리고 불을 수반하며 포구가 탄환을 토해냈다.

음속을 넘어 허공을 질주한 탄환은─── 한 치의 오차도 없이 조준한 대로 스테프의 바로 옆을 스치고 지나가, 방패 너머에서───.

"───우우웃?! 뭐, 뭐였나요───."

스테프에게 비명을 지르게 만들고─── 그 비명을 지워 버리는 폭음과 강렬한 빛으로 바뀌었다.

그러나 스테프가 그 의문에 대한 답을 요구하기 위해 소라를 돌아보기도 전에.

"───에? 뭐, 뭐가 일어난 건가요……?"

빛이 가라앉고 보인 광경─── 스테프를 『대형 방패』 너머로 공격하려던 데모니아의 무리가.

실 끊어진 인형처럼─── 땅에 엎어져 있는 광경에 스테프는 아연실색해 중얼거렸다.

그들의 HP 게이지는 전혀 줄어들지 않았다——. 다만 말 그대로 쓰러져 있을 뿐…….

——무슨 일이 일어난 거지?

스테프의 의문은 소라를 제외한 모두가 눈을 동그랗게 뜬 채 공유하고 있었다.

그러나 유일하게 그 답을 가지고 있는—— 모든 것을 이해한 소라는——.

"핫하——아!! 역시 그런 거였구마안?! '희망의 형태가 무기가 된다'——. 다시 말해 『자기 희망』의 본질 이해에서 오는——《스킬 해방 시스템》이란 말이지!!"

그 자리의 전원——『자루』속의 지브릴과 이미르아인에게서도 의문과 곤혹이 날아들고 있었지만.

소라는 아랑곳하지 않고 웃으며 외쳤다!

"티르! 이 게임 클리어한 드워프 파티의 편성, 아직 못 들었는데?!"

"————헤? 아, 네에. 그, 그렇지 말입니, 다……?"

그렇다—— 좀 더 빨리, 처음에 확인했어야 했다!

그랬더라면 이 정도쯤은 더 일찍 깨달았을 텐데——?!

"맞혀 볼까!! 그 자식들 전부—— 부부 아니면 연인이었겠지?!"

"──헤? 에, 아── 네! 그렇지 말입니다! 당시 하덴펠의 두령
과 6명의 아내── 합계 7명이 도전했다고 들었지 말입니다!!"

"망할!! 리얼 진짜 하렘 파티였냐고폭발해버려?!"

──조금 상정을 초월해 버린 대답에 퉷하고 침을 한 차례 뱉고.

그러나── 역시나. 역시나── 이것으로 모든 수수께끼가 풀
렸다──!!

"소, 소라?! 적이 또 움직이는데요?!"

그렇게 비명을 지르는 스테프를 흘끔 보며 소라는 웃는다──.
당연하다며.

데모니아의 무리는 소라의 《스킬》로 스턴됐을 뿐이었다.

슬슬 유효시간이 다 되었으리라──. 그렇기에.

"그러면~ 고대하시던 제2안이다──! 지브릴!! 스테프와 '체
인지' !!"

그렇게── '두 번째 조커' 의 이름을 소라가 외치자마자.

쑤욱~ 하고 『자루』로 빨려 들어간 스테프를 대신해 나타난 지
브릴에게.

소라는 즉시 지시를 날렸다!

"우리 전원을 『탑』의 입구── 『준비의 홀』로 공간전이해!! 할
수 있지?!"

"물론이옵니다. 마스터의 명령이시라면 불가능도 가능케 해드

리겠나이다——!!"

그렇게 고개를 숙인 것과 함께 지브릴이 말한—— 다음 순간.

소라 일행의 모습은 공간에 녹아드는 것처럼 사라졌다——.

…………

■ ■ ■

——한편…… 『탑』의 바깥—— 운영본부.

소라 일행이 사라진 플로어를 공간에 투영해 비추는 화면에.

정장 차림의 해골을 포함해 운영 스태프 전원이 아연실색한 가운데…….

"……야, 세라 하? 저 자식들 도망쳤는데?! 진짜로 나한테 오는 거 맞아?!"

"그렇습니다, 귀여우신 마왕님. 정확하게 말씀드리자면 '그들 말고는 올 수 없다' 가 되겠지만요."

한구석에서, 운영진을 대변해 고함을 지르는 털뭉치에게.

사악한 숙녀는 뱀의 눈에 확신만을 깃들이고 단언했다.

"……30계층도 답파하지 못해서 꼬랑지 말고 도망친 저걸 보고도 그런 소리가 나와?"

"그렇습니다, 마왕님. 마왕님께서 원하시는 한 몇 번이고 말씀 드릴 수 있습니다."

붉은 입술을 끌어당기는 고혹적인 미소로, 자애로움까지 담아 마왕의 파편을 끌어안고.

　셰라 하는 말 그대로 몇 번이나── 사랑을 속삭이듯 고하고 있
었다.

"저들이야말로 마왕님께서 오래도록 고대하시던 진정한 용사.
진정한 의미에서 마왕님의 희망을 이루고 완전히 꺾어드릴──
영겁의 시간 속에 찾아온 첫 용사 일행이 틀림없습니다……."

　──라고………….

⏻ 제3장 용사들의 공격!

^(메 타 판 타 지)

——『마왕』의 『탑』—— 제1계층 『준비의 홀』…….

어제까지 바닥에 마법진밖에 없던 살풍경한 홀에는, 현재——.

"크크크……. 용사님들, 주문하신 물건을 가져왔습니다."

"예! 수고하셨지 말입니다! 저쪽에 내려놔 주시지 말입니다!!"

"……이래도 되는 걸까요……? 이건 규칙에 위반되는 건 아닐
까요……?"

정장 차림의 해골과 함께, 카트에 한가득 짐을 싣고 온 셰라 하
에게.

해머를 어깨에 지고 날카로운 시선으로 거만하게 주위를 둘러
보며 대답하는 티르의 모습이 있었다.

아니—— 그뿐 아니라…….

"아. 그리고 이쪽이 살풍경하니까 뭔가 장식을 해야겠다고 해
서 추가 주문이지 말입니다!!"

"크크……. 예. 잘 알겠습니다. 즉시 준비하지요……."

홀 중앙에는—— 편안한 수면을 보장해 줄 것 같은 침대가 수납
된 커다란 텐트에.

오븐 그릴과 테이블── 조리기구 일습, 나아가서는 간이 목욕탕과 화장실까지.

더할 나위 없이 쾌적한 생활 공간으로 변모한 『준비의 홀』에── 아직도 만족하지 못하겠다며.

한층 더한 삶의 질 향상을 바라는 추가 주문에, 마침내 견디지 못했을까──.

──포옹, 소리와 함께.

"이것들아?! 너희 『탑』 공략은 내팽개쳐놓고 뭘 하는────." <small>나하고의 게임</small>

어젯밤부터 유유자적하게 『탑』 내에서 생활하기 시작한 소라 네에게 클레임을 걸어야겠다며.

셰라 하를 매개로 모습을 나타낸 『마왕』의 조각── 털뭉치.

그러나…….

"…………잠깐 저기 미안. 에? 진짜로 뭐 하고 있는 거야?"

"보고도, 모르겠, 냐……?! '웨이트 트레이닝', 하고…… 있다만……?!"

그렇다. 시선을 내리자, 우아하게 책을 읽고 있는 시로의── 그보다도 더 아래.

시로를 등에 업고 괴롭게 팔굽혀펴기를 하고 있는 소라에게, 털뭉치는 자기도 모르게 곤혹스러움으로 낯을 물들였다.

"……내가 이런 말하긴 좀 그렇지만, 이마니티가 근육 늘려 봤자 마왕^나한테는 못 이길 텐데?"

——마왕을 토벌하기 위해 용사가 훈련을 한다.

그 행위를 마왕^{자신}이 부정해도 되는 건지 미안함에 그렇게 중얼거리는 털뭉치에게.

"좋~습니다, 소라 공! 30회 5세트! 힘내셨지 말입니다 쿨 타임이지 말입니다!!"

해머를 죽도처럼 바닥에 내리치는 티르의 호령에, 소라는 바닥에 엎어졌다.

"……후…… 후후, 생긴 대로 머리도 나쁘구나아……. 마, 마왕아……."

팔을 파들파들 떨고 숨을 헐떡이는 참으로 처량한 모습과 함께.

그러나 대담하게 웃음을 머금으며 드높이 대답했다——!

"실제로 이건 웨이트 트레이닝이지. 하지만 단련하는 것은 '근력'이 아니다——'치력'이다!!"

"……저기, 셰라 하. 이 녀석이 뭐라고 하는 거야?"

——모르겠냐. 후, 어쩔 수 없지.

그러면 무지한 마왕님을 계몽해 주겠노라고, 소라는 한층 대담한 미소를 머금으며 말을 이었다!

"지력이란 무엇인가——? 건전한 지적 활동의 산물이다. 그러면 건전한 지적 활동이란 무엇인가——? 건전한 정신 활동의 산물이다. 그렇다면 건전한 정신이란 무엇인가?! 딱 잘라 말해 건전한 육체의 산물이다!!"

"소라 공! 쿨 타임 종료! 다음은 스쿼트 30회 5세트이지 말입니다!!"

그렇게 설명을 가로막는 티르의 지엄한 호령에 벌떡 일어나는 소라.

여전히 시로를 업은 채, 이번에는 스쿼트를 시작하며 말을 잇는다!

"구체적으로는!! 건전한 육체가 생성하는 아드레날린, 도파민, 테스토스테론! 그 외 기타 등등 뇌를 활성 및 각성시키는 물질의 산물, 그것이 곧 지성이다!! 요컨대 나는 근육을 단련함으로써 뇌를──나아가서는 '지성'을 단련하는 것이지!! 안 그러면 누가 이딴 힘든 짓을 하고 앉았겠냐?! 두 유 언더슷태~~~~앤?!"

"저기?! 셰라 하아?! 이 자식 아까부터 뭐라고 하는 거야?!"

소라의 설명을 하나도 이해하지 못하겠다고 울부짖으며 머리를 쥐어뜯은 틸뭉치는 시선을 이리저리 떨다가──.

"게다가!! 저기선 플뤼겔이랑 엑스마키나랑 워비스트가 계~~~~속 말없이 뭔가 퍼먹고 있는데?! 워비스트는 그렇다 쳐도 나머지 둘── 저 녀석들은 식사 필요 없잖아?!"

더더욱 이해할 수 없는 모습을 보고, 마침내 비명을 질렀다.

"우물우물? 꼴깍······ 그야 플뤼겔에게 식사는 필요가 없사오
나······ 우물우물."

"【보고】: 경구 섭취 및 음식물 분해 흡수 기능. 미각 감지 기능
도 있음. 【보고】: 맛있엉."

"············자항마 기다혀야, 요······. 다 머흐며, 너 가지고 논
다, 요······."

그렇게, 스테프가 바쁘게 요리해 테이블에 놓는 농담 같은 양의
요리를, 역시 농담 같은 속도로 비워나가는 세 사람의 대답──.

······새삼 말할 것까지도 없겠지만, 이곳은 마왕의 『탑』이다.

다시 말해 이 구조물과 공간 그 자체가 『마왕』이며── 그 내부
인 것이다.

──내 몸속에서, 이 자식들 진짜 뭐 하고 있는 거야?? 라며.

아무도 대답해 주지 않는 의문 때문에 눈가에 눈물을 머금은 털
뭉치에게──.

"하아······ 하아······ 마, 마왕이, 는······ 근데, 뭐가 그리 불만,
이야?"

"좋지 말입니다, 소라 공! 오늘의 메뉴 열심히 하셨지 말입니
다!! 땀이 빛나고 있지 말입니다?!"

"······반짝반짝, 빛나고, 있어······. 수분 보급······ 잘, 해······."

티르와 시로에게서 타월과 물, 치하의 말을 받으며 숨을 고르던
소라는.

땀을 닦으면서── "잠깐 확인 좀 해도 될까?"라며 담담히 말

을 이어 나갔다…….

"우선……『준비의 홀』은 데모니아가 쳐들어오지 않는 안전지
대 맞지?"

그렇게 대전제인 룰을 확인하고, 소라는 계속 말했다.

"그리고. 이 게임에 제한 시간을 언급한 룰은 하나도 없다──.
다시 말해『준비의 홀』에서 장기간 체류하는 것도, 이렇게 텐트
치고 쉬는 것도, 전혀 룰 위반이 아니지?"

"──에? 어, 어라?"

어리둥절한 털뭉치를 내버려 둔 채 소라는 더더욱 몰아붙인다!

"그리고 용사 파티는 게임 종료 시까지『탑』에서 나가지 못해.
하지만 용사 파티가 아닌 데모니아이면서 우리가 소유한 셰라 하
를『탑』에 들여놓으면 안 된다는 룰도! 당연히 식량이나 기타 생
활용품을 가져오도록 시켜선 안 된다는 룰도, 없었지이이?!"

"──아. 에, 그게……."

이처럼 아연실색한 털뭉치에게, 소라는 당당히 마무리했다!

"그래! 분명『탑』에서 나갈 수는 없지만?! 마음만 먹으면 여기
서 평생 살아도 잔소리 들을 이유는 없다고 본다만 이의 있으신
가?! 으응~~~~?!"

"…………."

"………………."

"셰, 셰라 하아아!! 이, 이 자식들 여기서 평생 유유자적하게 살
거래?! 내 탑── 마왕 안에서!! 날 쓰러뜨릴 맘이 제로인 것 같

은데?!"

"큭큭……. 귀여우신 마왕님, 하오나 분명 용사님의 말씀대로 규칙상 아무 문제도 없음을 인정하지 않을 수 없습니다——. 셰라 하도 마왕님에서 살고 싶군요."

"셰라 하?! 아니, 그거 결함 규칙이잖아?! 마왕이랑 동거하는 용사가 세상에 어딨어?!"

마침내 그리 울부짖으며 셰라 하에게 매달리는 털뭉치——『마왕』을 보고.

소라는 만족스럽게 등을 돌리더니, 땀을 씻어내기 위해 간이 샤워 부스로 향했다.

——당연히 정말로 이곳에서 평생을 살 마음 따위 털끝만큼도 없다.

이러한 것들은 '희망을 회복' 시키는—— 그러기 위한 수단에 불과하다.

그렇다……. 어제, 소라가 그 정체를 해명했던 '희망' …….

더욱 정확하게는—— '희망의 원천' 을………….

■ ■ ■

——그렇다. 그것은 어젯밤에 있었던 일…….

"……후, 후후…… 그렇군요? 소녀도 저 고철과 마찬가지로

한 방에 쓸모가 없어졌던 것이었나이까……. 아아, 마스터…….
언제나 중요한 순간에 도움이 되지 못하는 무능한 종복을 벌하여
주시옵소서……. 구체적으로는 이 몸을 노리개로라도 이용해 주
시옵소서……."

"……지브릴은 절망하는 모습도 꿋꿋하네. 사실은 완전 팔팔
한 거 아녀?"

"……『*리레미트』 쓸 수 있다, 니…… 초─쓸모 있, 고…… 그
치……?"

───26계층에서 지브릴의 공간전이로 제1계층───『준비의
홀』로.

입구까지 무사히 귀환한 소라 일행은, 그렇게 절망하는 지브릴
에게 눈을 흘기며 대꾸했다.

……그렇다고는 하지만 무사히 돌아와 다행이라고…… 소라
는 내심 식은땀을 닦았다.

지브릴의 MP를 다 소비해도 아슬아슬할 거라고 내다봤던───
공간전이는.

아니나 다를까 MP 전체를 소비해도 부족했는지─── 어째서인
지 HP까지 철반 가까이 깎였다.

───그러나 간신히 성공한 공간전이.

아슬아슬한 다리를 건넜다는 데에 몰래 안도하는 소라에게───.

___
* RPG 드래곤 퀘스트 시리즈의 마법. 던전에서 탈출할 수 있다.

"⋯⋯이게 제2안이었어요? 하지만 원점으로 돌아왔을 뿐이잖아요⋯⋯?"

"⋯⋯⋯⋯⋯⋯⋯⋯⋯⋯⋯."

그렇게 묻는 스테프.

일동은 나란히 말없는 시선을 소라에게 돌렸다.

"⋯⋯이 상태로는 최상층^{100계층}은 고사하고 26계층조차도 갈 수 없어요⋯⋯."

아직도 희망이 있지만 얼굴에 '절망'을 내비치는 스테프의 말.

"그런데 그게 갈 수 있거든~."

하지만 소라는 대담한 웃음과 함께 그렇게 대답했다.

"규칙상 이곳은 안전지대── '세이브 포인트'야. 여기서라면 안심하고 쉴 수 있어."

"⋯⋯HP, MP 회복^{스테이터스}, 은⋯⋯ 안 되는, 계열의⋯⋯ 세이브 포인트, 지만⋯⋯."

뚜렷한 정신 소모의 기색을 내비치며 쥐어짜 내듯 중얼거리는 시로──. 하지만.

소라는 쯧쯧쯧, 하고 검지를 흔들며 다시금 대담하게 답변했다.

"그런데 그게 회복이 되거든~. '희망'의 회복 방법을 밝혀냈으니까."

—————?!

눈을 동그랗게 뜨는 일동에게, 소라는 다시금 한층 대담한 웃음을 머금으며——.

"전원 내 MP를 주목~~!! ——자, 뭔가 알아차린 거 없어?"

그렇게 말하는 소라에게, 일동은 몇 초의 간격을 두고——.

"…………! 빠야, 의…… MP……. 안 줄었, 어……?!"

"【조합】: ……주인님의 MP. 몬스터 하우스 돌입 전의 기록과 거의 같은 수치……?"

그 사실을 알아차린 시로와 이미르아인의 보고에, 일동은 나란히 경악해 눈을 크게 떴다.

그렇다—— 함정을 밟고, 몬스터 하우스에 빠져 포위당해 싸우고!

거기에 또 적의 무리를 다운시키는 수수께끼의 공격까지 쓰고도—— 소라의 MP는 거의 줄지 않았다!

다시 말해—— '희망'의 소비와 회복 사이에 균형을 맞춘 것이다——!

그 트릭을 묻는 여섯 명의 시선에, 소라는 한껏 뜸을 들이다가…….

"그래. '희망만을 무기로 싸우는 게임'—— 우리의 HP, MP도 『무기』도—— 그 '희망'인지 뭔지에 의해 가시화되고 모양을 이루는 모양이야. 하지만—— 세 번째로 묻겠는데."

이 게임의 근간, 일관되게 이해할 수 없었던 애매한 요소. 그것은즉———.

"———애초에 '희망'이란 뭘까?"

"……【재답】……『영혼』의 구성 요소 중 하나……『마음』의
일부…… 개념."

그렇다—— 이 세계에서는 명확하게 정의되고 해명되었다는
'희망'———.

세 번의 질문에 세 번 똑같이 돌아온—— 이 세계에서는 상식이
라고 하는 대답.

그러나 소라는 이번에야말로 입가를 틀어올리며 딱 잘라 말했다.

"아니야, 틀렸어. 그게 이 세계의 상식이라면, 이 세계 전원이
착각하고 있었던 거야."

그렇게—— 이 세계의 상식을 세계와 함께 즐겁게 부정한 소라
는.

아연실색한 일동과는 대조적으로, 발걸음도 가볍게 돌아다니
며, 마치 학자처럼———.

" '희망이란 무엇인가' ……. 우리가 살던 원래 세계에서도 답
은 나오지 않았어. 물론 『영혼』도 해명은 고사하고 관측조차 못
했지——만, 그래도 희망의 원리와 메커니즘은 어느 정도 해명
됐어."

그리고 콱, 소리와 함께 발을 울리며 걸음을 멈추고.

"결국 '희망'이란 지극히 물리적으로 관측 가능한── '물질'
에서 유래된다는 것을!!"

그렇게 단언하는 소라에게── 설마…… 하며.

희망을── 다시 말해 감정을── 개념을.

『영혼』도 이용하지 않고, 물질로서 관측해 일부 해명까지 해냈
다고 하는.

초과학의 종족조차 믿기 힘든 이세계의 지혜를 설파하는 소라
에게 눈을 크게 뜨는 가운데.

오직 홀로──.

"…………아……."

그렇게, 마침내 무언가를 알아차린 듯한 시로를 보며, 소라는
거창하게 고개를 끄덕이고.

아아── 희망이란 무엇인가?

이 물음에 대한, 진리를 제시했다──. 그것은 곧──!!

" '희망'은── 그냥 뇌내 물질의 화학 반응

이다────!!!"

꽈르릉──────── 콰과앙!!

소라의 말을 이해할 수 있었던 시로는 오빠의 등 뒤에서 분명히
천둥 번개의 환영을 보았다.

──그러나.

…………────?

나머지 다섯 명── 정정. 이즈나는 홧김에 잠을 자기 시작했으므로 네 명인가? 아무튼!

나란히 아연실색한 모습에, 소라는 다시금 추가타를 가하듯 세세히 설명한다!!

"더 알기 쉽게 말해 줄까?! '희망' 만이 아니고 '정신' 이니 '마음' 이니 '감정' 이니 하는 것들은 죄다!! 뇌내 물질의 화학 반응과 생리 작용이 가져오는 '착각' 에 불과해!!"

"……그렇, 구나……! ……그런…… 거였……어?!"

소라의 말에 더더욱 이해했는지 열을 띠기 시작하는 시로와, 더더욱 이해에서 멀어지며 식어가는 나머지의 시선.

열량의 충돌이 기압골을 만들어내 소용돌이마저 일으킬 것 같은 홀.

그러나 그 폭풍우의 중심에 선 소라는 여전히 말을 이었다!

"맞아!! 예를 들면 세로토닌! 혹은 도파민, 엔도르핀, 아드레날린에 옥시토신──. 무수한 쾌감 호르몬이 신체에 작용하여 사람은 흥분하고 진정하고── 다시 말해 쾌락과 행복을 느끼며! 의욕적 활동적으로 변하게 된다──. 이것을 곧 '희망' 이라 부른다!!"

그리고 같은 폭풍의 중심에서 그 말을 시로가 받는다!

"……반대, 로…… 그런 것들의 분비, 섭취 부족, 과잉 분

비……. 혹, 은 다른 불쾌 호르몬 우위에서…… 불쾌, 불안해
지고…… 마침, 내…… 무기력해지고── '절망'에, 이르게
돼……!"

　분명, 그렇게 생각하면 이 게임의 이해할 수 없었던 시스템을
전부 설명할 수 있어!

　그런 시로의 사고를 읽은 것처럼 소라는 깊이 고개를 끄덕이며
선언했다.

　──말하자면!!

　"빨간 게이지는 『수동적 강함』── 즉, 스트레스 내성! 정신을
유지하는 뇌내 물질의 양이나 비율을 반영하고! 파란 게이지는 『능
동적 강함』── 다시 말해 공격성!! 스트레스의 요인을 배제하고
자 행동적으로 만드는 뇌내 물질의 양과 비율을 반영하는 거야!!"

　"……그러, 니까…… 적을, 쓰러뜨리, 면…… '달성감'으
로…… 쾌감 물질이, 분비돼, 서…… 소량, 이지만…… 회복
돼……! 굉장, 해…… 빠야……!"

　"흐하하하!! 그렇지 그렇지?! 뭐~ 더 일찍 깨달았어야 했었지
만 말이다?!"

　완전히 이해하고 감명받아── 오빠에 대한 존경을 더욱 키워
나가는 시로와 달리.

　"화, 황송하오나 마스터……. 아마도 그건 두 분 마스터의 원래
세계에서만 통하는 이론이 아닐는지요……."

조심스레 이의를 제기하는 지브릴에게, 소라는 고개를 끄덕여 주었다.

──그렇다. 실제로 이러한 것들은 소라네가 원래 있던 세계의 이론이다.

더 자세히 말하자면, 원래 세계에서도 개인차가 크며 복잡하고 난해하기 그지없는 그러한 물질의 화학 반응, 상호작용을 완전히 해명할 수는 없어서…… 도저히 인간의 정신을 설명할 만한 영역에는 이르지 못했다.

하물며 정령이니 『영혼』도 있는 이 세계에 그대로 통용될 만한 이야기도 아닐 것이다.

그렇다……. 그대로는 말이다. 하지만 1년 동안 이 세계에서 지낸 소라는 경험을 통해 확신했다.

그렇다고 한다면──.

"……여, 역시 《혼백가설》이 옳았던 거지 말입니까?!"

그렇게 갑자기 목소리를 높이는 티르에게.

소라는── 뒷말을 양보하겠다는 듯 웃으며 시선을 보내주었다.

"어…… 옛날에, 어떤 엘프가 제창한 가설이지 말입니다. 대충 말하자면, 감정이나 정신은 체내에 섭취한 정령을 변질시킨── 쾌감을 관장하는 정령군 『양정(陽精)』과 불쾌감을 관장하는 정령군 『음정(陰精)』의 영혼에 대한 작용에서 생겨난다, 고……. 소라 공이 말씀하신 '뇌내 물질'을 '체내 정령'으로 바꾼── 거의 그대로의 가설이지 말입니다!!"

——역시나.

확신했던 대로의 설명에 소라는 쓴웃음으로 대답했다.

그러나 지브릴은 수긍하지 못했는지—— 내뱉듯 중얼거렸다.

"……말이 되는 소리를. 4천 년도 더 전에, 『근육은 모든 것을 해결한다』고 지껄이면서 엘프 주제에 웨이트 트레이닝에 생애를 바쳤던—— 정신 나간 식물류의 망언이 아니옵니까?"

……그런 엘프가 있었구나…….

생각보다 훨씬 다양성이 풍부한 종족이었구나…… 엘프.

그야 수천 년이나 세계의 패권을 쥐고 있을 만하네.

그렇게 감탄하는 소라를 내버려 둔 채.

"그, 그렇지 말입니다……. '육체는 단순히 『영혼』의 그릇'—— 그것이 지금도 정설이지 말입니다. 애초에 『양정』과 『음정』은 합계해도 체내 정령의 1퍼센트도 되지 않는 미량이며, 영향 따위 무시할 수 있는 정도라고 웃음거리가 되었던 '괴설' 이지 말입니다."

그렇게 인정하는 티르——. 하지만.

"그렇지만! 소라 공이 말씀하신 대로라면—— 이 가설대로라면, 앞뒤가 맞지 말입니다!!"

그렇다, 예를 들면——!!

"지브릴 공은 마법생명. 이미르아인 공은 기계생물. 생명 유지에 항상 정령을 소비하지 말입니다!! 하지만 이 『탑』에서는 '희망' 밖에 쓸 수 없는데—— 그렇다면 두 분이 아무것도 하지 않아도 '희망' 이 줄었던 건 어째서이지 말입니까?!"

““————아!””

그 말에 말문이 막혀 버린 두 사람에게, 소라는 웃음을 지었다.

……뻔한 거잖아?

다시 말해 ‘희망’ 인지 뭔지가—— ‘정령의 일종’ ——.

즉——『양정』인지 뭔지이기에 그런 것이다!

"또한! 『탑』 내에서 마법의 출력이 100분의 1 미만이 되는 것도, 술식에 흘러 들어가는 정령 중 유효한 것이 ‘희망’ —— 1퍼센트 미만의 『양정』뿐이었으니, 합계하면 맞지 말입니다!!"

그렇다—— ‘희망’ 만을 무기로 싸운다는 규칙의 게임에서.

그런데도—— ‘어째서인지 마법은 쓸 수 있었다’ ——고 하는 불가사의.

이것도 ‘희망’ 이 정령이어서라는 말로 설명이 된다——!!

…….

………….

"……정말로 반론의 여지가 없는 것 같나이다——. 아니. 애초에 마스터께서 그렇다고 말씀하신다면 세계가 틀린 것이 당연했나이다. 어리석은 종자의 헛소리를 부디 용서하여 주시옵소서."

그렇게, 마침내 받아들였는지 지브릴은 무릎을 꿇으며 용서를 빌고.

유일하게 이미르아인만은 더더욱 절망한 모습으로 중얼거리고 있었다…….

"……【갈등】【고뇌】: ……유지체가 해명했던 『마음』이…… 그냥 정령 반응? 그냥 생리 작용? ……【곤혹】【실망】: ……너무 노골적이잖아. ……에에…… 그게 뭐야……."

그러나 소라는 이미르아인의 그 절망에야말로 고개를 갸웃거렸다.

——기계종족이 『마음』을 획득하지 않았는가.

그렇다면 오히려 그거야말로 『마음』 따위 육체의 반응에 불과하다는 증거 아닐지……?

원리가 뭐가 됐든—— 엑스마키나나 우리의 『마음』이 단순한 생체 프로그램인 것과.

『마음』이—— 감정이 존엄하다는 데에는 아무 모순도 없다고 생각한다만……?

"…………어~ 솔직히 거의, 아니, 전혀 하나도 모르겠지만요."

그리고. 이번에도 안정적으로 이해하지 못했음을 숫제 시원시원하게 표명하는 스테프. 그러나.

유일하게 이해할 수 있었던 사실을 확인하듯, 게슴츠레 눈을 흘기며 묻는다——.

"다시 말해 HP가 극단적으로 낮은 소라와 시로는 두부 멘탈이었다는 건가요……?"

"홋……. 스테프치고는 잘 이해했군…… 그래 바로 그렇다만?!"

"……멘탈, 강했으, 면…… 골방지기 백수, 안 했, 거든……?!"

"그런 주제에, 공격성은 남아돌 정도로 솟아난단 말이죠. 진~

짜 악질이네요~."

"어째 우리가 이상한 것처럼 말하는데, 스테프의 괴물 멘탈이야말로 어지간하거든?"

"……스테프…… 풀, 죽은, 적…… 한 번, 이라도…… 있, 어……?"

"공격성 덩어리인 주제에 멘탈 피라미왕인 두 분에게 휘둘리는 스트레스──. 내성이 없으면 이미 병들었을 걸 이상하다고 말씀하신다면, 네에, 정말로 피차일반이었네요오?!"

그렇게── 셋 다 똑같다고 타협하며 부르짖는 스테프를 내버려 둔 채.

"하, 하지만 소라 공. 언제, 어떻게 그걸 알아차리셨지 말입니까?"

──아마도 소라가 숙고에 빠져 기습을 허용했던── 그러나.

넋을 놓고 있는가 싶더니 느닷없이 큰 웃음을 터뜨렸던── 그때였을 것이다.

그때, 그 순간의 무엇이 소라를 이만한 이해로 이끌었단 말인가.

그렇게 묻는 티르를 포함한 열 개의 눈동자에, 소라는 역시 대담한 웃음을 머금어 주며.

자신에게 신탁을 내려 준 위대한 존재들에게 감사를 담아 대답했다. 그것은──!!

"그래, 무엇을 감추리오?! 스테프의 가슴과!! 티르의 배 사이에 끼었던── 바로 그 순간, 내 MP가 폭발적으로 회복했다는 사실을 깨달았던 것이다──아아아!!"

거기서부터 해답을 도출해내기는 매우 이지 아닐까?

그렇다, 왜냐하면──!!

"요컨대 '희망'은 성적 충동── 뇌내 물질로 회복하는 것이니까 말이지이?!"

그렇다면 『준비의 홀』에서 휴식을 취하고, 쾌락물질이 분비되는 행동을 거듭하면!!

── '희망'을 몇 번씩 풀 회복시키고 몇 번씩 『탑』에 도전할 수 있는 것이다──!!

"……저──저어어어어질이잖아요오오오?!"

"──────────응? 에, 뭐가아?!"

그렇게 그 순간의 행복을, 감동을 떠올리며 곱씹는 소라에게.

자신의 가슴을 가리며 얼굴을 새빨갛게 물들이는 스테프의 매도가 날아들었다.

"그런 걸로 회복되는 소라의 희망이 저질이지 뭐겠어요?! 머릿속에 에로 말곤 없어요?!"

"전에도 말했지만── 없다!! 그렇다기보다 이참에 까놓고 말하겠는데 남자가 의기소침했을 때는 『괜찮아? 가슴 만질래?』로

어지간한 고민은 해결된단 말이다!!"

"그런 건 소라밖에 없거든요!! ——에? 그렇죠? 거짓말하는 거죠?!"

그 외의 멤버들에게 도움을 청하듯 주위를 두리번거리는 스테프는 일단 내버려 두고.

"——그렇게 돼서. 역시 내 감은 옳았단 말씀."

"…………하. 네? 어, 뭐가 말이지 말입니까?"

그렇게. 어리둥절한 티르의 청백색 오리할콘 눈을 바라보며 소라는 미소를 지었다.

——이 게임에, 왜 최강의 드워프—— 베이그가 아니라.

티르와, 평범하게 생각하면 전력에서 제외될 스테프를 데리고 왔는가.

그렇게 질문을 받았을 때는 논거에 확증이 없어서—— 그저 '절망이 패배'가 되는 게임에선.

절망과 가장 거리가 먼 두 사람이 열쇠가 될 거라는…… 게이머의 감에 따랐을 뿐이었다.

그러나 희박했던 논거가 확정으로 바뀐 지금—— 소라는 몰래 자화자찬했다.

베이그만은 못하지만 내 감도 나쁘지 않구나, 하고…….

"이 게임, 스테프에 이어 또 다른 열쇠는—— 티르. 역시 너야."

"————네?"

"《혼백가설》? 헛소리 취급되던 낡~은 엘프의 괴설에 상당히 박식한데 말이지~?"

"————어. 어아, 아뇨! 아뇨 그게, 그건~ ————아니지 말입니다?!"

느물느물 웃는 소라에게 무언가 켕기는 듯 황급히 변명을 주워섬기려 한다.

그렇다……. 절망과는 가장 거리가 먼 두 사람————. 그중 한 사람은————.

"지브릴이나 이미르아인을 포함한———— 우리의 '희망' ———— 『양정』인지 뭔지를 최대 효율로 회복시킨다. 티르라면———— 아니지? 티르 이상으로 잘할 수 있는 놈이 있을까?"

"…………뭐, 뭘 근거로…… 말입니까."

"근거? 그거야 뻔하지. 그 눈이야."

나약해 보이는———— 그러나 붉은색을 넘어서 푸르게 타오르는 의지가 깃든 감옹강^{오리할콘} 눈동자다.

————전무후무한 천재, 삼촌을———— 베이그를 넘어서고자.

자신의 무능함을 이해하면서도. 쓰레기라 불리면서도. 그래도 쓰레기 산 위에서.

홀로 고독하게———— 몇 번이고 일어나. 망치를 휘둘러 왔던———— 그 눈동자다.

그러기 위해 모든 것을———— 엘프의 마법 이론마저, 《혼백가설》^{멘탈 케어술}

마저도 이용해 왔다.

　본인의 말을 빌자면—— 주 5회가 아니라 주 7회로 절망하고 있다는, 그 드워프는 결국——.

　——50년도 넘는 세월 동안 무한에 가까운 절망을 거듭했고.

　그러나 그래도 결코 절망에 굴하지 않았다——.

　" '절망에 저항하는 전문가^{스페셜리스트}' 로—— 티르 이상 가는 녀석이 세상에 또 있을까?"

　"＿＿＿＿＿＿＿＿＿."

　그렇게 전폭적인 신뢰와—— 진심에서 우러난 존경을 담은 소라의 목소리에.

　티르는 청백색 눈을 크게 뜨고는, 고개를 숙이고, 생각했다——.

　……지금이 본인이 쌓아왔던 절망이 도움이 될 때, 란 거지 말입니까…….

　정말, 농담이 아니지 말입니다……. 제발 살려 주시지 말입니다.

　왜냐면—— 이런 건. 몇 번을 체험해도 미치도록 짜릿하지 말입니다——!!

　"후————후후후후후이지 말입니다!! 그렇지요, 바로 그거지 말입니다!!"

　고개를 번쩍 들고, 얄팍한 가슴팍을 더할 나위 없이 젖히며.

　" '희망' 의 감쇠와 회복이 어쩌고 하니까 무슨 소린지 이해할 수 없었지만—— 단순히 '의기소침했다가 다시 일어나라' 라고 한다

면 본인은 50년 경력의 선수!! 아무에게도 지지 않는—— 전문가^{스페셜리스트}
이지 말입니다!!"

그렇게 드높이 외치며, 마치 소라를 따라 하듯——.

"본인의 지도는 엄격하지 말입니다? 남매라고 봐주지 않을 거
지 말입니다!!"

흥흥하게, 불손하게 대담한 웃음을 머금으며 선언하는 티르.

"……응. 있지 말야. 매번 무시당하는데 티르의 그 누나 설정은
——."

"당장 오늘은 충분한 식사와 쾌적한 수면!! 그리고 술이지 말입
니다!! 아, 하지만 최소한의 식량밖에 가져오지 않았지 말입니
다?! 침구도—— 에, 어떻게 하지 말입니까아?!"

——여전히 소라의 확인은 듣지 못한 채.

원래 단기 결전을 상정해 최소한도의 물자밖에 가지고 오지 않
았음을 떠올리고.

한순간 전까지의 자신감을 빨리도 없애 버리며 눈물을 머금은
티르에게, 소라는 한숨을 한 차례.

"……아아, 그건 괜찮아——. 이봐아~ 셰라 하?!"

외치는 소라에게, 다시금 몇 초의 간격을 두고 사악하며 기품
있는 관내 방송이 대답했다.

【큭큭……? 어~ 네, 뭔가 볼일이라도 있으신가요……?】

"응. 지금부터 티르가 요구하는 거, 전부 여기로 가져와 줘. 잘

부탁♪"

【큭큭……? ……아뇨, 셰라 하는 용사 일행(파티) 여러분이 아니온지라──.】

소라 일행에게 소유된 셰라 하에게는 원래 거부권이 없다. 그러나 용사 파티가 아닌 셰라 하가 『탑(게임)』 내에 들어오는 것은 규칙 위반──이라고 말을 이으려던 목소리는──.

"아, 그렇구나? 그러면 말인데─ 셰라 하, 게임 시작했을 때──【맹약에 맹세한(아 센 테)】 후에 『준비의 홀(여 기)』 들어왔으니까 규칙 위반이었겠네? 부정 발각으로 이 게임은 강제 종료──."

【지금막지혜의셰라하님을『임시외부운영진(스 태 프)』으로등록했습니다!】

【즉시찾아뵙겠습니다무엇을원하시옵는지요?!】

사악한 웃음을 짓는 것도 잊은 해골과 셰라 하가 다급한 목소리로 대답하고.

이렇게 되어 티르 교관의 엄격한 희망 회복 지도가 시작되었다──────.

■ ■ ■

선언한 대로── 티르의 지도는 매우 철저했다.

"의기소침했다가 다시 일어나는 비결──. 그것은 매우 단순하면서도 실천은 극도로 어렵지 말입니다!! 그것은──『잘 차고 잘 운동하고 잘 먹고 잘 웃는다』──. 이상이지 말입니다!!"

　──그것은 기본 중의 기본.

　그러나 반세기에 걸쳐 『기본을 마스터해 이를 수 있는 경지야말로 오의』임을 깨달은 티르에 의해.

　우선 세라 하와 게나우 이에게 '잘 자기' 위해 질 좋은 텐트와 질 좋은 침대를.

　그리고 간이적이지만 샤워 부스와 욕조, 화장실까지도 즉석에서 마련하도록 시켰으며.

　겨우 몇 시간 사이에 쾌적한 침소가 된 『준비의 홀』에서 일동은 우선 하룻밤을 보냈다.

　이어서── '잘 운동한다' ──.

　"소라 공과 시로 공은── 아무튼 운동 부족이지 말입니다!!"

　이튿날 아침── 티르는 죽도처럼 해머를 들고 내뱉었다.

　"육체에 대한 적절한 운동 부하 없이는 『양정^{스트레스}』이 충분히 생성되지 않지 말입니다! 하물며 유연성을 잃어 딱딱하게 굳어 버린 육체라면 『양정^{근육}』은 고사하고 우선 공기와 영양을 몸에 보내는 피가 돌질 않아 그것부터 해결해야 하지 말입니다!! 됐으니까 움직이지 말입니다아!!"

　그리하여 소라에게는 한계의 반보 직전까지 몰아붙이는 웨이트 트레이닝이.

　웨이트 트레이닝을 할 체력조차 없는 시로에게는 스트레칭 메뉴가.

이미르아인의 해석 협력까지 구한, 남매 전용의 완벽한 운동 지도가 이루어졌다.

　그리고 또한── '잘 먹는다' ──.

　"⋯⋯이, 이렇게 많은 식재료를 다 먹나요⋯⋯?"

　"물론이지 말입니다! 아, 참고로 이건 i일치 식량이지 말입니다!!"

　셰라 하와 해골신사가 카트를 끌며 몇 번씩 왕복해 실어다 나른 대량의 조리 기구.

　그리고 그것을 아득히 능가하는 대량의── 식재료의 산을 올려다보는 일동을 대표해.

　"⋯⋯이, 이즈나, 배고프지만⋯⋯ 이거 다 못 먹는다, 요?"

　── '잘 먹는다' 가 중요하다고는 하지만.

　그렇다고 해서 '폭식' 은 역효과가 아닐까 하는 이즈나의 우려에.

　"하? 아뇨, 이거 거의 치브릴 공과 이미르아인 공이 먹을 거지 말입니다!"

　"⋯⋯⋯⋯예? 제가 말이옵니까?"

　"【보고】: 엑스마키나에게 음식물 섭취에 의한 에너지 보급은 불필요. 【요구】: 의도를 제시."

　그러나 티르는 웬일로, 정면에서 두 사람의 시선을 날카롭게 받아치며 대답했다.

　"두 분은 생명 유지만으로도 항상 '희망' ──『양정』을 소비하지 말입니다!"

아무리 체내에서 『양정』을 생성한다 해도 그것을 계속해서 소비해 나간다.

그렇다면 여기서 '희망' 회복에 힘써도 소비가 웃돌아—— 수지는 적자가 된다.

그렇기에——.

"『양정』은 생명 내에서 생성되지 말입니다—— 따라서 음식에도 미량이 포함되어 있지 말입니다!! 두 분은 음식에서 『양정』을 대량 섭취하시지 말입니다!! 필요한 양은 모르니까 아무튼 자연 감쇠를 회복이 웃돌 때까지!! 하루 종일이라도 먹고 먹고 마구 먹어야 하지 말입니다!!"

"＿＿＿＿＿＿＿."

너무나도 엄격한 지도에 말문이 막힌 일동.

그러나 티르는 가차 없이 말을 이었다!

"아, 당연히 식사가 고통이라면 본말전도지 말입니다!! 맛있게 식사를 즐기는 그 자체가 쾌감——『양정』, 다시 말해 '희망' 의 회복으로도 이어지지 말입니다!! 맛있고 질리지 않는 베리에이션 풍부한 식사를 준비하지 말입니다—— 스테프 공이!!"

"……아, 그렇~구나, 알겠어요. 저에게는 운동 메뉴가 없었던 건——."

"그렇지 말입니다!! 스테프 공은 아마 하루 종일 요리하느라 뛰어다니게 될 거지 말입니다! 그러니까 운동은 그걸로 충분하고 일석이조이지 말입니다!! 자자, 이러는 동안에도! 지브릴 공과

이미르아인 공의 '희망'이 감쇠되고 있지 말입니다빠릿빠릿하
게움직이지말입니다!!"

　이처럼 어디까지나 철저한 지도에, 각자 불평불만을 삼켰다.

　그러나── '잘 웃는다'…….

　충분한 운동과 스트레칭, 맛있는 식사──. 그렇게 바쁜 지시
를 다 내린 후.

　쪽창으로 들어오는 햇살이 붉게 물들 무렵, 이번에는 독서며 게
임── 휴식을 명령받은 일동은.

　어젯밤보다는 약간 웃음이 돌아온 표정으로 잠자리에 들었다.

　………….

　그리고 이튿날 아침── 텐트에서 기어 나온 일동은 기분 좋게
눈을 뜨고 벌떡 일어났다.

　……그저께와 어제까지 왜 그렇게 의기소침했는지, 이제는 떠
올리지도 못했다.

　티르의 지도에 따른 상상 이상의 '희망' 회복에, 심기일전.

　다시금──「탑」 공략에 임하려는 소라.
　　　　　던전

　그러나.

　호랑이 교관의 지엄한 제지가 있었다.
　티　　르

　"아무리 효율적으로 쉬었어도 하루 가지고 풀리는 건 육체 피로
뿐이지 말입니다!! 중요한 정신의 휴식은 피로와 긴장이 풀린 몸
으로 겨우 가망이 보이는 거지 말입니다!!"

그 말에, 소라 일행은 자신의 손목이며 서로의 머리 위에 있는 게이지를 보았다.

——정말로, 체감과는 달리 HP도 MP도 아직 완전히 회복되지는 않았다…….

"흐—음……. 의외로 자각할 수가 없는 거구나……. 피로란."

"……이 기능…… 게임 밖, 으로…… 가져갈 수, 없나?"

일행이 납득한 것을 보고, 티르는 만족스럽게 고개를 끄덕이며 말을 이었다.

"무엇보다 소라 공은 어제의 웨이트 트레이닝으로 근육통도 남았을 거지 말입니다. 앞으로 하루, 오늘은 가벼운 운동과 스트레칭만 하고, 나머지는——『아무 것도 안 한다를 한다』이지 말입니다!!"

구체성 없는 지시에 대해 상세한 내용을 요구하는 일동.

그러나 티르는 고개를 가로저었다.

"'명령'은 진심으로 즐길 수 없지 말입니다. 오늘 어떻게 지낼지 각자 결정하지 말입니다. 여러분은 뭘 하면 기분 좋게 느끼고——충족감, 만족감을 얻을 수 있지 말입니까?"

지엄한 교관이 갑자기——상냥한 어조로.

당근과 채찍을 번갈아 구사하며 묻는 티르에게.

"그야 스테프나 지브릴이나 이미르아인의 가슴을 주무르면 아마 한 방에 쿨럭?!"

그저께 얻었던 쾌감을 통해 뇌를 경유하지 않고 흘러나온 소라의 답은 시로의 팔꿈치가 차단하고.

"……빠야, 이즈나땅, 을…… 만끽하면, 서…… 게임 하고, 싶어……. 그리고, 지브릴, 이미르아인의, 무릎베개, 라든가…… 귀 청소──. 그치? ……빠야?"

"네에물론입죠사랑하는여동생도있으면최고로행복으로충만할거지말입니다~ ♪"

──미안해? 시로한테는 가슴 없어서……?! 라는……

소동물 정도라면 죽여 버릴 것 같은 저주의 시선에, 소라는 번개처럼 대답했다.

──이리하여 시로 또한 소라의 무릎베개와 귀 청소를 요구하고.

어지간히 부러웠는지 지브릴과 이미르아인도 쭈뼛쭈뼛 소라에게 무릎베개를 요구하고.

그렇게 맛있는 식사와 서로를 만끽하며 게임으로 시간을 보내고.

그대로 침상에 누운 소라 일행은, 서로 몸을 맞댄 채 잠에 빠졌다.

──스테프만은 마지막까지 거부하며 구석에서 잤지만……아무튼──.

■ ■ ■

……다시 하룻밤이 지나── 『탑』 공략 개시로부터 4일째 아침.

"……후……. 이렇게나 몸이 가벼운 게 얼마 만이지……?"

──어쩌면 태어나서 처음 아닐까?

그렇게 쪽창으로 스며드는── 평소 같으면 가증스럽게 느꼈을 햇살조차 지금은 사랑스럽게 보여 중얼거리는 소라.

아아……. 다종다양한, 말 그대로 인외 미녀 미소녀의 온기에 싸여 맞은 아침.

이것을 천국이라 생각하지 않는다면 지옥에 떨어질 만한── 그야말로 싱그러운 아침이었다.

그리고──.

"──음. 다들 엄격한 지도에 잘 견디고 잘 회복하셨지 말입니다──!!"

소라와 함께 나란히 선 일동의── 어제까지의 절망 따위 조금도 보이지 않는 얼굴과, 그 위.

완전히 회복된 희망^{HP, MP}을 확인하고, 티르는 아침 햇살 못지않게 활짝 웃으며 엄지를 척 들었다.

이리하여 마침내 교관^{티르}의 OK도 떨어져──.

"그러면 중간에 이틀은 붕 떠 버렸지만 다시 한번── 이 『탑^{던전}』을 공략해 볼까!!"

"""""와아~!!"""""

의욕전개. 주먹을 치켜드는 소라에 이어 여섯이 나란히 힘차게 응해.

지브릴과 이미르아인은 『자루』 속에 들어가고.

이즈나는 소라와 시로를, 티르는 스테프를 업고.

발에 힘을 담아, 적을 모조리 무시하며 상층을 향해 달려나가려 하던 두 사람에게──.

"어, 아니지 잠깐 기다려 봐. 전략 변경. 첫날의 행동은 일단 잊어줘."

──그리고 타임을 거는 소라에게.

고개를 갸웃거리는 이즈나와 티르, 그리고 스테프와 시로에게도, 다시 한번──.

"나와 시로, 스테프를 이즈나와 티르가 업고, 쓸데없는 전투는 회피한다──. 그 자체에는 변경이 없지만…… 오늘부터는 각 계층의 플로어를 구석구석까지 탐색하면서 상층으로 올라간다."

"네……? 에, 어째서요?"

"구석구석까지 말입니까? 적이 밀집한 통로도 있었지 말입니다?"

"……그거, 전부 상대하면, MP 떨어지는 거 금방 아니냐, 요?"

당연한 의문을 제기하는 일동. 그러나 소라는 웃으며 대답했다.

"신경 쓸 거 없어. MP가 닳으면 또 초기 지점 돌아와서 회복하면 돼──. 지브릴? 언제든 리레미트──가 아니라 공간전이로 귀환할 수 있도록 준비해 줘."

『예, 마스터. 알겠사옵니다.』

공손히 고개를 숙이는 것을 『자루』 너머로도 알 수 있는 지브릴의 대답. 그러나──.

"……하지만, 빠야…… 진도를 늦추면서, 까지…… 쓸데없는 전투, 해야…… 돼……?"

"그래. 처음하고는 사정이 달라졌어. 내 예상대로라면 쓸데없는 전투는 되지 않을 거야."

여전히 고개를 갸웃거리는 시로에게, 소라는 '이유는 세 가지' 라며 손가락을 세우고, 말을 이었다.

"첫째. 데모니아가 약한 계층에서 전원 《스킬》 해방을 의식하면서 전투해 줬으면 해."

"……《스킬》 해방."

"맞아. 스테프가 사용했던 《어그로 집중》과, 내가 사용한 《전체 스턴 공격》 말이야."

──그렇다. 소라가 '희망'의 정체와 동시에 깨달았던, 이 게임의 시스템.

다시 말해 이── '희망'만을 무기로 싸운다는, 게임.

자신의 '희망'이 가진 형태가 『무기』로 발현하는── 규칙대로였던 시스템──.

"스테프는 『모두를 지키고 싶다』고 강하게 생각했지──. 다시 말해 스테프가 자신의 '희망의 형태'를 강하게 의식한 결과 발현했을 거라고 생각했어. 그래서 나도 내 희망의 형태── 자신의 본질을 강하게 의식했더니── 노린 대로 나도 《스킬》이 해방됐고."

그렇게── 일동의 왼쪽 손목── HP와 MP 두 개의 게이지가
늘어선…… 그 아래.

여백이었던 부분에는 현재, 스테프는──『제가 상대예요!』.

그리고 소라는──『섬광발음탄』이라는 문자가 나타난 UI를
띄웠다.

──소라가 의식했다는 소라의 본질.

그것이 무엇인지를 물으려는 일동의 시선은── 일부러 무시
하고.

소라는 두 번째, 그리고 세 번째로 이어서 손가락을 세웠다.

"그리고 두 번째는 아마 금방 알게 될 거야. 세 번째는── 당분
간은 비밀 ♪"

그렇게 장난스러운 얼굴로 고하더니── 느닷없이. 산뜻한 표
정으로 말을 이었다.

"아니, 애초에~ 적을 쓰러뜨리면 조금이나마 MP가 회복됐던
건── 재미있어서 아니겠냐고."

그것은, 그렇다── 분통하게도 잊고 있었던 일…….

"──이거, 게임이거든……?"

바로 그 기본 중의 기본으로 다시 한번 돌아가자.

그렇게 이어진 말.

그 말이 가슴에 와 닿았는지, 일동은 웃으며 달려 나갔다──.

"사소한 거야 아무렴 어때!! 있는 힘껏 즐기자고──!!"

■ ■ ■

이리하여, 두 번째 『탑』 정복전 개시로부터── 겨우 20분.

'두 번째 이유'는 소라의 말대로, 아니, 예상 이상으로 금방 알수 있었다.

"……응, 뭐─ 그치? 던전물의 정석이잖아……. 있을 거라 생각했어."

──그것은 첫날에도 마음에 걸렸던 것.

명백히 이쪽을 시인하고 있음에도 불구하고 덤벼들지 않는데모니아의 존재.

계단이 있는 방향도 아닌데, 통로를 가로막고 있는 것 같은──해골병사의 무리.

첫날은 상대할 여유가 없어 넘어갔지만── 뭐, 그런 거겠지.

그것이야말로 소라가 플로어를 구석구석까지 탐색하도록 지시했던 최대의 이유이기도 했다.

──했는데……

"…………저기, 셰라 하?"

【큭큭……? 예, 용사님. 무슨 일이신가요?】

"응. 확인하고 싶은 게 있는데 내가 잘못 본 걸까나……. 『보물상자」가 있는데? 눈앞에."

그렇다—— 적이 통로를 막은 이유……. 그렇다면 그 너머에 있는 것은?

적을 물리치고 들어간 막다른 길에—— 눈의 착각이 아니라면 「보물상자」가 있었다…….

【큭큭……. 안심하십시오. 그것은 보물상자 이외의 그 무엇도 아닙니다.】

"……글쿠나. 혹시 안에는 우리한테 유리한—— 무기나 방어구, 도구가 들어 있을까……?"

【죄송합니다. '무기'는 용사 일행 여러분의 희망을 형태로 이룬 그것뿐이라서요. 하지만 그 이외의 장비품이나 도구는 입수할 수 있는 것으로 압니다. 큭큭…….】

……흠흠…… 그렇구나……?

"그럼~ 이건 그거지? 오랜 의문에 대해 납득이 가는 설명을 받을 수 있겠지?"

그렇게, 소라는 크게 고개를 끄덕인 후.

스읍~~~ 하고 깊이 숨을 들이마신 후—— 외쳤다.

"이 보물상자는 누가 놓아 두는 거야?! 심지어 마왕의 성에?! 「부디 이걸로 마왕을 푹푹 해치워 주세요 으헤헤」라고 하는 것 같은 장비를 넣어 두고?! 아니, 애초에 보물창고 같은 데라도 넣어 두고 일괄관리하라고왜여기저기보물상자가흩어져 있는거야

―― 하는 이 의문에?!"

그런―― 클리셰에 대한 소라의 해묵은 딴죽에.

【큭큭……. 아니오, 그건 마왕님께 패배한 분들이 남기신 '희
망' 이랍니다.】

"……남기신 '희망' ?"

【예. 공략을 다 못하고 쓰러진 분들이 '마왕을 쓰러뜨려 줄 자
에게 맡긴다' 고 남긴 희망의 결정――. 말하자면 유품이며,
증여 대상이 지정되어 있습니다. 마왕님의 종복인 셰라 하나
데모니아가 처분하려 들면 약탈――『십조맹약』에 저촉되지요.
큭큭…….】

――아하앙~? 그렇구나아…….

너무나도 의외. 정말로 수긍이 가는 대답을 받은 소라는 만족스
레 고개를 끄덕였다.

――정말로, 보물상자는 막다른 골목이나 묘하게 알아보기 어
려운 곳에 숨겨져 있는 경우가 많았다.

적에게 쫓겨, 혹은 몸을 숨겨, HP나 MP 어느 쪽인가가 고갈되
었던 과거의 용사가―― 그래도 다음에 올 누군가에게, 자신의
남은 '희망' 을 맡긴 결정체――. 그것이 이 『보물상자』인 모양
이었다.

처분도 이동도 불가능하다. 그렇기에 데모니아를 다수 배치해
가져가기 어렵게 했다…….

……음. 다른 RPG에 통용되는 이론일지는 의문이지만 이번에는 수긍할 수 있어!

"…………응. 함정 냄새는 안 난다, 요."

혹시 몰라 이즈나의 탐지 결과를 기다리고.

조심스레 상자를 연 소라는——.

"……뭐야 이건. …… '옷' ……? 방어구 같은 건가?"

보물상자에서 꺼낸—— 부정형으로 출렁이는 뿌연 빛에 고개를 갸웃했다.

확실치 않은 형태지만 신비하게도 '몸에 걸치는 물건' 임을 직감케 하는 담담한 광채에——.

『……【가설】: 타인이 남긴 '희망' 의 잔재. 장비하면 형태를 얻는 것……?』

그렇게 『자루』 속에서 중얼거린 이미르아인의 추측에, 소라는 몇 초 생각하다가——.

"흐음……. 그럼 스테프한테 장비시켜야겠네."

"네? 저는 HP가 많으니까 소라나 시로가 장비해야죠?"

"아냐. 이걸 장비해 봤자 어느 정도 방어력이 올라가는지는 알 수 없어."

장비해도 여전히 일격사의 가능성이 있는 이상 소라와 시로는 검증도 못한다.

"그러니까 모두의 대미지를 대신 받아줄 스테프가 먼저 장비해서, 공격을 받아 성능을 검증하자. 그 결과에 따라 나나 시로의 장비도 검토한다……는 게 안전해."

"──그렇군요. 정말 그 말이 맞겠네요."

고개를 끄덕이고, 스테프는 소라의 손에서 방어구일 듯한 엷은 빛을 받아 들었다.

그리고 스테프가 빛을 두르려 하자── 부정형의 엷은 빛은 이미 르아인의 예상대로 명확한 형태를 띠며 스테프의 몸을 감쌌다.

──그렇다…….

"────근데── **뭐뭐뭐, 뭐, 뭔가요 이거어어어어어어언?!**"

"그, 그건── 혹시 과거 드워프 여성 전사가 사용했던 전설의 갑옷이지 말입니다?!"

스테프에게는 비명을, 티르에게는 눈을 빛내며 환성을 지르게 만든 그것은.

과연. 정말로── 지금에 와서는 말 그대로 『전설의 갑옷』이 틀림없었다.

지켜야 할 부위는 가리지 않고, 지킬 필요가 없는 곳만 가린 그 것은── 아아…….

전설의──《비키니 아머》이외의 그 무엇도 아니었던 것이다──아아아!!

"차, 착용한 자를 온갖 공격으로부터 보호하는 갑옷, 이라고 전해 들었지 말입니다!!"

"이걸로 뭘 보호해 준대요?! 최소한의 존엄?! 아니 그것조차 수상한데요오오?! 그렇다기보다 갑옷조차 아니잖아요 제 원래 옷이 그나마 방어 성능이 더 높겠어요?!"

"안심해라 스테프!! 여성 캐릭터 장비의 노출도와 방어력이 정비례한다는 건—— 상식이다!!"

"말 그대로 이세계의 상식인데요?!"

스마트폰을 꺼낸 소라의 셔터 소리로부터 도망치려는 듯 그렇게 외치는 스테프에게.

"……하지만, 빠야……. 남녀 불문하고…… 알몸에 가까울, 수록, 강캐, 라는 것도, 상식……."

——반대로, 소라가 장비했다면 어떤 꼴의 방어구가 되었을까.

시로의 말에 『자루』 속에서도 기대가 부풀어오르는 기운이 느껴진다.

그러나 소라는 고개를 가로저었다.

"동생아 침착하게 잘 들으렴……. 그건 일부 게임에 한정된 상식—— 플레이어 스킬의 상징이지 방어력과는 상관이 없단다. 그리고 오빠는 옷이 더 가벼워져 봤자 롤링 거리가 늘어나지 않고 무적 시간도 없단다."

"무슨 논의인지 모르겠지만 하다못해 제 지금 상황을 논의해 주실 수 없을까요?!"

그렇다── 실제로 중요 부위는 확실하게 가리고 있는 그 '갑옷'…….

그렇기에 어디를 가려야 할지 곤혹스러운 스테프의 호소──. 하지만.

"아아……. 괜찮아. 논의할 것까지도 없이 당장에라도 검증할 수 있을 것 같거든."

그렇게 중얼거린 소라의 시선을 따라가 보니, 지금 막 지나온 통로에── 해골병사가 8마리…….

창을 장비한 4마리, 활을 장비한 4마리의 데모니아가 퇴로를 차단하듯 다가오고 있었다.

이미 임전태세인 이즈나와 티르를 따라, 스테프도 황급히 『대형 방패』를 들고──.

"스테프가 먼저 적의 공격을 방패로 받아! 갑옷의 성능을 확인하는 대로 공격한다!!"

소라의 지시에 "라저!"라고 대답한 시로와 이즈나, 티르. 그리고──

"아아아진짜아?! 독을 먹으면 접시까지 먹으랬죠, 네에에에?!"

스테프 또한 자포자기해 고함을 지르며 『대형 방패』를 내밀고 적의 면전까지 뛰어들었다.

지체하지 않고 해골병사의 무리에서 창과 화살이 스테프에게 날아들었다──으나…….

…….

"──에? 어, 어라? 저 지금 공격당한 거 맞죠?"

스테프는 자기도 모르게 아연실색해 중얼거렸다.

방패 너머라고는 하지만, 날아들고 있을 창이며 화살의 감촉이 거의 없다는 사실에──.

"……에…… 설, 마…… 대미지 차단 50퍼센트 이상, 인…… 갑옷……?"

"스테프 공의 방패 성능에 갑옷의 효과──. 거의 노 대미지이 지 말입니다?!"

"스, 스테공, 너 혹시 지금 엄청 무적인 거 아니냐, 요?!"

입을 모아 경탄의 목소리를 내는 일동에게── 소라 또한.

"……실화냐. 비키니 아머 진짜 방어력 있네? ……무슨 원리 지?"

"방어력 있다고 했던 소라가 놀라는 건 납득이 안 가는데요진짜 아?!"

하지만, 아무튼──!!

"생긴 건 둘째 치고!! 이 갑옷이 있으면 여러분을 더 지킬 수 있 어요──!!"

생긴 건 둘째 치고!! 라고 자신을 강하게 타이르며 스테프는 왼 손 손목을 터치했다!

"――『제가 상대예요!』――!!!"

그리고, 소라 일행의 공격을 기다리지도 않은 채 얼마 전에 발현했던 《스킬》―― 어그로 집중을 발동시키고.

적의 주의를 한 몸에 모아 적 집단을 방패로 밀어내고자 뛰어나가며 외쳤다!

"이거――라면! 여러분에게 공격―― MP 소비를 시키지도 않겠죠?! 이대로 적을 전부 통로로 빠져나갈 때까지 밀어 버리면 그 다음에는 도망치면 되는 거죠?!"

그렇게, 웬일로 적확한 임기응변을 발휘해 판단했는지.

혹은 단순히 기분이 좋아졌는지, 해골병사 무리에게 맞거나 말거나 돌진하던 스테프.

하지만―― 느닷없이.

――――파아――앙…… 하는 소리와 함께…….

"――? ……??? …………웃! 흐꺄아아아아아아아아아악?!"

자신의 몸을 (생색만 낼 정도로) 감쌌던 비키니 아머가 박살이 나 사라졌음을 알고.

꼬박 5초 이상 경직되었던 스테프가, 그렇게 비명을 질렀을 무렵에는.

소라와 시로, 이즈나와 티르는 스테프를 공격하던 해골병사의 처리에 착수하고 있었다.

그리고 적확한 공격을 계속하면서——.

"……그렇, 구나……. '과거의 용사가 남긴 희망' 의, 방패…….
그래서……!"

"대미지가 감쇄됐던 게 아니라! '남겨진 희망' 이 대미지를 일
부 대신 받아줬던 것이지 말입니다!! 당연히 그 남겨진 희망도 유
한하고——."

"다 닳으면 대파, 알몸이 된다 이거구만!! 젠장, 완전 멋진 시스
템이잖아?!"

"초 저질 시스템이잖아요오?! 어? 제 원래 옷은 어디로 간 거예
요오?!"

시로와 티르의 냉정한 분석, 그리고 소라의 감동적인 결론과.

필사적으로 방패를 들어 몸을 가리며 외치는 스테프에게 대답
하는 목소리는 『자루』 속에서——.

『【보고】: 장비 변경 실행에 따라 원래의 장비는 「자루」에 자동
전송된 것으로 추정.』

『예. 도라이양의 옷이라면 조금 전 갑옷을 장비했을 때 이곳에
——.』

"아앗! 다행이에요!! 지, 지금 당장 그쪽으로——."

이미르아인과 지브릴의 보고에 스테프는 눈물을 흘리며 애원
——했으나.

"지브릴, 이미르아인!! 정말로 스테프의 옷이 있어?! 정말로 정
말로?!"

"————네?"

갑자기 끼어든 소라의 물음에, 스테프는 아연실색 눈을 동그랗게 뜨고.

──그리고…… 몇 초의 정적을 거쳐.

『──아하, 이해했나이다……. 어라♥ 도라이양의 옷이 어디로 갔을까요♪』

『【제한】: 본 기체 눈앞의 물체 X. 일시적으로 인식 불가능하도록 설정……. 어디 있을까~. 어디 있을까?』

"다, 다, 당신들────소라아아아아아?!"

"안심해라, 스테프!! 네게 가는 대미지는 우리가 반드시 저지한다!!"

"……스테프, 안심, 해! ……이즈나땅도, 티르도…… 있어!"

"그런 걱정은 관두세요오오오?! 원래 옷도 알몸도 아마 방어력 다르지 않을 거잖아요?! 됐으니까 제 옷을── 더 구체적으로는 존엄을 돌려 주라고 말하세요오오!!"

그렇게, 어디까지나 옷을 돌려줄 마음이 없는 두 사람의 장난에 시달리면서.

그래도 여전히 꼬박꼬박 탱킹을 하며 필사적으로 방패를 휘두르는 스테프에게.

"스테프여……. 전장에서는 냉정함을 잃은 놈부터 죽는다. 진정하도록."

소라는 그렇게, 침착하기 그지없는 목소리로 정중히 타일렀다.

"방패를 든 너는, 앞에서는 아무 것도 보이지 않는다. 부끄러워 할 요소는 없을 터. 내 말이 틀렸나?"

"뒤에서는 뭔가 보이니까 후열의 두 분이 아까부터 찰칵찰칵 촬영을 하고 있는 거잖아요?! 뭐가 보이—— 아니 듣고 싶지 않아요 촬영 그만하세요오오!!"

………….

…….

이리하여 스테프의 호소는 무시된 채.

총과 스마트폰으로 정확하게, 적확하게 적과 스테프의 엉덩이를 포착해대던 소라와 시로.

그리고 전열의 이즈나와 티르에 의해 적을 섬멸하고, 통로를 빠져나온 일행은——.

"……좋아. 예정대로 던전을 구석구석 다 탐색했다."

이즈나와 티르에게 업혀 이탈할 수 있었던 것을 확인하고, 소라는 다시금 선언했다.

"선구자가 남긴 '희망'—— 대미지를 대신 받아주는 갑옷이 있다면 이쪽의 공격에 그 '희망'을 추가로 얹어 공격력이 증가되고 MP 소비를 대신 받아주는 장비도 있을지 모르지."

상층의 강력한 적——『마왕』을 쓰러뜨리려면 필수적일 수 있을 것이다.

이의는 없다며 고개를 끄덕이는 일동에게, 소라 또한 고개를 끄덕여 응답하고 말을 이었다.

"그리고 방어구는 발견하는 대로 스테프에게 장비시키자. 언제까지고 알몸이면 불쌍하니까."

"……진짜로 그렇게 생각한다면 제 옷을 돌려주실 수 있을까요? 그렇다기보다 소라와 시로야말로 장비해야 한다고 다시 한번 주장하고 싶은데요?!"

그렇게, 달리는 티르의 등으로 일단은 전면을.

다음에는 『방패』를 등에 짊어져 후면을 가린 스테프가 원망스러운 눈초리로 부르짖었다.

──적어도 수십 번의 공격은 대미지를 반감시키는 방어구가 확인되었다.

방어력 검증은 자신이 하겠지만, 역시 소라나 시로가 장비해야 한다는 스테프의 주장에.

그럼에도 소라는 무겁게 고개를 가로저어 기각했다…….

"미안하지만 스테프, 그건 무리야……. 방어구의 남은 내구치를 모르는 이상, 언제 부서질지 모르고, 심지어 부서지면 알몸이 되는 식의 갑옷을── 시로한테도, 물론 이즈나한테도 입힐 수는 없어. 백 번 양보해서 티르라면 승낙을 얻어서 한 번쯤 기회가 있을지도……?"

"제 승낙은 왜 필요가 없나요?! 그렇다기보다 소라는?! 네? 소라는요?!"

"……하아…… 스테프. 아머 파손으로 ^내남자 알몸? 어디에 수요가 있다고?"

스테프의 주장을, 흘겨보는 눈으로 일도양단하려는 소라. 하지만──.

　"……?……완전…… 있는, 데……?"
　『【자명】: 수요밖에 없음. 【경고】: 안전 관점에서 주인님의 방어구 장비. 강력 추천.』
　『황송하오나 마스터, 어째서 수요가 없다고 생각하시는지요? 으헤헤~♥』
　여동생과 『자루』에서 돌아온 불온한 목소리에, 소라는 자기도 모르게 낯을 실룩거리고──.
　"어, 음…… 그거다!! 남자 알몸을 시로나 이즈나 앞에 드러내도 된다는 거야?!"
　"…………알았어요……. 방어구는 저나 티르 씨가 장비하면 되잖아요……."
　순간적으로 뇌를 가속시켜 황급히 관점을 변경하는 소라.
　포기한 스테프의 한숨과, 세 사람의 혀 차는 소리가 울려 퍼졌다…………

■ ■ ■

──제2회 『탑(던전)』 정복전 개시로부터 약 2시간.
　소라 일행은 첫날 10여분 만에 도착했던 10계층 보스방 앞에 마침내 도착했다.

"……뭐, 던전을 빈틈없이 탐색하고 돌아다니면 당연히 이렇게 되겠지?"

첫날은 HP, MP 모두 거의 100퍼센트로 도착했던 10계층 보스 방.

그런데 이번에는 현재 시점에서 이미 전원이 평균 2할 정도의 MP를 소비하고 있었다.

그러나 그 소비에 걸맞은 수확은 있었다고, 소라는 눈을 감은 채 정리했다——.

이곳까지 오는 도중 여러 개의 『보물상자』를 발견해—— 귀중한 장비를 입수했다.

예상했던 대로—— 20퍼센트 정도 공격에 위력을 더해 주는 것으로 보이는 팔찌.

그리고 50퍼센트 가까이 소비 MP를 대신 받아주는 것으로 보이는—— 반지도.

그렇기는 하나——.

"공격력 강화도 MP 소비 대체도, 언제 『갑옷』 때처럼 '희망'이 다 떨어져 부서질지 알 수 없으니까 말야……. 가능하다면 위쪽 계층—— 이상적으로는 『마왕』과 싸울 때까지 아껴 둬야겠지."

특히 후자는 지브릴이나 이미르아인의 행동 제한에 관한 중요한 열쇠가 될 수 있다.

귀환 마법의 소비가 절반으로 그친다면 지브릴에게 다른 역할을 맡길 수도——.

그렇게 새삼 중얼중얼 전략을 고찰하는 소라에게, 스테프가 눈을 흘기며 중얼거렸다.

"……그렇다면 왜 저한테만 갑옷을 장비시키는 거예요……?"

"응? 뭐야, 스테프. 역시 알몸이 나았어?"

"……스테프, 슬슬…… 그런, 취미, 란 거…… 인정, 하지?"

"저의!! 옷을!! 돌려!! 달라는 거잖아요오오오!! 덕분에 다음 보물상자에서 갑옷을 발견할 때까지 엉덩이를 홀랑 드러내고 있었다고요오오오?!"

『아~ 정말 이상하옵니다~. 아까는 분명히 봤는데 말이지요~♪』

그렇다—— 다음 갑옷이 보물상자에서 발견되기까지 1시간 이상.

있는 그대로의 모습으로 던전을 활보시킨 끝에.

겨우 발견한 방어구—— 비키니 아머보다는 좀 낫지만 노출이 많은 갑옷을 입혔으며.

아직까지도 옷을 돌려주지 않고 있는 소라 일당의 모습에, 마침내 포기한 스테프는 하늘을 우러러보고.

"저기. 장비 온존에 이의는 없지 말입니다만, 보스에게는 쓰는 게 좋지 말입니다……? 10계층 보스, 지난번과 똑같다면 쓰러진 시점에서 MP가 1할은 줄어들 거지 말입니다?"

──다시 말해 남는 것은 7할……. 컨디션이 떨어지기 시작할 무렵이었다.

뭐…… 그건 그거대로, 예정에 따라 귀환하면 그만이지만.

만에 하나를 생각해 조심스럽게 제안하는 티르.

그러나 소라는 그저 웃으며.

"아닌데? 내 예상이 맞다면── 애초에 그럴 걱정은 필요가 없어."

"네── 아니 잠까──?!"

"소, 소라 공?!"

아무렇게나 보스방으로 들어서는 소라를 황급히 말리려던 일동.

하지만……

────────────.

"……? 커다란 소 없다, 요?"

그렇다── 첫날에는 분명히 있었던 소 머리에 사람 몸을 가진 데모니아가 없는 홀.

그리고 여전히 활짝 열려 있는 상층으로 통하는 계단에, 모두 나란히 고개를 갸웃했다.

"……보스, 는…… 한 번 쓰러뜨리면…… 리스폰되지 않는, 시스템……?"

"시스템이라. 시스템이라……. 뭐~ 그야 시스템이라면 시스템일지도~♪"

명백히 보스가 없으리라 확신했던 소라를 보며, 시로도 고개를 갸웃했다.

그러나 처음에 말한 대로── 아직 한동안은 '비밀'인지──.

"좋았으. 이로써 '3번째 이유'도 확인했겠다. 그럼~ 계속해서 공략은 이대로 가 보실까. 11계층 이후로도 보물상자 찾고 구석구석 탐색하면서 가자!"

그런 소라의 지시에, 일동은 의문이 남았으면서도 고개를 끄덕였다.

스테프를 티르가, 소라와 시로를 이즈나가 업은 가운데──.

"아무튼 목표는── 30계층 보스 격파. 거기서 돌아가면 되려나~?"

"……그야 한 번 쓰러뜨린 보스가 나오지 않는다면 소비를 줄일 수는 있겠지만요. 이대로 탐색과 전투를 계속하면 30계층 보스를 쓰러뜨리기는커녕 지난번의 한계였던 26계층도 힘들지 않겠어요?"

그렇게, 소라가 내세운 목표에 의문을 품는 일동을 대변하는 스테프.

그러나 소라는 역시 어딘가 즐거워하듯, 대충 손을 내저으며.

"아니야, 갈 수 있어. 이즈나, 티르, 미안하지만 계속해서 부탁할게♪"

소라는 그렇게 단언하고, 이즈나와 티르는 바닥을 박차며 달려나갔다──.

■ ■ ■

　그리고── 다시 3시간 이상을 더 들여서…….

　"──정말로 30계층까지 도달했네요……."

　"……어쩐지 첫날보다 훨씬 쉬웠지 말입니다……?"

　"엄~청 싸돌아다녔는데, 요. 보스 없어서 그러냐, 요?"

　──보물상자 모으기와 모두의 《스킬》 해방을 위해 각 계층을
빈틈없이 탐색하고, 교전을 거듭했음에도 불구하고.

　첫날의 한계였던 26계층을 너무나도 쉽게 넘어서.

　이처럼 29계층을 돌파하고── 그리고 보스가 기다리고 있을
30계층으로 가는 계단 앞에 서면서, 스테프만이 아니라 티르나
이즈나까지도 의아함을 드러냈다.

　그러나 일동의 그런 곤혹에 대해, 소라는 억지로 웃음을 지어
대답했다.

　"이기고 있으니까 그렇지……. 적을 쓰러뜨리는 달성감, 승리
의 쾌감으로 희망이 회복되잖아."

　"……? 그래도 소비가 웃돈다고 첫날에 그러지 않으셨나요?"

　"그래. 하지만 이번에는 첫날과 조건이 전혀 달랐잖아……?"

　첫날 최대의 불안 요소── 없다고 생각했던 '희망의 회복법'
을 밝혀내고.

30계층 보스 격파—— 현실적으로 명확한 목표—— 다시 말해 골이 명백했다.

　게다가 보물상자나 《스킬》 해방……. 첫날은 무의미했던 전투에 기대를 가지게 되었다.

　다시 말해 이번에는—— 게임을 즐기고 있었다…….

　오리무중으로 눈앞을 더듬기만 하던 첫날보다도 '희망'의 회복량이 늘어나는 것도 당연하리라.

　그렇다고는 하지만 수지가 흑자가 될 정도는 도저히 아니어서 ——.

　"그래도 30계층 보스 격파는 무리예요. 오늘은 여기서 돌아가야 하지 않겠어요?"

　그런 스테프의 불안스러운 표정과—— 일동의 얼굴에 떠오르기 시작하는 피로가 말해 주듯.

　이즈나와 티르의 머리 위, MP 게이지는 이제 '5할 남짓' 남았음을 나타내 주었고.

　——소라와 시로는—— 나머지 '4할' 이하였다…….

　——여기까지 오는 동안 시로는 '두 번'…….

　심지어 소라는 '네 번' 이나 추가로 《스킬》을 해방시켰다.

　그 성능과 시스템을 파악하기 위해 《스킬》을 연속으로 사용했으니—— 당연한 결과지만.

이리하여 시로는 말없이, 빛을 잃은 눈으로 자신의 가슴을 내려다보며 조물, 조물.

　무언가를 찾아 헤매듯 움켜쥐려던 손이 허공만을 잡는 감촉을 얻을 때마다──한 방울의 눈물을 떨구고.

　한편 소라도 허세를 부리지만 명백히 사고가 산만해지고 있음은 명백했다.

　──지금의 소라와 시로에게는, 보스전은 고사하고 피라미와의 전투조차 위험하다.

　하물며 이즈나와 티르도, 지금 보스와 교전하면 전투 중에 MP가 절반 이하로 떨어질 것은 틀림없었다.

　아무리 생각해도 여기서 철수해야 한다. 그렇게 생각하는 스테프. 하지만──.

　"……아니야. 아직 할 수 있어……. 희망 대폭 회복──. 티르가 고안한 '비책'이 있어."

　"……금시초문인데요? 그렇다면 왜 아직 안 쓰고 있었나요……?"

　무겁게 머리를 가로젓는 소라의 말. 그리고 일제히 고개를 끄덕이는 일동에게.

　──보아하니 자신에게만 가르쳐 주지 않았나 보다고 스테프가 불만스레 물었지만.

"……시간이 걸려……. 안전을 확보하기 전까진 쓸 수가 없어……."

"헉! 그렇다면 보스가 있는 층── 보스방 앞은 데모니아가 없지 말입니다. 거기서 소라 공과 시로 공의 MP를 확실하게 회복시킨 다음 30계층 보스에게 도전하지 말입니다!"

──그래도 티르와 이즈나의 MP는 전투 중에 절반 이하로 떨어지는 게 아닐까.

소라와 티르의 말에, 아직까지 불안을 씻을 수 없는 스테프──. 그러나.

"괜찮지 말입니다! 《스킬》을 충분히 쓸 수 있는 MP만 있으면 ──."

"응! 소라와 시로라면 어떤 보스도 여유로 완봉으로 순삭이다, 요!"

그렇게, 티르와 이즈나가, 확신을 가지고 고하는 목소리와.

『자루』 안의 두 사람까지도 전폭적인 신뢰가 담긴── 말없는 동의를 보이는 양상에.

계단── 보스방이 있을 30계층을 향해 발을 디디는 일동의 뒷모습에.

"──알았어요! 그렇다면 저도 믿을게요!!"

스테프 또한 힘차게 고개를 끄덕이며, 결심을 하고 계단을 오르기 시작했다──.

■ ■ ■

──그리고 금세, 믿었던 것을 후회했다.

"그것 보시라고요?! 웬일로 제 말이 맞았잖아요 기쁘지 않아요
오!!"

"30계층에 들어선 순간 보스전 개시라니 보통 누가 생각하냐
고?! 10층이랑 20층이 그랬으니까 포맷 일관되게 보스방 앞에
문 달아놓으란 말이야, 망게임이냐?!"

"……힉……. 빠, 빠야…… 가슴, 같은 거 싫다, 고……. 그,
그딴…… 군살…… 없어, 도…… 사랑한다……고…… 해
줘……?!"

"우오오오동생아?! 앞부분은 거짓말이 될 테니까 말 못 하겠지
만 후반부는 얼마든지 말해 주마!! 그렇지만지금은격렬하게그럴
때가아니야아아하다못해네다리로좀서줘어~~~어어!!"

그렇다……. 소라와 티르가 말한 '비책'은, 실행할 틈도 없이.

30계층 바닥에 발을 들인 것과 동시에, 보스── 암석거인의
투척 공격이 소라 일행을 엄습하고.

그 공격의 유일한 안전지대── 방패를 들고 소리치는 스테프
의 등 뒤로 숨어야 했다.

소라 또한, 희망 감쇠에 의한 절망에 흐느껴 우는 시로를 등 뒤
로 감싸며 필사적으로 외치고 있었다…….

——보스 데모니아가 거대한 팔을 한 차례 휘두를 때마다 날아드는 무수한 바위.

그 하나하나가 거대한 산탄처럼 부채꼴로 퍼지면서 바닥에서 벽까지를 훑듯이 뚫으며 분쇄하는—— 폭력적 물량의 범위 공격은 심지어 좌우 두 팔에서 번갈아 펼쳐졌다.

소라와 시로가 만전의 상태였다 해도 인간의 몸으로는 회피가 불가능한 숫자의 탄막…….

그런 주제에——.

"——웃?! 소, 소라 공!! 이, 이 자식 딴딴하지 말입니다~!!"

"대미지가 하나도 안 들어간다, 요!? 어떻게 돼먹은 거냐, 요?!"

——이쪽이 이제까지 오며 입수할 수 있었던 『방어구』를 장비할 수 있듯.

데모니아측에도 대미지를 대신 받아주는 『방어구』를 장비한 개체가 있다——!

일부 해골병사의 옷처럼——.

이 녀석의 경우 단단해 보이는 『외각』이 그러하리라.

그러나—— 문제는 그 위협적인 대미지 컷 성능——. 약 7할은 되지 않을까.

간신히 탄막을 피하는 티르와 이즈나의 공격도, 거의 무의미했다.

심지어——!!

"끼야아악『갑옷』부서져버렸어요처녀로서창피해할여유라도

좀 주세요오?!"

방패 너머로 공격을 계속 받아—— 마침내 『갑옷』이 부서지고.

엉덩이를 드러낸 것을 탄식할 틈조차 없다고 탄식하는—— 스테프의 경이적인 HP가.

바위 산탄을 한 번 받아낼 때마다—— 눈에 띄게 줄어들기 시작한다!!

——물량만이 아니라 위력도 대단하다——!!

방패 너머에 있는 스테프에게 이 대미지라니—— 자신들이라^{소라와 시로}면 스치기만 해도 즉사!

아니, 티르와 이즈나라 해도 직격을 몇 발이나 견뎌낼 수 있을까——?!

——이——건…………

"소라! 이런 건 무리예요오?! 철수할 수밖에 없어요오오!!"

그렇다……. 스테프가 외친 대로—— 이것은 어떻게도 되지 않는다…….

시로 또한 제대로 움직이지 못하고——.

아니, 그 이전의 문제다——.

소라는 이를 꽉 악물었다.

애초에 보스전 전의 회복은 대전제였다.

그럴 계산이 꼬여 버린 시점에서, 즉시 철수를 결단했어야 했다!!

이 정도의 판단력조차 결핍된 지금의 자신은————.

──지브릴, 공간전[철 수]이다!

소라가 그렇게 외치려던 것보다 한순간 먼저.

"소라 공──!! 예의 그 '비책[조 커]' ── 지금!! 여기서 실행하지 말입니다!!"

"이즈나가 시간을 끈다, 요! 냉큼 MP 회복해서 와라, 요!!"

암석이 홀을 때려 부수는 굉음에 지지 않겠노라는 듯 울려 퍼진 두 사람의 목소리에, 소라는 아연해서 허덕였다──.

──시간이 걸린다. 그렇기에 안전 확보가 전제인 MP 회복의 '비책[조 커]'인데…….

그걸, 지금? 전투 중에? 이런 괴물[난 적]을 상대로? ……왜……?

분명 『30계층 보스 격파』를 오늘의 목표로 내세운 것은, 자신이다.

하지만……그런 목표에 고집할 이유도 없을 텐데……?

한 번 철수하고 만전의 상태로 도전하면──.

그런 소라의 생각에.

"소라 공과 시로 공이라면, MP만 있으면 이딴 피라미쯤은──!"

"완봉으로 순삭 정도는── 완전 여유잖냐, 요?!"

사납게 대답한 것은 즐거워하는 두 명의 게이머였다.

──철수라고? 야 야…… 농담하는 거지……?

승산이 사라져 버렸다면 몰라도, 아직 승산이 남아 있잖아?

──슬슬 재미있어치려고 하는 판에──?!

그렇게 말하는 두 사람의 얼굴에, 소라와 시로는 눈을 크게 뜨고, 쓴웃음을 머금으며 부끄러워했다.

그렇다, 자신들이 왜 이런 못난 짓을. 희망이 고작 6할 정도 줄었다고 해서…….

──절호의 즐거움^{핀치}을 놓쳐 버릴 판이었다니──!!

"지브릴! 이미르아인! 나랑 시로랑 스테프 셋과 '체인지'!!"

"네에──엣?! 에, 네에에에에~~~?!"

작전을 외치는 소라의 지시에, 스테프의 곤혹스러운 비명^콜과 함께 세 사람은 『자루』로 빨려 들어가고.

자리를 바꿔 나타난 두 사람에게, 소라는 『자루』 안에서 다시금 지시를 거듭했다──!!

『두 사람 모두 공격은 하치 마!! 너희는 아마 움직이기만 해도 '희망' 을 쓸데없이 소비할 테니까!! 《스킬》해방만 의식하고, 이즈나와 티르의 보좌^{서포트}에 집중해!!』

"【승낙】: 주인님께서 안 계실 동안의 공격 해석, 지휘, 보조를 완전히 실행함. 맡겨 줘."

"두 분 마스터께서는 부디 아무 걱정 마시옵소서. 쾌적한 한순간을 보내주시기 바라옵니다 ♪"

그렇게 인사하고—— 원래 말도 안 되는 신체 능력을 가진 두 사람인 만큼.

최소한도의 동작으로 우아하게, 걸어가듯 보스 데모니아의 탄막을 회피하는 모습에.

티르는 살짝 고개를 끄덕이고 마지막으로 『자루』 속의—— 스테프를 향해 다시금 외쳤다.

"스테프 공!! 소라 공이랑 시로 공을 부탁하지 말입니다?!"

『뭘 말이에요오~~~~?!』

그러나 그 물음에 대답하는 목소리는, 결국 들려오지 않았다…………

■ ■ ■

——그리하여……

"잠깐—— '비책'이란 게 결국 뭐였어요?! 아니, 그보다 탱커인 저까지 빼놓고 다들 괜찮은 거예요?! 애초에 '대기 3명'이란 거 규칙상 가능하긴 해요?!"

" '전투는 최대 5명'——. 최대야. 4인 전투도 대기 3명도 문제없어."

"그러네요?! 그럼 그 이외의 질문에도 답해 주실래요?! 그리고 여기 좁잖아요?! 대기 3명은 절대 상정하지 않았던—— 아니, 근

데── 저, 알몸이잖아요오?! 아, 알몸으로 소라랑 밀착──. 오,
옷을…… 제 옷은── 뭐야 역시 있었잖아요?! 가, 갈아입──을
수가없잖아요좁아서꼼짝도못하겠어요오?!"

"……스테프 말야…… 쓸데없이, 크니까…… 움직이지, 마."

그렇게── 세 사람으로는 거의 꼼짝도 못할 정도로 좁은 『자
루』 속에서.

반쯤 착란에 빠진 스테프에게 짓눌려 화가 난 시로에게 소라는
생각했다──.

──그러고 보니 우리는 『자루』에 들어오는 거 처음이었지.

……지브릴과 이미르아인, 이런 좁은 데서 계속 몸을 맞대고 있
었던 건가.

용케 싸우지 않고 있었구나.

그렇게 두 사람의 관계성 개선에 감개무량함을 느끼며── 아
무튼.

소라는 스테프의 요구대로 '그 이외의 질문'에 답해 주기로 했
다.

"스테프. 과거에 드워프 파티가 어떻게 이 게임을 클리어했을
것 같아?"

"────네?"

그렇다……. 그것 또한 소라가 첫날에 해명했던 수수께끼 중 하
나였다.

티르가 말하길, 과거에 이 탑을 공략한 드워프 파티는—— 천원이 부부였다…….

그것도 일부다처의. 진짜 레알 하렘 파티였다——!!

그런 놈들이, 그러면 이런 시스템의 게임을, 어떻게 클리어했을까?

뻔하지 않은가.

소라는 거창하게 진실을 밝혔다——!!

"교대로 『자루』에 들어가서 들어갔다 나왔다 이것저것 하면서 '희망'을 회복했던 거다!!"

"————————."

……라고. 말이 안 나오는 진실에 아연실색하는 스테프——.

그러나!!

"……다시, 말해…… 적이 활개 치는, 데…… 푹직푹직, 하고……."

"아아! 이 무슨 용기, 이 무슨 대담함인가!! 그야말로 '용사' 구마안?!"

"'야만족' 이죠?! 그보다 시로는 열두 살인데 그런 건 아직 이르다구요!?"

시로와 소라의 가차 없는 말에 스테프가 견디다 못해 비명을 질렀으나.

하지만 소라는 여전히 상관하지 않고, 또한 전혀 봐주지도 않고 말을 이었다——!!

"뭐～ 안전을 확보한 채 휴식할 겸—— 틀림없이 보스방 앞에 서라든가, 보스 격파 후라든가 했겠지만?! 우리는 잘못 찍어서 전투 중^{지금} 할 수밖에 없게 됐지!! 여기까지는?!"

"……네. 이해하고 싶지는 않았지만———— 근데. 에? 서, 설마——."

——과거의 드워프 파티는…… 그. 뭐라고요……?

뭐, 다시 말해, 그런 걸 하면서 '희망^{HP, MP}'을 회복시켰다, 고…….

그리고, 소라는—— 자신들은 전투 중—— 지금, 할 수밖에 없다고, 했고……?

……에? 뭘요?

설마…… 그런 걸, 말인가요——?

"에, 저, 저기……! 그렇다면 티르 씨가 저한테 맡기겠다고 했던 건——?"

좁은 『자루』 속—— 얼굴을 붉히며 당황해 달아나려 하는 스테프. 그러나 도망칠 곳은 없었다.

옷을 입을 수조차 없는 좁은 공간에서 밀착한 맨살을 통해 심장 고동까지도 전해지는 가운데——.

호흡까지 느껴지는 거리에 있는 소라의 얼굴에.

"에, 어, 저기…… 노, 농담하시는 거죠? 그, 그치만——."

"……농담할 상황인 것 같아? ——나 진짜 진지하고, 시간도 없어."

스테프는 전혀 농담의 빛이 보이지 않는 것은 잘 알면서도 묻고, 역시 진지하게 다가오는 얼굴을 보며.

　심장이 경종처럼 울려대고 사고가 끝없이 혼선을 일으켰다——.

　——저, 저기. 그…… 아, 아뇨, 역시 안 되죠?!

　그, 그런 건—— 제대로 순서를 거쳐서 해야 하는, 거고…….

　그래요……. 하, 하다못해 마음의 준비 정도는 하게 해 주세요?!

　무, 무엇보다—— 소라에게는 시로가 있잖아요!!

　………….

　…………아니지, 그런데…… 생각해 보니 시로는 OK했더랬죠……?

　게다가, 분명…… 시로는 아직 그런 거, 못하는 나이였고……?

　——아니죠. ……아니에요, 진정하세요, 스테파니 도라!

　그렇다고 해서 '어쩔 수 없으니까' 라는 구실은 시로에게 실례가 아닐까요?!

　하, 하물며…… 바로 그 시로의 눈앞에서라니…… 그건…….

　하, 하다못해 소라와 단둘이서——.

　라며.

　자각 없이—— 그러나 받아들일 구실을 찾아, 혼란을 일으키며.

　마찬가지로 무의식중인지—— 진지한 표정으로 다가오는 소라의 입술을.

　가늘게 떨면서, 그러나 받아들이고자, 눈을 감은 스테프에게.

　소라는 어디까지나 진지하게, 그리고 의연하게 말했다…… 이렇게──.

　"그러니까 얼른 우리의 응석을 다 받아주고 쓰담쓰담 잘한다 잘한다를 해 주는 거다!!"

　…….

　─────.

　────────────음~흐음?

　"…………제가 잘못 들은, 거죠? ……다시 한번 말씀해 주시겠어요?"

　"그러니까~ 나와 시로를 칭찬하고!! 쓰담쓰담해 주고!! 잘한다 잘한다 해 주고 재수 좋으면 가슴에도 파묻어 주고!! 아무튼 청불은 안 되는 범위에서 할 수 있는 한 철저하게 나와 시로의 '희망'을 회복시키라고 그렇게말하는거잖아거말귀를못알아듣는녀석이네진짜아?!"

　──소녀의 두근거림을 돌려주세요…….

　그리고── '실망했다'고는 죽어도 인정할 수 없으니까요!! 라며.

　새빨갛게 달아올랐던 머리를, 강철의 의지로 영하까지 급속냉각시킨 스테프는.

　온도차에서 비롯된 것인지── 두통이 오는 것을 참으면서 간신히 입을 열었다.

"싫답니다♥ 라기보다── 지금 전개에서 어떻게 하면 얘기가 그렇게 되는 거예요?!"

그렇게, 역시 자각 없이 눈꼬리에 눈물을 머금고 외친 스테프에 게.

대답하는 목소리는──『자루』밖에서.

지금도 여전히 보스 데모니아와 싸우는 사람 중 하나── 티르에게서 들려왔다.

『본인도 할 건 하는 편이 좋다고 생각하지 말입니다만!! 소라 공의 청불 NG라는 의지!! 그리고 그걸로도 충분히 희망이 회복된다는 건 첫날, 소라 공의 회복으로 확인됐지 말입니다!! 그 역할에 스테프 공 이상의 인재는 없다는 것도 소라 공과 본인의 공통 견해이지 말입니다아!!』

──아니면 역시 할 건 하는 게 좋으시지 말입니까?

그런 뜻을 말에서 은근슬쩍 내비치는 티르의 말에, 스테프는 마침내 머리를 감싸쥐고.

그리고 소라는 스테프의 무릎에, 시로는 스테프의 가슴에 머리를 묻고──.

"야! 이러는 동안에도 다들 목숨 불태우면서 싸우고 있어!! 빨리 어리광 받아주지 못해!!"

"……스테프…… 서둘, 러…… 최대 효율로…… 시로랑 빠야, 응석 받아, 줘……!"

그렇게 짖어대는 모습에, 스테프는 마침내 이해했다…….

──아, 그렇~구나?

이래서 나만이 '비책'의 설명을 못 들었던 거군요?

사전에 들었더라면 거부했을 테니까요오────오오?!

"이렇게 협박 같은 응석을 부리는 소라랑 시로도 변명의 여지없이 S거든요?! 그걸로 응석을 받아주면 납득할 건가요?! 그걸로 희망이 회복되나요오오?!"

──응석을 받아 달라고 남에게 강요한다…….

그것을 과연 '응석을 받아준다'고 할 수 있을까……?

"스테프. 너 뭔가 착각하고 있는 것 같은데 말이지? 스테프가 우리의 응석을 받아주는 게 아니야──. 스테프가 응석을 받도록 우리가 허락하는 거지!!"

"뭐가 다른데요?!"

"……완, 전…… 달라…… 추도권, 이, 달라……!"

"우린 어디까지나 우리의 의지에 따라 잘한다 잘한다 쓰담쓰담을 시키고 있는 거다!!"

"……주체의, 위치…… 선택권, 은…… 이쪽에, 있어…… 착각하지, 마."

"……한 번만 더…… 물어볼게요? 그걸로 희망 회복돼요?!"

"하!! 옥시토신의 분비 조건은 단순 접촉이다!! 우리의 인식은 상관없어!! 게다가 청불이 되지 않는 한계선까지 에로하게 꽁냥거려 주면 다른 쾌락 물질도 확실하게 나와서 회복되거든?!"

"……스테프, 몇 번씩…… 말 시키지, 말고── 빨리……."

시로가 그렇게 채근하며 흘끔 시선을 보낸 곳은── '밖'…….

──『자루』 안에서 엿볼 수 있는 밖에서, 지금도 여전히 싸우고 있는 일동의 모습──.

그 모습에 스테프는 한바탕 머리를 쥐어뜯다가── 각오를 한 것처럼.

자신에게 기댄 두 개의 머리를, 시키는 대로, 대충 쓰다듬어 보았다──.

"어…… 장해요 장해, 소라도 시로도── 그러니까…… 구체적으로 뭐가, 인지는 떠오르지 않지만요, 참 장해요……. 어디가 그러냐고 물으셔도 곤란하지만, 착해요……?"

──『응석을 받아 달라』는 말을 들어도, 구체적으로는 어떻게 해야 좋을지.

찾아도 나오지 않는 칭찬의 말을 어떻게든 쥐어짜 내고자 필사적으로 찾다가 일단은 '쓰담쓰담 잘한다 잘한다' 인지 뭔지를 노력해 보는 스테프에게──.

"……엄마아…… 어떻게, 하면…… 가슴, 그렇게, 돼?"

"우 우…… 엄~마…… 나~ 힘드러어……."

"누구더러엄마라고하는거예요오오오?! 자, 장난칠 거면 확 그

만둘 거예요오오오?!"

　응답한 시로와 소라── 주로 소라 때문에 피부에 닭살이 돋은 스테프는 비명을 질렀다.

"최선을 다해 어리광부리고 있잖아?! 너야말로 장난치지 마!! 제대로 칭찬해 주라고!!"

"……구체적……으로! 일부러 하는 것처럼, 말고…… 엄마다움을, 연출, 해 줘……."

"진짜 못 해먹겠네요오?!"

　아까 굳혔던 각오를 간단하게 없었던 것으로 만들어 버리는 너무 어려운 요구에.

　마침내 포기해 버린 스테프의 외침──. 그러나…….

『도라이양? 저를 내버려 두고 두 분 마스터의 지명을 받아놓고도 설마 불복하시겠다는──?』

『【제안】: 지금 당장에라도 역할^{롤 체인지} 변경 가능. 【확약】: 본 기체는 주인님들의 요구 전부 만족 가능.』

『스테공! 이즈나 뭔지 잘 모르겠지만 진지하게 해라, 요!!』

『도~저히 무리라면 빨리 결단을──! 그 경우 후퇴할 수밖에 없지 말입니다~~~!!』

　──소라와 시로만이 아니라 밖에서 지금도 싸우고 있는 일동까지.

　이즈나와 티르마저도 여유가 없는 듯 채근하는 목소리에.

"──────."

스테프는 좁은 『자루』 속에서 하늘을 우러러보고, 조용히 눈을 감았다…….

────이건 세계를 구하기 위한 싸움이에요.

모두를 지키기 위해서. 『마왕』을 쓰러뜨리기 위해서. 나아가서는── 그래요, 세계를 위해서인 거예요…….

제가 모두를 지킬 거예요──. 지킬 수 있어요. 지금 밖에서 싸우고 있는 모두를── 그리고.

이 세계에서 지금을 살아가고 싶다고 희망하는(바라는), 살아가는 모든 생물을────!!

"……하아…… 못 말리는 아이들이구나……. 자, 이리 오련……."

──이리하여, 숭고한 대의명분을 손에 넣은 스테프는.

지극히 자연스럽게 옷을 걸치고, 갑자기 온화한── 끝없는 자애를 머금은 목소리로.

반대로 곤혹스러워져 눈을 동그랗게 뜬 소라와 시로를, 부드럽게 감싸 주듯 안더니──.

소라와 시로의 요망대로── 아니. 소라와 시로의 요망 따위 아득히 넘어서서.

개인적인 오기나 자존심에 의해 억압되었던── 자신의 욕구와 함께.

자신이 줄 수 있는 최대의 '애정'을 두 사람에게 쏟아 주었다…….

　——아아. 그것은 스테프가 성직자 롤[힐러]에 각성한 순간—— 아니.
그야말로 성모 스테프—— 탄생의 순간이었다………….

　■　■　■

　——소라와 시로, 스테프가 『자루』에 들어가고 '30분'…….
　"【보고】: 본 기체 《스킬》——『정보해석[애널라이즈]』 해방 확인. 주인님
칭찬해 줘 칭찬해 줘."
　"……마스터. 휴식 중에 죄송하오나—— 심지어 《스킬》 해방
도 이루지 못해 면목이 없사오나…… 공간전이용 MP를 고려하
면 저는 이제 슬슬 한계라 여겨지는 바……."
　"소라 공 시로 공!! 쪼, 끔 힘들어지기 시작했지 말입니다…….
아직 멀었지 말입니까?!"
　"이, 이즈나는—— 아, 아직 할 수 있다, 요……!!"
　홀의 원형마저 없애 버리기에 이른 암석거인의 파괴적 탄막을[록 골렘]
끊임없이 버텨내고—— 아니.
　이마니티를 까마득히 넘어서는 네 명조차도 완전히 회피하지
는 못한 채.
　몇 발의 대미지를 허용하고, 여기에 각자 《스킬》까지 해방시키
거나 사용한—— 결과.
　이 이상의 '희망[HP, MP]' 감쇠는 위험하다고—— 곧 돌이킬 수 없는 지

경이 된다고.

입을 모아서 보고, 약한 소리, 허세 등등을 늘어놓는 일동에게.

마침내—— 고대하던 『자루』에서의 목소리가 대답했다.

다만, 이해할 수 없는 지시와 함께. 그것은 즉——.

『——나와 시로 이외, 천원「자루」로—— '체인지'.』

————엥?

그렇게.

『자루』로 빨려 들어간 일동이 나란히 중얼거린 의문의 목소리
는——.

교대와 동시에 소라가 날린 탄환——『섬광발음탄』의 빛과 소
리에 묻혀 버렸다.

그리고——.

『조, 좁아요오오오?! 셋도 좁았는데 다섯은 무리잖아요?!』

『스, 스테프 공……. 그 커다란 거, 치우, 시지 말입니…… 수,
숨이 막——.』

『후우우우우욱?! 이즈나 꼬리 밟은 거 누구냐, 요?!』

그렇게—— 좁은 『자루』 속에 억지로 밀려 들어간 다섯의 소란
스러운 항의는.

빛이 사라진 바깥의 광경을 확인하자마자, 이번에는 경악으로
바뀌었다.

땅에 쓰러진 보스 데모니아에게——가 아니라, 대치한 두 사람

의 머리 위——.

『스테프 공—— 어떻게 MP를 처렇게까지 회복시켰지 말입니까?!』

그렇다……. 30분 정도…….

보스 데모니아의 탄막에 시달리던 일동에게는 결코 짧지 않은 시간이었으나——.

소라와 시로의 MP를—— '3할 가까이' 회복시키기에는 너무나도 짧은 시간이었을 터.

지근거리에 있는 스테프에게 의문의 시선을 모으는 티르와 일동. 그러나——.

『절. 대. 로. 말 안 할 거고요!! 두 번 다시 안 할 거예요오?!』

스테프는 새빨갛게 물든 얼굴로 고개를 가로저으며 마찬가지로 고함과 함께 대답을 거부했다.

그러나 그녀의 머리 위—— 두 개의 게이지는 스테프의 '희망'도 회복되었음을 보여 주고 있었으며.

심지어…… 어라, 기분 탓인가……?

어째서인지 피부의 때깔마저 좋아진 듯한 스테프의 모습에, 일동은 생각했다…….

——청불까지는 못 갔을 텐데.

그렇다면 소라와 시로, 스테프의 이 회복은, 이 반응은, 뭐지?

세 사람은 『자루_{이 곳}』에서 대체, 뭘 했지……?

그렇게 티르만이 아니라 지브릴과 이미르아인까지도 의아해하는 시선을.

스테프는 다시 고개를 가로저어 떨쳐 버리고——.

『그런 것보다도 소라와 시로—— 설마 둘이서만 싸울 생각인 거예요?!』

『————아!!』

뒤늦게 흠칫 숨을 멈춘 일동은 다시금——『자루』의 바깥.

역시나 보스라 해야 할까—— 소라의 『섬광발음탄_{스 턴}』도 효과 시간은 짧았는지.

일어나는 거구의 암석과_{록 골 렘}—— 대치하기에는 너무나도 나약한 이마니티 두 사람.

절망적인 광경에 자기도 모르게 비명을 지를 뻔했던 『자루』 속의 일동. 그러나——.

"이봐이봐……. 너희는 이미 충분히 즐겼잖아?"

"……이번, 엔…… 시로랑 빠야, 가…… 놀, 차례…… ♪"

——겨우 30분 전까지의 초조함과 초췌함. 절망 따위 없었던 것처럼.

자신들의 몇 배는 되는 거석 괴물을 앞에 두고도 이처럼—— 초연하게——.

그렇다, 여느 때의 두 사람답게—— 흉흉하고도 대담한 웃음을 머금으며.

다시 말해—— 이마니티 최강의 게이머——「 ᵍᵒⁿᵍ ᵇᵃᵉᵏ」다운 웃음
으로 대답했다.

"나와 시로라면—— MP만 있으면 이딴 피라미는——?"

"…… '완봉' 으로…… '순삭' …… 여유, 잖아?"

——티르와 이즈나가 신뢰하고, 그렇게 말했듯.

그렇다면 이 기대에 호응해 보이도록 할까나————?!

《~~~~~~~~~~~~~~~~~~~우우우!!》

포효와 함께—— 바위 거인이 두 팔을 높이 들었다.

그 팔을 휘두를 때마다 날아들—— 폭력적인 돌팔매의 산탄.

인간의 몸인 소라와 시로에게는 피할 방법 따위 존재하지 않는
다.

불가피한 '절망' 을 가져오는 투척.

그러나—— 그럼에도.

소라와 시로는 유유히, 자신들의 왼쪽 손목—— 두 개의 게이지
아래에 떠 있는 문자열을 터치하고.

그리고 각자의 『무기』—— '희망의 형태' 를 들며—— 먼저 시
로가 중얼거렸다.

"……『도약탄』……『피갑공첨(被甲孔尖)탄』……."

그렇다. 바위의 산탄은 회피 따위 불가능.

하지만 딱히—— 피할 필요 없잖아——?

《~~~~~~~~~~~~~~~~~~~~**우우우?!**》

그렇다—— 바위 거인^{록 골렘}이 소라와 시로를 노리고 오른팔로 투척한 무수한 돌이——.

한 걸음도 움직이지 않는 두 사람에게, 하나도 도달하지 못하고.

이어진 왼팔의 투척까지도 막아낸 사실에.

요마어인지, 알아들을 수 없는 언어로—— 하지만 '이해 불능'이라고 외치고 있음을 느꼈다.

……시로의 두 가지 《스킬》…….

발사한 탄환을 명중한 곳에서 도탄시키는——『도약탄_{리코쳇}』과.

공격에 충격이 없기에 스토핑 파워가 없다고 하는, 이 게임에서는 시로 최대의 약점을 극복하는—— 충격 효과_{넉백}를 탄환에 부여하는——『피갑공첨 탄_{할로우포인트}』

——바위 거인^{록 골렘}은 알지 못했다.

시로의 『기관권총_{머신 피스톨}』 두 자루에서.

두 가지 《스킬》이 겹쳐져 발사된—— 스킬 따위 없어도 필중인——8발의 마탄이.

소라와 시로를 꿰뚫어야 했던 모든 바위에 도탄을 거듭하며 궤도를 엇나가게 만들고.

심지어 거인의 왼팔을 뚫으며 충격 효과_{넉백}로 다음 행동까지 봉쇄

해 버릴 줄은······.

　그렇다―― 바위 거인(록 골렘)은 알지 못했다.

　하물며 알았다 한들 이해도, 납득도 불가능했을 극한의 사격을.

　유일하게 당연히 납득한 소라는, 그렇기에 바위 거인(록 골렘)이 팔을 높이 드는 모습을 보고도.

　또 다시 날아들 바위가 자신들에게 닿는 일은 결코 없음을 알고 있었다.

　그렇기에 공포도 감회도 없이, 그저 자세를 낮추고 자신의 대구경총을 겨누며―― 생각했다.

　즉―― '자신이 품은 희망의 형태(무기)'······. 자신의 본질을――.

　――그렇다······. 자신의 희망이 『무기』로 형태를 이룬다는 이 게임.

　저마다 그 『무기』에, 형태에서 위력, 성능에 이르기까지 극단적인 차이를 낳는 그것은.

　별것 아니다. 룰 그대로―― 그야말로 '자신이 품은 희망의 형태'였다.

　――자신이 공격하면, 이 정도의 대미지는 입힐 수 있으리라는······ 희망의 형태(이미지)에 따라 위력이―― 쏘아내는 '희망의 양(MP)이 정해지는 것이었다――!

　그렇기에 지나치게 강한 이미르아인은 약간의 공격으로 모든 희망^{MP}을 다 쓰고 말았다.

아마 지브릴 또한 비슷하지 않을까——. 그러면. 그렇다면.

뒤집어서—— 자신은 어떨까……?

——그렇다, 내 『무기』는 약하다……. 당연하지—— 나는 약하니까!!

나는 누가 뭐래도 이미르아인이나 이즈나, 티르 같은 강자도 아니거니와!!

하물며 시로 같은 천재도 아닌—— 그저 약한 남자, 그저 범부일 뿐——!!

그런 자신의 『무기』가——.

대구경 대화력의 『대물저격총』^{안티 매터리얼 라이플} 따위일 리 없잖아?!

자신의 『무기』^{이 것}는—— 다채로운 '특수탄' 을 쏘기 위한————.

————『특수 탄두 투사총』^{페 이 로 드 라 이 플}이었던 것이다————!!!!

"——『장갑파쇄탄』^{프 로 젝 타 일}!!"

철컥!! 하고, 장전되었던 탄환이 바뀌는 감촉에—— 방아쇠를 당긴다!

섬광을 수반하고 날아가는 탄환. 그것은 바위 거인^{록 골렘}의 눈앞에서 폭발해 분열하더니.

무수한 작약탄으로 바뀌어 바위 거인^{록 골렘}의 표면 외각을 부수고 뜯어냈다——.

그렇다── 이것은 데모니아의『방어구』를 파괴하는── 방
어력 처하 스킬────!!

이리하여 보스 데모니아를 엄습한 시로의 탄환이 드디어 제대
로 된 대미지를 입히기 시작했다.

그러나── 물론 이것으로 끝나진 않는다.

오히려 이제 막 시작된 것이다──!

그렇게 흥흉하게 웃은 소라는 다시 부르짖으며 방아쇠를 당겼
다!!

"더 간다아~! 다시 한번『섬광발음탄』!! 그리고『유지소이(油
脂燒夷)탄』,『독무분사탄』!!"

다시 섬광과 폭음── 오감과 평형감각을 빼앗아 적을 땅에 쓰
러뜨리는 탄환에.

이어서 적을 불꽃으로 감싸 태우는 탄환── 그리고 독안개를
분출해 적을 뒤덮는 탄환까지.

지속 상태이상── DoT 대미지를 입히는 탄환을 계속해서 퍼
붓고──.

"그리고 마무리로!!『반응유폭탄』── 이거나 먹어라!!"

라며 다섯 번째로── 대량의 MP를 소비하는《스킬》──.

바위 거인의 거구에, 그저 찰싹 달라붙기만 하는 통까지 발사하
고.

——그리하여 속절없이 그저 땅바닥에 쓰러진 채.

외각——『방어구』를 파괴당해 방어력은 저하, 심지어 불꽃과 독에 휩싸여.

가엾게 발버둥 칠 수밖에 없게 된 바위 거인^{록 골렘}에게——.

"큭큭, 흐흐흐—— 하~~~~앗핫핫하아?! 아아, 내가!! 이 내가!! 한순간이라도 강자를 상대로 정면에서 싸워야겠다고 생각했다니?! 얼마나 멍청한 남자인가아소라동정남19세!!"

그렇다—— 자신의 무기. 희망의 형태. 자신의 본질——?!

——철저한 '적을 방해하는 자^{디 버 퍼}' 일 게 당연한데 말이다——!!!

"적은 우선 움직임을 봉쇄하고! 공격 수단을 빼앗고!! 꼼짝도 못하게 만들어 쓰러졌을 때 일방적으로 두들겨 패고, 이상적인 결말은 차멸 엔딩인 게 상식이지~~ 않냐아~~~! 아아아아앙?!"

"……빠야…… 초 사악해……! 초— 멋있어……♥"

그렇게 드높이—— 그리고 어디까지나 유쾌하다는 듯, 즐겁다는 듯.

소라와 시로는 선언대로, 바위 거인^{록 골렘}에게 일방적으로 탄환을 퍼부어댔다——.

"얌마아!! 아까까지의 위세는 어디로 갔냐아?! 일어나 보시지?! 뭐~ 일어나 봤자 또 『섬광발음탄^{스 턴}』이랑 시로의 『피갑공첨탄^{할로우포인트}』이 쏟아지겠지만 말이다아아아아캭악~캭캭캭아악!!"

"……후, 하하…… 피라미. 피~라미 ♥ 있지, 아무 것도 못하, 고…… 쓰러지는, 거…… 어떤 기분……? 아무 것도 못하는, 피라미…… 쓰러뜨리는 기분은, 있지? 초~ 즐거워~♥"

두두두두두두두두두두두…… 그치지 않는 총성에.

이즈나와 티르는 거의 대미지를 입히지도 못했던 바위 거인.

그런 록 골렘의 머리 위 HP 게이지가 드득드득 가차 없이 깎여 나가는 광경에──.

『괴, 굉장해…… 소라랑 시로, 진짜 둘이서 잡아 버릴 거 같다, 요?!』

『홋! 본인 알고 있었지 말입니다?! 두 분이라면 여유로 해낼 거지 말입니다!!』

『【재인(再認)】: 주인님은 대단함. 본 기체의 '좋아함' 강도 상승 확인. ……부끄.』

『아아……. 역시 마이 마스터. 마이 로드……! 훌륭하시옵니다!』

『……역시 소라랑 시로…… 저 두 사람이야말로 「마왕」이네요…….』

그렇게──『자루』속에서 입을 모아 칭송하는 목소리와 약 1명의 질려 버린 목소리가 울리고 있었다…….

── '희망'이 일정량 이하로 떨어지면 실망, 절망에 의해──
움직임이 둔해진다.

이제는 스턴시킬 필요도 없이 바위 거인은 움직이는 것조차 힘들 것이다.

소라와 시로의 승리를…… 모두가 확신하는 가운데── 갑자기 그것이 일어났다.

바위 거인의 머리 위── HP가 2할까지 떨어진, 그 순간──.

마찬가지로 머리 위── 3할 가까이 남았던 MP가 순식간에 바닥을 치며 고갈되었다.

그러나──.

"휘이~ 끝났다 끝났어……. 나 원, 방어구 파괴했는데도 진짜 딴딴하네."

"……HP만 많은, 보스는…… 귀찮, 기만, 해……."

신경 쓰는 기색도 없이── 혹은 알아차리지 못했는지.

이제는 바위 거인 따위 안중에도 없다는 듯 등을 돌리는 소라와 시로에게──.

『마스터?! 적은 아직도 뭔가 할 기색이옵니다──!!』

『체, 체인지예요!! 저, 절 내보내 주세요!!』

그렇게 『자루』 속에서 초조해하는 목소리가 일제히 울려 퍼졌다.

──저 바위 거인이 무엇을 할 생각인지는── 모른다.

그러나 그만한 파괴를 뿌려대고도 아직 3할이나 남은 MP를──

전부 소비했다.

이제까지와는 비교도 되지 않는――'대파괴'가 올 것은 확실하다며 외치는 일동.

그러나.

"시로~ '죽을 거면 다 같이 자폭' 따위를 상정하지 못했을 거라고 생각하나 본데? 한마디 해 줘라."

"……응. ……너, 무……『　공백　』……을…… 우습게 보지 말아 줄, 래……?♥"

소라와 시로가 웃으며 선언한――다음 순간.

――찰나의 빛을 뿜어낸 보스 데모니아가, 갑자기―― 자폭했다.

――――――.

――――――――.

『…………………아?』

그렇다―― 자폭이었다…….

적어도 이마니티의―― 스테프의 눈에는 조그만 폭발이 발생하고, 그와 동시에.

2할 남아 있던 바위 거인의 HP가 순식간에 날아가 쓰러지는 모습밖에 보이지 않았다.

그러나 인외존재―― 상위종족들의 눈에는 그렇게 비치지 않았다.

　바위 거인은 홀 천체를 범위로 삼는 자폭을, 틀림없이 시도했으며── 하지만 그 직후.

　몸에 달라붙어 있던── ‘조그만 통’ 이 반응해서 빛을 뿜어내더니.

　자폭에 쓴 힘이── 바위 거인의 몸만을 휩쓸어 ‘자멸’ 시켰음을 깨달았다.

　소라의 다섯 번째 《스킬》── 『반응유폭탄』에 의해…….

　──『반응유폭탄』── 적의 공격 MP를 적 자신에 대한 대미지로 전환한다…….

　그 자체에는 공격력이 없으며, 그런 주제에 소비 MP가 무거워 불편한 《스킬》──이지만.

　적의 공격 위력── 소비 MP가 크면 클수록── 비례해 큰 대미지를 적에게 입혀 자멸로 몰아넣는── 그야말로 소라의 가치관을 구현한 듯한 《스킬》이었으며──.

　“이상적인 결말은 자멸 엔딩이라고. 내가 분~명히 말했지이?”

　“……사람, 말, 은…… 잘~ 들어야, 지……. 그치♪”

　그렇게, 미미한 HP를 남기고── 빛에 휩싸여 사라지는 30계층 보스 데모니아에게.

순식간에 돌아서서 장난 치듯 혀를 내민 소라와 시로는 하이터 치를 했다.

"음…… 30계층 보스 격파. 무사 목표 달성……."

"……그럼…… 이번에야, 말로…… 돌아, 갈까……?"

■ ■ ■

그렇게 별 일도 아니라는 듯 말하고── 선언하는 조그만 두 사람의 모습.

정말로 방패도 보조도 없이 암인족의 족장을 '순삭' 해 버리는 그 광경을.

──『탑』의 바깥. 투영 영상 너머로 보고 있던 운영진 일동.

마왕군 통합참모본부의 데모니아들은 나란히 침묵한 채 목을 꼴깍 울렸다.

……그렇다. 그들이 있는 곳은 아직 30층.

그들은 아직── 이 『탑』의 3분의 1도 답파하지 못했다.

그러나…… 그 30계층 보스는── '난관' 중 하나였을 터.

408년 전의 드워프 파티에서조차── 탈락자가 나왔던 난관…….

……분명 이 너머에는 수많은 데모니아가 기다리고 있다.

그 중에는 당연히 암인족의 족장을 까마득히 능가하는, 강력한 개체도 포함되어 있다.

그러나 암인족의 족장을, 말 그대로 가까이 오지도 못하게 했던 두 사람을——.

——그렇다면——『탑』내의 누가.

대체 무엇을 하면 저 두 사람을 막을 수 있을까……?

모든 『탑』내의 데모니아를 파악하고 있는 운영진조차, 여전히.

——『그들』을 이길 비전은 도저히 떠오르지 않았다.

아니…… 그뿐 아니라——.

"……설마…… 정말로 『마왕』을——?

——마왕님조차도 쓰러뜨려 버리는 건 아닐까? 하며…….

불경천만한—— 그러나 운영진 일동의 뇌리를 스치는 사고를 대변하듯.

게나우 이라 불리는 해골에게서 새 나온 만 번 죽어 마땅한 실언.

그러나——.

"크앗~~핫하!! 이제야 내가 직접 상대하기에 충분한 자가 나타났느냐!! 좋다, 좋아!! 칭찬해 주마, 셰라 하!! 분명 저놈들이야 말로 내가 바라던 용사다!!"

"그렇습니다! 큭큭……. 네, 마왕님. 모든 것은 마왕님의 뜻대로 되고 있습니다……."

당사자인 마왕—— 셰라 하에게 안겨 있는 마왕의 단편에서 울려 퍼진 웃음소리.

불손하고도 대담한 웃음에, 일동은 안도하고, 부끄러워하며, 다시금 확신했다.

　──마왕님. 데모니아의 창조주(우리). 모든 것을 멸하고, 그럼에도 불멸인 절대환상을 타도할 존재 따위── 아아, 있을 리가 없다 ──그렇다……!!

　『……그래, 돌아갈까……. 아니면 죽을까……. 뭐냐고, 방해(디버프) 말고는 능력도 없다……. 발목 잡아당기는 것만 일류인 동정남이라니 나 누구(이 자식) 허락 받고 숨 쉬고 있는 거야……?』

　『……응. 그럼…… 같이 죽자……? 어차피, 시로…… 뭘, 해봤자…… 가슴…… 커지지, 않……아……. 사실은 이미…… 알고, 있었어…….』

　그렇게── 티르와 이즈나의 '기대(리퀘스트)'에 부응하고자 둘이서만 싸운── 결과.

　1할도 남지 않은 '희망(MP)'에 절망으로 빠져드는 소라와 시로의 모습(두 사람)에── 그리고.

　『우와아악?! '체인지'!! 저저, 전원「자루」에서 나가지 말입니다!!』

　『소라, 시로! 죽으면 이즈나, 엄청엄청~~ 울 거다, 요?!』

　『【긴급】: 대책 고안. 【특정】: 주인님의 발언으로부터── '괜찮아? 가슴 만질래?'』

　『아니 그보다 두 분── 소라 공의「반응유폭탄(디토네이션)」이 먹히지 않

앉으면 어떡할 생각이었지 말입니까?! 그 남은 MP 가지곤 보스
의 나머지 2할 깎아내지 못했을 거지 말입니다?!』
<small>H P</small>

『……가슴, 없는, 데…… 멋 부렸, 어……. 죽을, 테니까……
용서, 해 줘?』

『넵죄송합니다무계획으로태어난무계획동정남, 하다못해계획
적으로타계하겠사오니.』

『지, 지브릴!! 지금 당장 공간전이 부탁드려요우와아악?!』

『즈, 즉시!! 마스터! 앞으로 몇 초만 부디 마음을 굳게 드셔 주시
옵소서!!』

뒤늦게 깨달은 일동이 소란스레 『자루』에서 튀어나와 전이하는
<small>사 라 지 는</small>
모습에——.

……응……. 마왕님 아니라도 어떻게 되지 않을까? 하고.

사실 상대가 알아서 자멸하는 것도 가능하지 않을까? 하고…….

폭등했던 두 사람의 평가를 폭락시키는 광경을, 데모니아는 흐
<small>운 영 진</small>
뭇하게 바라보고.

"……셰라 하여. 정말 저 녀석들이라면 도달할 수 있을까? 나
있는 데까지."

『큭큭……. 큭큭큭……………………………………………….
그, 그렇습니다……?』

마왕의 흘겨보는 눈초리와 물음에, 셰라 하는 처음으로 뱀눈을
피하며 떨리는 목소리로 대답했다…….

■■■

　——1일 10계층.

　구석구석까지 탐색하고 답파하고 보스를 쓰러뜨린 후——귀환.

　그리고 이틀 동안 필사적으로 '희망'을 회복시키고.

　이튿날 탐색이 끝난 계층을 단숨에 뛰어올라 전날의 철수 지점까지 복귀.

　그리고 다시 10계층 나아가, 보스를 쓰러뜨리고——귀환한다…….

　소라 일행은 이 사이클을 되풀이해 느릿느릿, 그러나 확실하게 「탑」공략을 이어 나갔다.

　10계층 올라갈 때마다 경치는 아름다운 해변, 반짝이는 사막으로 바뀌고.

　이에 따라 피라미도 보스도 착실하게 강해졌으나——그래도.

　각자의 《스킬》해방, 도중의 보물상자에서 얻은 장비로 소라 일행의 쾌진격은 멈추지 않았다.

　일부 장비는 보스전에서——주로 스테프에게 입혔다가 덧없이 스러져서는 스테프를 알몸으로 만드는 갑옷 등을——소비하면서. 그러나 강력한 효과를 가진 장비는 아껴 둔 채——.

　그리고——「탑」공략 개시로부터 13일째.

제5회 『탑』^{던전} 정복전에 도전한 소라 일행은 마침내 51계층——.

"흐하하—— 하—하하하떴다떴다떴다아아아이렇게나오셔야지이이?!"

"소라아아?! 다, 당신 뭘 어떻게 한 거예요오오오오?!"

——그곳은, 눈 아래에 마그마가 흐르는 거친 화산지대^{스 테 이 지}였다.

깎아지른 낭떠러지에 무수한 현수교가 미로처럼 걸려 있는——한 걸음이라도 잘못 디뎌 추락하면 마그마 대미지에 즉시 게임 오버될, 치사성 지형이 이어지는 계층^{필드}——이지만.

밀려드는 적에게 쫓겨 달리는 이즈나의 등에서는 소라의 환희에 찬 고함이.

그리고 마찬가지로 필사적으로 달리는 티르의 등에서는 스테프의 비명이 메아리치고 있었다…….

"아직 적에게 들키지도 않았는데 왜 일부러 공격했어요?!"

"왜냐고?! 당연히 겨우 나타났으니까 그렇지——! 미소녀형 데모니아가!!"

그렇다—— 소라 일행을 쫓아오는, 두 팔이 날개인 비행형 데모니아.

——알몸의 하피 떼^몹를 보며, 소라는 그저 즐겁게 대답했다——!

그렇다……. 이제까지의 데모니아는 예외 없이—— 인간형은 있었어도, 요컨대 『마물』^{몬스터}이었다.

미소녀형은 『마족』—— 상위 개체. 필연적으로 강하며, 조우는 아직 멀었을 것이라고 생각했다!

그러나 예상보다도 빨리 찾아온 기회에, 소라는 자신의 《스킬》이 드디어 진가를 발휘가 때가 왔다고!!

51계층에 발을 들이고, 비행하는 하피의 무리가 눈에 보이자마자 확신한 후, 연사했다.

──그렇다…….『장갑파쇄탄_{프로젝타일}』을──!!!

해골병사_{스켈튼}의 갑옷이나 바위 거인_{록 골렘}의 외각을 파괴할 수 있었던── 방어력을 저하시키는 스킬!

그렇다면 당연히── 미소녀형 데모니아의 '방어구_피'도 파괴할 수 있을 것은 필시!!

이리하여 화가 머리끝까지 치밀어── 그러나 중요한 부위는 요령 좋게 가린 채.

맹렬히 날아드는 하피 떼의 고함 소리에──.

"지브릴! 저거 요마어냐?! 대충 감은 잡히는데 뭐라고들 그런데?!"

그렇게 묻는 소라에게, 『자루』속의 지브릴이 대답했다.

『의역하자면──「저기? 이거 어엿한 성희롱인 거 알아?! 게임이니까 용납될 거라고 생각하면 변호사 불러서 법대로 할 거다?!」──라 말하고 있나이다♪』

대충 예상했던, 그러나 예상 이상으로 문명적인 하피의 분노 어린 소송 선언에.

"그럼~ 이렇게 대답해 줘──. 시꺼어!! 방어구 파괴로 알몸이

되는 사양은 이쪽도 마찬가지라고!! 조건은 대등한데 고소할 거면 이 시스템 설계한 너희 상사나 고소하든가!! 라고 말야!!"

"이쪽에서 알몸 되는 건 저뿐이거든요?!"

"소라, 소라! 저 녀석들, 잡아 버려도 괜찮냐, 요?!"

"이 필드에서 깃털 날려대는 공격은 계속 피하기 좀 힘들지 말입니다!!"

그렇게 호소하는 일동. 그러나 소라는 *사령탑답게!

순식간에──스테프 이외의 호소에 적확하게 지시를 내렸다!

"아니!! 놈들은 수치심 때문에 중요 부위를 가리며 날 수밖에 없으니까──속도로 따돌리고 적의 공격을 후방에서──스테프의 방패에 모으면 피할 필요도 없어! 탐색 속행!! 이로써 눈 복 터진 나는 《스킬》을 사용했던 만큼의 MP 회수!! 잘하면 스테프의 갑옷 파괴도 노릴 수 있지!! 이미르아인은 시야 영상을 기록했다가 귀환 후 내 스마트폰으로 전송! 할 수 있겠지?!"

『【보고】: 이미 실행 중. 배율, 화질, 프레임레이트 모두 최대로 세부까지 기록 중.』

"……빠야…… 시로의 『피갑공첨탄』으로…… 가슴, 가린 날개, 만…… 쏴서…… 넉백, 걸면…… 아래, 안 나오, 게…… 위만 홀랑…… 가능할, 까……?"

"이럴수가내여동생역시천재!! 채용이다! 부탁해 시로!!"

"하피 여러분~?! 이 두 사람 고소할 거면 저도 원고석에 같이

---

* In Game Leader의 약자.

설계요?!"

——그렇다……. 한 발짝만 삐끗하면 즉시 죽음에 이르는 경치^{스테이지} 속에서.

소라 일당은 그저 어디까지나 즐겁게 소리를 질러가며 진격을 이어 나갔다.

그리고…………．

——너무나도 쉽게 59계층까지 답파해.

60계층 보스가 기다리고 있을 문이 보이는 긴 통로에 서 있었다.

그러나 그 양옆에는—— 보스방의 문지기인지…… 척 보기에도 강할 것 같은 중장갑.

이쪽을 인식하고서도 아직 덤벼들 기척이 없는, 두 마리의 중간 보스 데모니아를 앞에 두고.

이미 20분 가까이, 말없이 서 있기만 했다…….

"……슬슬 어떻게 할지 결정하지 않을래요? 저거 아마 강할 거 같은데요?"

『【긍정】: 스킬 「애널라이즈」—— 각 개체 10계층 보스인 미노타우로스의 91퍼센트에 해당하는 전투력.』

"그렇다면 오늘은 보스 공략은 포기할 수밖에 없겠네요. 어느 누군가가? 장난으로 MP를 너무 써 버리는 바람에 말이죠? ……대체 20분 동안이나 뭘 고민하고 있는 건가요?"

그렇게 『자루』 속에서의 보고에 스테프는 다시금 소라와 시로에게 눈을 흘겼다.

──안쪽에 있을 60계층 보스의 강함은 불명── 그러나.

지금 자신들의 남은 MP는── 평균 '6할 이상' ──.

10계층 보스와 비슷한 강적 두 마리를 상대하고 보스에게 도전할 여력은 없을 것이다.

그렇다면 선택지는 둘뿐이다.

두 마리의 중간 보스 데모니아만 쓰러뜨리고 오늘은 철수하느냐──.

"⋯⋯미리 말해 두겠지만요. 저한테 '거시기' 를 기대한다면 소용없거든요?"

──하피와 나가를 벗기며 장난쳤던 것을 뒷수습하기는 싫다며.

사실상 선택지는 하나밖에 남지 않았다고 말하는 스테프의 시선.

그러나 소라는 상관하지 않고──.

"아냐⋯⋯. 저 녀석들이 저기서 사라지기를 기다리고 있어."

"⋯⋯네?"

제3의 선택지를 실행 중이라고 말하는 소라에게, 시로를 제외한 일동은 고개를 갸웃거렸다.

"또 잊어버렸어? 마왕령은── '초' 자가 붙을 정도로 화이트한 국가란 걸."

그렇다── 이 게임은. 이따금 쓰러뜨리지 않았는데도── 아니.

교전조차 하지 않았던 데모니아가, 갑자기 사라졌다가 다시 나타나는 경우가 있었다.

그렇기에── 그렇게 말하며 시로에게 시선을 보내는 소라에게, 시로는 고개를 끄덕였다.

"……………앞으로, 10초…… 9…… 8…….."

"좋아. 슬슬 가자. 전원── 뛰어!!"

느닷없이 문지기 두 사람을 향해 달려나가는 소라와 시로를, 나머지 세 사람도 황급히 따라갔다.

역시 싸우는 건가?! ──그렇게 각오한 스테프는 방패를 들었, 지만──.

"……2…… 1……── 제~로…… ♪"

라고 시로가 중얼거린 것과 동시에, 두 마리의 중장갑은 홀연히 자취를 감추었다.

　리빙 아머

──────────엥?

"아자!! 이대로 보스방에 뛰어든다──. 전원 전투 준비!!"

"어, 잠깐?! 무, 무슨 일이 일어났던 거예요?!"

그렇게 소라와 시로를 제외한 일동을 대표해 스테프가 곤혹에 찬 목소리를 높이자.

"뻔한 거 아냐──! '교대' 시간이야!!"

달리면서 대답한 소라는 그대로 두 마리가 있던 위치를──.

"전에 들었잖아. 이 『탑』은 4교대제 24시간 운영── '정시 퇴근' 이라고!!"

──초 단위까지 정확한 칼퇴근을 시전한 중간 보스를 지나쳐.

마침내 보스 방의 문에 도달해. 봉인이 깨지며 열리는 문의──

뒤에서.

"교대 인원이 올 때까지 랙이 몇 초 있지──. 이걸로 중간 보스 전투는 스킵!!"

다시 두 마리의 중장갑이 나타났으나, 아니나 다를까, 쫓아오려는 기색은 없었다…….

"저, 저기── 혹시 한 번 쓰러뜨렸던 보스가 다시 출현하지 않는 시스템의 정체는……."

마침내 깨달았는지 티르가 묻자 소라는 웃으며 고개를 끄덕였다.

그렇다── 셰라 하가 말하길, 데모니아 측은 '희망' 이 0이 되기 전에──『탑』밖으로 전송된 후 산재 수당, 그리고── '요양 휴가' 를 지급받는다고 한다.

── '희망' 이 고갈 직전까지 '절망' 했던 데모니아…….그렇다면 그것은!

"심각하게 멘탈이 병든 종업원──. 월 단위의 '장기 요양 휴가' 가 있는 건 당연하겠지? 그리고 보스처럼 대체가 불가능한 인재는 교대제로 운영할 수 없어! 복리후생 만세 ♪"

──이제까지 쓰러뜨렸던 보스 데모니아들…….

소 머리 거인, 거대 식물, 암석 거인── 등등…… 그러한 괴물들이.

지금쯤 유급 휴가를 받아 안정적으로 평온하게 지내고 있는 모습을 상상하고――.

"아아…… 이 얼마나 화이트한 직장인가요……!"

스테프는 감동해 목소리를 높이고, 다 열린 문을 통해 일동과 함께 보스방으로 뛰어들었다.

그리하여 홀 중앙, 60계층 보스―― 쌍두늑대를 걸친 늑대소녀^{케르베로스}를 시인한 것과 동시에――

"미소녀 발견!! 즉각 『장갑파쇄탄^{프로젝타일}』!! ……젠장!! 역시 60계층 보스야. 한 발 가지곤 못 벗기겠군!! 그렇다면 벗겨질 때까지 쏠 **뿐이다!! 얘들아아아나한테맡겨어어~~어어!!**"

"……티르, 이즈나땅! 빠야가, 보스 벗길 때까지…… 지원……!"

"방어력 낮출 때까지 MP를 아끼란 뜻이지 말입니다! 알겠지 말입니다!"

『【정정】: 일부 보충. 대상의 나체 행동 시간 및 본 기체의 기록^{보스} 시간 최대화를 위한 것으로 추정.』

"아, 그쪽이지 말입니까?! 못 말리는 남동생님이지 말입니다~. 알겠지 말입니다?!"

한편, 맹렬히 보스 데모니아에게 성희롱을 가하기 시작한 자신의 직장^{파티}을 보며.

――나, 마왕군으로 전직하고 싶네요…….

그렇게, 옷이 벗겨져 나가는 가엾은 케르베로스 아가씨를 보며.

스테프는 주룩…… 하고, 한 줄기 눈물을 흘리며 『대형 방패』를 들었다…….

■ ■ ■

60계층 보스── 케르베로스 아가씨를 확실하게 벗기고 확실하게 격파한 후.

공간전이로 귀환해 미녀 미소녀에게 에워싸여 취침──. 산뜻한 아침을 맞았다.

아침 햇살이 쪽창으로 스며드는 『준비의 홀』──. 여느 때와 같이 식량을 가져와 주는 멋쟁이 해골과 셰라 하를 곁눈질하며, 지브릴과 이미르아인은 바쁘게 주방을 왕복하는 스테프의 요리를 먹어치우고. 이제는 지도가 필요 없게 된 티르는 술을 마시며 영장을 정비했다.

그리고 시로가 스트레칭을 하는 한편 소라는 웨이트 트레이닝을 한다…….

지난 2주 동안 완전히 루틴화된 생활에.

털뭉치── 『마왕』 또한…….

"……저기. 너희. 왜 매번 일일이 귀환하는 거야……?"

매일 똑같은 물음에, 웨이트 트레이닝을 마친 소라도 땀을 닦으며 매일 똑같은 대답을 반복했다.

"야 야, 국가원수가 자국의 제도를 부정해? 8시간 노동 완전 주 4일제라며? 그리고 8시간 노동은 상한이지 최저가 아니거든? 근로기준법 가져와 볼까?"

"그러니까 근로기준법에 따라 마왕에게 도전하는 용사가 어딨냐고?! 심지어 너희는 하루 일하고 이틀 쉬면 주3일제 이상이잖아?! 스테프도, 최상층에서 기다리는 나도 이미 14일 연짱 근무거든?!"

털뭉치의 그런 주장에 달각달각 고개를 끄덕이는 해골도 어딘가 두개골에서 피로가 엿보였으나――.

"……여기…… 있는, 데?"

"그럼 너희도 쉬어. 어차피 우린 쉴 거고."

역시 여느 때처럼, 호박에 침 주기로 대답하는 소라와 시로에게.

"애초에 그런 얘기를 하는 게 아니야!! 『자루』 속에서 뭘 하고 있는지는 모르겠지만 도중 회복 수단이 있으면 더 전진할 수 있잖아?! 그리고 이젠 딴죽 거는 것도 지겨워서 방치했는데―― 이 멍멍이한테 날 털뭉치 취급하는 거 이제 좀 그만두라고 해! 자꾸 그러면 나 운다?!"

"너 오늘은 안 놓칠 거다, 요. 좋은 냄새 난다, 요. 이즈나랑 같이 자라, 요."

그렇다―― 매일, 출현하면 자근자근 깨물리는―― 이즈나의 루틴에.

마침내 눈물을 머금고 호소하는 털뭉치.

소라 일행은 나란히 스테프에게 시선을 보냈다.

──소라와 시로 이외에는 아직까지 자세한 내막을 알지 못하는── 스테프의 MP 긴급 회복 수단.

오늘에야말로 뭘 했는지 가르쳐 줄 수 있을까? 하고 은근한 기대가 담긴 일동의 시선은.

"……안 가르쳐 줄 거고, 이젠 안 할 거거든요? 절. 대. 로. 요?!"

"──라고 하네. 그런고로 포기하고 쉬든가, 아니면 연짱 근무 하든가 해."

그러나 다짜고짜 그렇게 거부하는 스테프에게, 일동은 나란히 불만스레 입술을 비죽거렸다.

그리고──.

"흐, 흥. 뭐 좋아. 나는 관대하다. 불멸의 나에게는 시간 따위 무의미하니까 말이지?!"

이제 와서 위엄 있는 척하는 털뭉치.

그러나 일동은 이미 이해하고 있었다.

──이 털뭉치[마왕]…… 그냥 심심하니까 놀아 달라고 오는 거구나, 하고…….

"결국 시간만 들이면 내게 도달한다는 거지. 그렇다면 기다리마!!"

하지만 그런 분위기는 알아차리지 못한 채, 털뭉치는 만면의 미소와 함께 말을 이었다.

"몇 년 몇 달이 걸리든—— 유한한 생명을 소비해 나를 없애 보거라, 용사들이여?! 크앗~핫하———— 저기 말야. 멋있게 떠나가려고 하니까 좀 놔줘라 멍멍아!!"

"싫다, 요……! 오늘에야말로 같이 잘 거다, 요! 우우우우우!!"

이리하여 여느 때처럼, 필사적인 저항도 허무하게.

정장 차림의 해골과 세라 하가 인사를 하고 떠나가면서 모습을 감춘 털뭉치에게.

아쉬워하는 이즈나의 신음 소리만이 남은 『준비의 홀』에.

조용히—— 스테프의 낙관적인 말이 울려 퍼졌다.

"하지만 정말로, 시간만 들이면 이 게임은 클리어할 수 있겠네요!"

——물론 가는 길의 데모니아^적는 점점 강해지고 있다.

보스는 물론이고 피라미가 상대여도 방심은 치명상이 될 수 있을 정도로.

하물며 소라와 시로는 한 번의 방심^{실수}이 즉각 목숨을 앗아갈 정도의 상황인 것도 변함이 없다.

그러나. 그렇다 해도.

——30계층에서 이미 아무도 손을 댈 수 없게 되었던 소라와 시로가, 추가로 하나씩——.

또한 티르는 세 개, 이즈나도 두 개, 스테프도 추가로 하나 해방한 《스킬》.

오는 길에 주웠던 장비도 대부분 손대지 않은 채였고, 또한 이미르아인의 순간 화력도 있다.

무엇보다—— 전투 중에도 귀환할 수 있는—— 지브릴의 공간 전이도 있다…….

보스 전 도중이라 한들, 만에 하나 궁지에 몰리는 일이 있어도 언제든 철수해서.

'희망'^{HP, MP}을 회복하고 몇 번이든 다시 일어나 또 도전할 수 있다…….

"하긴……. 이 조건으로 이 게임에 질 요소는 이젠 보이지 않사오나."

"남은 건 이대로 최상층^{100계층}까지 나아가 『마왕』을 쓰러뜨리고 클리어하는 것뿐이지 말입니다!!"

스테프의 말은 낙관적이었지만, 다른 멤버들까지도 동의를 보이며 고개를 끄덕이는 가운데.

땀을 씻으러 시로와 함께 샤워실로 가던 소라만은—— 고개를 끄덕이지 않고, 그저 말없이.

다시금, 전부터 품고 있었던 여러 가지 의문에 머리를 쓰고 있었다——.

——그것은 『마왕』이 등장하는 RPG 등에서 보이는 많은 의문…….

예를 들면—— '왜 마왕군은 세계를 멸망시키려 하는가?' 라든가.

혹은 '왜 여관에서 자면 HP, MP가 회복되는가?' 라든가.

또는── '왜 마왕성에 『보물상자』가 있는가?' …… 그 외에도…… '왜 적의 시체가 사라지는가?', '왜 보스는 리스폰되지 않는가?' …….

……그러한 오랜 의문, 소라의 딴죽에.

이 세계, 이 게임은 대체로 납득이 가는 답을 제시해 주었다.

──그러나…… 그렇다면.

조금 전의 털뭉치──『마왕』이 자못 당연하다는 듯이 했던 말에.

만면의 미소── 기대와 희망, 그리고 어딘가 다른 감정도 내비치며 말했던.

흔해 빠진 대사에, 소라가 어렸을 때부터 품어왔던 의문──.

── '최대의 의문' 에도 답해 버릴 수 있다면.

"……그렇다고 한다면, 그리 쉽게는 안 풀릴걸……."

소라는 작은 목소리로 음울하게 중얼거렸다…….

■ ■ ■

에르키아 공화국 정부청사── 의원내각 주석 집무실.

변함없이 구역질을 유발하는 서류 더미를 조용히 처리해나가던 크라미는…… 문득.

한 장의── 연방이 『마왕』에게 도전해 2주가 경과했다는 보고서에 눈을 멈추고.

곁에서 도와주던 친구── 필에게, 불현듯 떠오른 의문을 제기했다…….

　"……피이. 『마왕』은 이번에 왜 에르키아 연방에게만 선전 포고를 한 거야?"

　──『마왕』은, 부활할 때마다── 전 세계에 대해 선전 포고를 했다.

대전 당시에도, 맹약 후에도── 415년 전에도, 그것은 다르지 않았을 터.

그런데 왜 이번에만은……?

그런 크라미의 물음에.

　"첩보국의 견해로는요~ 지혜의 셰라 하가 『마왕』을 그렇게 설득했다고 해요~. 데모니아도 어쨌거나 『전선』 측이고 말이죠……? 좀 떨떠름하지만요…….''

필도 이미 같은 의문을 품었지만 수긍이 가는 답은 찾지 못하고 있었다.

그도 그럴 것이, 그 지혜의 셰라 하는 마왕군 최고 간부를 '사임' 했으므로…….

　──수수께끼가 많은 게임에, 수수께끼가 많은 상황. 필까지도 사고를 거듭하는 모습에.

하지만── 다시금, 불현듯.

크라미의 뇌리에는 또 다른 의문이 떠오르고 있었다.

……그것은 크라미의 사고에서 도출된 의문이었을까.

아니면 소라의 기억이 상기시켜 준 의문이었을까── 확실치
않은 채.

"……피이…… 『마왕』이란 대체 뭐야?"

"……응~? 세계 멸망의 판타즈마……지요~?"

크라미의 질문에 필은 의아하다는 듯이 대답했다.

그렇다……. 그것은 몇 번이고 제기되었으며, 무수한 자료에도
적혀 있는 답이었다.

그러나 크라미는 그 설명을 접할 때마다── 위화감을 느꼈다.

다만 무엇이 위화감인지까지는 말로 하지 못한 채 삼키고만 있
었던 의문을.

마침내 이번에는── 위화감의 정체를 더듬어나가듯, 입에 담
았다…….

"……그게 아니고…… 『마왕』이라는 존재 그 자체에 대한 의
문이야."

여전히 의아해하는 필에게, 단어를 고르듯 말을 거듭한다──.

"……우선, 이 『마왕』의 게임은 암만 생각해도 부자연스럽지
않아?"

──이기면 『마왕』의 모든 것을 얻는 게임.

생살여탈권조차, 그의 피조물── 『데모니아의 피스』마저도 자유롭게 할 수 있다.

그러나── 그 『마왕』의 판돈이 얹힌 접시의── 반대쪽 접시.

도전자 측 접시에 올라가 있는 것은 '절망' 뿐이다. 심지어──.

"이 게임에서── 『종의 피스』를 걸고 있는 전권대리자는 한 명도 없어."

──소라와 시로는 이마니티가 양분되어 이 에르키아 공화국이 생겨난 시점에서.

에르키아 왕국의 전권대리자이기는 해도, 더 이상 이마니티의 전권대리자는 아니다.

지브릴, 이미르아인, 니이 티르빙.

하츠네 이즈나, 스테파니 도라── 전원이…….

"그럼 『마왕』은 이 게임에 승리하면 뭘 얻지? 자신의 목숨과, 자신의 피조물── 데모니아와 함께 모든 것을 위험에 드러내 가면서까지── 대체 뭘 바라고 도전자를 모은 거야……?"

"──아아. '이 게임에는 속사정이 있다'는 이야기군요~?"

그거라면…… 규칙을 안 시점에서 필이 눈치를 채고 있던 일이었다.

그 이야기냐고 납득하고── 창문에서 스며드는 붉은 달빛에 희미하게 웃음을 짓더니.

필이 파악한 '속사정'에 대해 말하려 했지만──.

"——아니야. 그게 아니고. 아마 그 이전의 이야기……."

"…………?"

——아니다. 그것도 아니라고 크라미는 고개를 가로젓고.

여전히 위화감의 정체를 찾아나가듯 말을 거듭한다…….

"대전 당시에도 『마왕』은 마찬가지로 ——게임은 아니었지만 —— 자신을 쓰러뜨릴 『용사』를 모집했어. 세계 멸망의 환상이, 장치가, 왜 그런 짓을 하지? 그래선 마치——."

————.

……마치…….

거기까지 말하고, 마침내 크라미는 위화감의 정체를 파악했다.

그렇다—— 역시 이것은 소라의 기억, 소라의 의문이었다…….

——소라의 기억에 있던 무수한, 창작 속의 『마왕』에 대한 의문…….

어째서인지 세계를 멸망시키려 하고, 어째서인지 쓰러뜨릴 방법이 편리하게 마련된 존재.

수많은 의문—— 딴죽 걸 구석을 내포한, 이와 같은—— '절대 악'에 대한.

그 가장 큰 의문. 그것은 바로——.

"……왜 『마왕』은 자기를 쓰러뜨려 주길 바란다고밖에 여겨지지 않는 행동을 해?"

"━━━━━━━━━그건……."

──세계를 멸망시킨다, 고…… 그렇게 말하면서.

암만 생각해도, 오히려 자신을 멸망시켜 주길 바란다고밖에 여겨지지 않는── 모순된 존재.

마치── 스토리 사정상 그렇게 되어야만 하는──.

──편리한 무대 장치와도 같은 환상.

그렇다면.

"세계 멸망이라는 환상은 누구의, 어떤 공동환상에서 태어난 걸까……."

"…………………."

그 물음── 필도 답하지 못하는 듯한 의문에.

소라의 기억은 크라미를 한 가지 가설로 이끌었다…….

──소라네의 원래 세계에서 『마왕』은── 어디까지나 창작물 속의 존재다.

문자 그대로── 플레이어에게 유리하게 클리어되는 장애물로서 만들어졌다.

하지만…… 이 【게임판 위의 세계】에서── 『마왕』은 명확히 실존한다.

그럼에도 불구하고, 역시 편리한 '절대악'인 무대 장치와도 같은 존재로서.

——판타즈마…… 『마왕』이…… 상념에서 태어났다고 한다면.

혹시나, 소라의 기억이 이르게 한 이 가설대로라면…….

"……그건…… 너무 잔혹해……."

그렇게—— 서류 위에 늘어선 구역질을 유발하는 서류 따위 귀여워 보일 정도의.

너무나도 지나치게 추악한 이 가설이—— 부디 착각이기를.

크라미는 멀리—— 마왕령을 향해 시선을 돌리며 구토하듯 기도했다…….

∎ ∎ ∎

——『탑』^{던전} 공략 개시로부터—— 19일째.

제7회 『탑』^{던전} 정복전에 도전하는 소라 일행은 71계층—— 역시 확 바뀐 경치.^{스테이지}

모 악랄한 난이도 게임에 등장하는 모 부패의 계곡을 방불케 하는, 기분 나쁜 독 늪 계곡^{스테이지}을 답파하고.

마침내 80계층 보스—— 상당히 상위의 데모니아인 것으로 보이는.

미목수려한 미녀 거미^{아라크네}를, 간신히 격파했다——. 그렇다, 간신히…….

"젠장……. 귀환하면 회복할 수 있다고는 해도 이 '실망'은 도저히 적응이 안 돼……."

그렇다── 강적을 상대하려면 피해갈 수 없는 《스킬》의 연속 사용──.

이에 따른 '희망^{MP}'의 대량 소비로── 일동은 잔량 2할까지 소모되고 말았다.

정신적 악영향과 피로로 낯을 일그러뜨리며 중얼거리는 소라.

그러나 스테프는 눈을 흘기며 대꾸했다…….

"……아까까진 신나게 보스── 데모니아^{아라크네} 여성을 벗기고 굴리고 손으로 가리지도 못하게 해 놓고 성희롱을 즐기며 웃던 남자가 지어도 되는 표정이 아니네요……. 자업자득이에요."

『【부정】: 주인님의 행동에 낭비의 요소는 없었음. 모두 실익을 겸한, 전술적으로 유의미한 행동.』

『그리고 도라이양? 현차 타임은 건전한 이마니티 남성의 정상적인 반응이라 하옵니다 ♪』

그렇게──『자루』속 두 사람의 전투 평가^{리절트}에 일부 의문은 남지만.

그렇다고 해도── 소라의 발언 자체에는 스테프도 동의했다.

시로도 티르도 이즈나도── 나아가 스테프까지도.

대량의 MP를 소비할 수밖에 없었던 일동의 얼굴에는 짙은 정신적 피로가 드러나고 있었다.

그렇다……. 귀환해서 쉬면 회복은 된다──. 다시 말해 다시 일어날 수는 있다.

그러나 매번 심각한 '실망' ── 의기소침해지는 것 자체는 피할 수 없다.

그 반복이── 앞으로 또 이어진다고 하는.

정신적 부담감 또한 일동의 얼굴에 드러나기 시작하는 모습에 ──.

"하, 하지만! 이제 남은 보스는 90계층 한 명뿐이니까요!! 앞으로 20층── 최상층에 도달해서 『마왕』을 쓰러뜨리고 게임을 클리어하는 것만 남았어요──. 이제 조금만 더 노력하면 돼요 ♪"

스테프 또한 감쇠한 '희망' 에 의한 정신적 악영향을 겪고 있었지만── 고개를 가로젓고.

애써 웃음을 지으며 명랑하게 일동을 격려하려 했다──. 그러나.

"──과연 그럴까……."

"………………네?"

──젠장……. 자각했던 것 이상으로 '희망' 감쇠의 영향을 받은 모양이다.

스테프의 배려를 무시하려 드는── 아직 입에 담아서는 안 될 말이 입에서 흘러나와.

그 의미를 묻는 듯한 일동의 시선.

소라는 자신의 실언에 속으로 혀를 한 차례 차고.

활짝 열린 보스방 안쪽의 문──── 상층으로 이어지는 계단을 흘끔 본 다음, 말했다────.

"……오늘은…… 한 층만 더 올라가 볼까……."

"────네? 하, 하지만 다들────이라기보다 소라도, 한계인 것 같은데요."

"그래……. 그런 것 같아. 슬쩍 보면 공간전이로 즉시 귀환할 거야. 어차피 전투는 안 해────. 지브릴, 이미르아인. 둘 다 『자루』에서 나와서 스탠바이해 줘."

그렇게 담담히 말하고, 무거운 발걸음으로 계단을 오르기 시작하는 소라와.

그리고 지시대로 『자루』에서 나온 두 사람을 더한 6명은, 당혹감을 느끼면서도 그의 뒤를 따랐다.

────여기서 귀환해 봤자 어차피, 쉬고 나서──── 다음 날이면 알게 될 것이다.

그렇다면──── 지금 알고, 마음을 정리할 시간을 확보하는 것도 방법일지 모른다.

소라는 실언으로부터 그렇게 의식을 전환하고, 계단을 오르면서 이제까지 온 길을 돌이켜보았다.

그렇다……. 10계층 올라갈 때마다 양상이 돌변했던 이 『탑^{던전}』

을…….

　——우선 성왕의 주거라고 여겨질 정도로 장엄한 성.

　그리고 낙원과도 같은 숲. 다음은 자연의 신비가 느껴지는 종유
동으로 변했고.

　푸른 바다와 반짝이는 하구, 보석처럼 빛나는 오아시스가 곳곳
에 있는 사막…….

　어디까지고 아름다운 경치가 이어지던 광경이.

　——51층을 경계로, 돌변.

　가차 없이 죽음을 의식시키는 화산을 나와, 먹구름과 안개에 잠
식당한 폐허로 변하고.

　그리고 마침내는 독기가 피어나는 음울한 독 늪의 골짜기에 이
르렀다…….

　——그렇다면 슬슬 때가 됐을 것이다.

"슬슬…… 『마왕』의 본질이 보이기 시작할 무렵일 거야…….”

그렇게 중얼거리며, 무거운 발걸음을 끌고 계단을 다 올라.

마침내—— 소라의 예언대로.

81계층에 발을 들인—— 눈앞의 광경을 본 일동은.

"———————뭔, 가요…… 이건…….”

눈앞에 펼쳐진 모습에 하나같이 말문이 막혀 비명을 삼켰다.

그것은—— 아아…… 소라가 예상했던 '답'이었다.

다시 말해——『마왕』이라고 하는, 너무나도 편리한 '절대악'의 존재에게.

만약 정말로—— 납득이 가는 답이 제시되었다고 한다면.

그렇게 예상했을 때의 답에.

소라는 마침내 확증을 얻어, 복잡한 쓴웃음을 머금었다.

——뭐, 역시 그런 것이었구나…… 하고…………。

⏻ Role playing End

……옛날 옛날 아주 먼 옛날.

신들의 싸움에 의해 하늘로 떠올라가 버린 육지가 있었다.

강대한── 대륙충돌에 가까운 힘의 여파에, 우연히도 하늘로 떠오른 그 육지는.

서서히 무너지며── 땅에 재앙을 떨어뜨리고, 마침내 완전히 허물어져, 사라졌다…….

그것은 우연히 발생한, 단순한 천재(天災)였다……. 그러나.

── '하늘을 떠도는 재앙' 으로서 지성을 가진 자들의 기억과 기록에 남아.

영겁의 시간을 거쳐──『핵』을 얻어 판타즈마가 되기에 이르 렀다…….

──처음에 그렇게 불렀던 것이 누구였는지도 확실치 않으나.

언제부터인가──《아반트헤임》이라 불리게 된 그 환상은.

다만── 그저 하늘을 떠돌며, 땅에 재앙을 가져다주기만 할 뿐인 존재……

과거의 천재를 재현하는 단순한 장치. 그냥 기구^{시스템}였다.

여기에는 목적도 해의도—— 자아라 부를 만한 것도 없었다.

누군가가 두려워했다. 누군가가 재래를 몽상했다.

그리고 누군가가—— 바랐다. 그렇기에 존재한.

태어나고 말았던—— 단순한 '괴물'이었다……

괴물이 어째서 재앙을 뿌리고 다니는가?

——그것은…… 괴물이기 때문이다.

——그러한 존재이기 때문이다.

그러한 존재로서 태어나고 만 환상이기 때문이다.

왜 비를 내리느냐고 구름에게 묻는 이도, 하물며 답할 수 있는 구름도 없으리라.

그저 하늘을 떠돌며, 재앙을 내리는—— 구름과도 같은 그 괴물에게——.

…………

"——웃?! 비, 빛이다냐…… 겨, 겨우 도착했다냐아아아!! 후, 후후후후 자아~ 아브 군의 변명을 들어 볼까냐? ——나를 무시하다니 대체 무슨 일이지냐~~아?!"

바닥에 엎어져 말을 거는 것은, 외뿔의 플뤼겔.

곡괭이를 손에 들고 헬멧을 쓴—— 숨을 헐떡이고 있는 아즈릴 이었다…….

"이마니티의 신체 능력으로 아브 군의 『핵』[여기]까지 오는 거 엄청 힘들었다냐?! 아니 그보다 왜 아무도 안 도와주는 거야냐쫌공간 에구멍뚫어 주기만하면되는데냐?! 곡괭이 같은 거 처음 써 봤어 냐! 대체 왜 플뤼겔의 수장이 구멍이나 파고 있어야 하는 거야냐 아아아?!"

그렇게 그녀가 불평불만을 터뜨리고 있는 그곳은—— 옛 주인 의 옥좌 아래.

아반트헤임이라는 판타즈마의 심장부…… 다시 말해——.

"…………………………."

그렇게. 말없이 아즈릴의 목소리에 완만히 돌아보며.

그러나 이내 시선을 이곳이 아닌 다른 곳으로 되돌리는, 공허한 소년——처럼 보이는 존재.

몸의 절반 이상이 청백색의 결정에 뒤덮인, 분명히 사람이 아닌 존재.

아즈릴과 힘을 공유했다는 증거인 외뿔을 가지고, 한쪽 눈으로 꿈을 꾸는 듯 공허한 인형…….

다시 말해—— 아반트헤임의 『핵』이 존재하는 공간이었다…….

"흐음……. 그거가 그렇게 마음에 걸렸어냐~? 날 무시해 버릴 정도로?!"

한 달쯤 전── 자신의 부름에 갑자기 호응하지 않게 된 아반트 헤임에게.

사흘 전──『핵』을 직접 만나러 가면 끝까지 무시할 수는 없을 거야, 하며.

각오를 다지고 사흘 동안 아즈릴이 구멍을 파내려가 겨우 만난 『핵』이.

그래도 계속해서 무시를 관철하는 모습에──.

──나 슬슬 울어 버릴 거야? 하며.

마침내 눈물을 머금고 호소하는 아즈릴.

그러나──.

"……신경이 쓰여……? 그 판타즈마가──?"

무표정하게, 다시 아즈릴에게 시선을 되돌린 소년의 모습은, 고개를 갸웃했다.

──아아……. 그렇구냐. 아브 군은 자각도 없었구냐. 하고.

아반트헤임의 힘도── 그 자각 없는 의식도 공유하는 아즈릴은.

그렇기에 아반트헤임이 멀고 먼 과거를 지금이 되어서야 회고한 이유도.

꿈을 꾸는 듯한 눈동자로 바라보는 곳도── 아반트헤임 이상으로 이해할 수 있었다…….

아브 군이 무심히 바라보는── 그곳.

——마왕령 《갈라드골름》의 중앙에 우뚝 솟은 「탑」……

절망영역. 희망을 먹어 치우는 짐승. 파멸의 환상—— 「마왕」

————.

그렇다, 자아가 희박한 아브 군은 그 이유를 말로는 표현할 수 없다.

아니—— 그뿐 아니라 올바르게 자각조차 할 수 없는 듯했다.

그러나 아즈릴은 그 무자각의 의식을 언어화할 수 있었다——.

——「마왕」은 자신과 같은 판타즈마다.

이유도 목적도 없이 태어났을 뿐인.

아무런 의미도 의의도 없는 존재일 뿐인.

그저 재해. 그저 기구——.

……그저——.

—— '누군가가 꾼 꿈' 이다…….

그도 그럴 것이. 그럴 것이…… 「마왕」에게는—— 있다.

역할도, 목적도, 존재 의의도—— 자신이 한번은 받았다가, 잃어버렸던 것.

무엇보다도 무언가를 바라며, 능동적으로 행동하는, 명확한 '자아' 도…….

자신에게는 없는, 모든 것을…… 『마왕』은. 그것은, 가지고 있다.

같은 판타즈마──. 그래야 할, 텐데도…… 이 차이는 뭘까, 하며.

그렇다, 결국에는──.

"……그렇구나? 부러운 거구나? 『마왕』이……."

그렇게, 대신 언어화해 준 아즈릴은.

"……부러워한다……? 그 판타즈마를──?"

역시 자각 없이, 고개를 갸웃하는 아브 군에게 살짝 쓴웃음을 지었다.

그렇다, 1년 전의 자신이라면 아브 군에게 공감하고 함께 부러워했을 것이다.

하지만── 지금은 이미 다르다.

귀여운 막냇동생이 새로 섬기기로 결심한── 너무나도 약한 두 주인.

그들과 마찬가지로 땅을 기어다니는 개미의 시선으로 걸었던── 지난 1년여.

역시 개미처럼 작았던, 이 부족한 머리……임에도.

자신의 머리로 생각해서 걸어왔던 아즈릴은, 그렇기에── 이렇게 말을 이었다.

"하지만 저건 아마…… 아브 군이 생각하는 그런 게 아닐 거야냐?"

——적어도, 지금은 아직……. 이라면서.

그렇다……. 부족한 머리로 『마왕』을—— 스스로 생각해 본 아즈릴은.

어울리지도 않게, 하물며 자신에게 그런 감정을 품을 자격도 없는 것을 거듭 잘 알면서.

——슬픈 웃음이 떠오르는 것을 억제하지 못하고 중얼거렸다.

"…………………."

의미를 알 수 없다는 듯, 처음으로 곤혹스러움을 내비친 소년의^{아브 군} 모습에——.

"근데 뭐랄까 지금은 그럴 때가 아니야냐엄청바빠냐?!"

아즈릴은 일부러 대답하지 않고 목소리를 높였다.

"나한테는 내 일이^{게임} 있어냐?! 다음에 나 불러놓고 무시하면 여기까지 직통 레일 깔아서 갱차로 매일매일 쳐들어와서 쥐어박을거야냐——! 알았어냐?"

——여기까지 곡괭이로 파고 들어온 거 한동안 원한 품고 있을 거야냐♥라며.

대전 무렵의—— 제1번 개체를^{아 즈 릴} 연상케 하는 흉악한 웃음으로 고하는 모습에.

——판타즈마 아반트헤임…….

감정도 자아도 희박한 그 『핵』[소년]은── 그러나, 그럼에도.

"……노, 노력할게……. 아즈릴…………………… 미안?"

──지금은 사과하는 편이 좋겠다고 고하는 본능적인 위기감에.

미안함도 모른 채 중얼거리는 말에, 아즈릴은 콧김을 뿜으며 고개를 끄덕이고, 발을 돌렸다.

그리고── 마지막으로 딱 한 번.

멀리 『마왕』에게 시선을 돌린 아반트헤임은──.

그 위── 하늘을 찌르는 이질적인 『탑』의 더욱 위.

언제나 올려다보면서 울고 있던, 붉은 달이──.

"……아즈릴…… '달이 떨어지고 있어'……?"

──다가오고 있다는 것을 깨달은 목소리에.

"이제야 알아차렸어냐?! 그래서 바쁘다고 했잖아냐?! 까놓고 말해서── 천개가 어떻게 돼도 위험한 상황이 됐다냐?! 됐으니까 빠릿빠릿하게 냉큼 움직여냐아아아?!"

이리하여 『핵』에서 아즈릴의 의식 속으로.

초조함이 떠오른 그 마음속으로, 아반트헤임은 의식을 되돌렸다…….

■ ■ ■

——『탑』…… 81계층…….

계단을 다 오른 소라 일행이 본 것은—— 역시 돌변한 광경.

시로와 스테프, 티르나 이즈나는 말할 것도 없고.

지브릴과 이미르아인에게서도 말을 앗아간——.

눈앞에 펼쳐진 것은—— 그야말로 형언하기 힘든 광경.

다시 말해 말 그대로의 의미로—— 말로 표현할 수 없는 광경이었다…….

——그것은 '전쟁터'였다…….

종을 불문하고 서로 처참하게 살육하며, 시체가 산을 이루고 강을 메우는—— 진정한 시산혈해.

온갖 생명—— 미생물까지도 멸종되었는지—— 무한한 사체는 부패조차 허락되지 않고.

그럼에도 그것들마저 무로 되돌리려는 것처럼 지금도 하늘거리는 전쟁의 잔불을 제외하면.

움직이는 것도 소리를 내는 것도 없는—— 죽음의 세계에는, 끝없는 정적만이 드리워져 있었다.

——그러나 일동에게서 말을 앗아간 것은 그런 이유 때문이 아니었다.

먼 옛날, 지상에 지옥을 만들어 냈던 대전을 아는 플뤼겔과 <ruby>엑스마키나<rt>이 미 르 아 인</rt></ruby>——.

그런 두 사람조차도 침묵한 채 눈을 돌리도록 만들어 버린 것은.

그 죽음의 대지를 뒤덮고 있는——— 눈에는 보이지 않는 무언가였다.

그러나 이마니티조차 그 존재를 확신케 하는——— 보이지 않는 '무언가'에게——.

"——뭔, 가요…… 이거…… 대체 뭔가요?!"

반쯤 공황에 빠진 스테프의 비명에도, 대답하는 이는 없었다.

인식도, 이해도 따라올 수 없는 '무언가'를 표현할 수 있는 어휘 따위 없는 듯.

단 한 사람——— 모두가 직시를 거부하고 눈을 돌리는 그 '무언가'를 바라보던 소라는.

——어두운 눈으로, 스테프의 물음에 대답하고자 입을 열었다…….

"……스테프. '희망'이 뭔지는 이미 얘기했지."

——— '희망'……. 그것은 단순한 뇌내 물질과 그 화학 반응이다.

이 세계에서는 『양정』이라 불린다고 하지만, 아무튼 지극히 물질적인 것.

단순한 신체적 반응, 생리 현상이며——— 다시 말해 착각에 불과하다.

그렇다면——.

"그러면 반대로—— '절망'이란 뭐라고 생각해?"

그렇게 질문을 받은 스테프는, 자기도 모르게 소라와 같은 것으로 시선을 돌리고.

"——이, 이게…… 이 광경이 '절망'이라는 건가요——?!"

그러나 비명과 함께 황급히 다시 시선을 돌리고, 소라를 보았다.

——눈앞에 펼쳐진 죽음의 세계와, 그것을 뒤덮고 있는 '무언가'…….

모든 이해를 거부하듯…… 애매한, 그렇기에 말로도 표현할 수 없는 것.

그러나 본능적으로 직시를 거부하며 가차 없이 감정에 호소하는 '무언가'——.

아아…… 구태여 말로 표현한다면, 그것은——.

——증오였다.

혹은 통곡이었다. 또는 분노였다.

아니면 원한일까. 후회일까. 경멸일까 혐오일까 살의일까 공포일까—— 아니, 그 모든 것일까.

이 세계의 온갖 '사악'—— 악한 감정이 한 곳에 모인다면—— 생겨난 것이 이 광경, 그것을 뒤덮은—— 직시도 이해도 거부하게 만드는 본능적인 기피감이 되고 말리라.

과연──『절망 그 차체』라고 말한다면 이해가 간다고, 숨을 흠칫 멈추는 일동.

그러나 소라는 완만하게 고개를 가로저으며, 부정했다──.

"아니, 틀렸어. 이건 우리가 다른 층에서 봤던 것과 같은──『탑』이야."

아름다운 신전. 산뜻한 숲. 혹은 화산, 혹은 독기의 골짜기──.

"다시 말해『마왕』…… 세계 멸망의 환상. 희망을 먹는 짐승의 내면."

그렇다── 희망을 먹어 치우는 짐승──『마왕』의 안에 있는 모든 것은, 당연히──.

"이것 또한── 그냥 '희망'이야."

"…………빠야……. 무슨…… 소리, 하는…… 거야……?"

지브릴과 이미르아인조차 직시를 망설이는, 소용돌이치는 절대적으로 사악한 상념.

그런 것을── 하필이면 '희망'이라 부르다니.

빛도 비추지 않는 새까만 눈으로 그것을 똑바로 노려보고만 있는 소라에게.

시로조차 오빠의 제정신을 의심하고, 일동은 공포마저 느끼기 시작했다.

그러나 소라는 담담히 말을 이었다.

"…… '절망'은 말 그대로 희망이 끊어진 거겠지. '희망'의 반 대말이 아니야. 희망이 플러스라면 절망은 '제로'……. 마이너 스가 아니야. 절망이란 감정은 존재하지 않아. 감정이 끊어진 것 을 절망이라고 부르니까…… 절망에── 형태 따위 없어."

그렇다면, 그러면, 눈앞에서 준동하고 있는 존재는── 무엇인 가?

"……누군가가 밉다. 싫다. 짜증 난다. 거추장스럽다. 거슬린다 역겹다 부수고 싶다 찢어 버리고 싶다 갈아 버리고 싶다 부수고 싶 다 없애고 싶다 썰어 버리고 싶다 죽여 버리고 싶다 아니 죽음조차 부족하다 산 채로 영원한 고통을 계속 맛보게 하고 싶다──."

그런 상념이 모여, 마침내──.

"──모두 죽어 버려. 세계 따위 멸망해 버려……. 전부, 단순 한 감정이고, 단순한 선망. 단순한 뇌내 물질. 단순한 생리 반응. 플러스도 마이너스도 선도 악도 없는 그건──."

그렇다, 요컨대──.

"── '단순한 희망'…… 희망을 먹어 치우는 짐승이 먹어왔 던, 그냥 희망이고."

다시 말해── 그것이야말로.

"세계 멸망── 발생시킬 수 없는 현상을 낳은──『공동환상』 이지……."

──『마왕』의 정체라고.

그렇게 말하는 소라.

——조용히…… 깊은 정적이 드리워졌다.

소라가 그 까만 눈에 무엇을 비추고 있는지.

플뤼겔도 엑스마키나도 이해할 수 없었던 판타즈마의, 그중에서도 돌연변이인——『마왕』.

미발생 현상의 환상. 그 이해할 수 없는 사태를, 인간의 몸으로 간파해 낸 어둠^{눈동자}에, 조심스레——.

"……마, 마스터……. 발생시킬 수 없다는 것은…… 어떤 의미인지요……?"

아직까지 이해하지 못하는 못난 종복에게 설명과 용서를 바라는 지브릴.

소라는 겨우 시선을 옮겨, 자조하는 듯한 웃음을 머금고 대답했다.

"아아……『마왕』—— 다시 말해 악마의 왕. 바로 말 그대로의 존재니까 말이야."

——고금동서, 소라 일행의 원래 세계에서는—— 아니지.

보아하니 이 세계에서도, 종족조차 불문하고 마찬가지인 듯하지만.

참으로 신기하게도, 이놈이고 저놈이고——.

——자신을 선량하고 결백한 시민이라 생각하고 싶어 하는 듯하다…….

저놈이 밉다. 질투가 난다. 빼앗고 싶다 고통을 주고 싶다 죽이고 싶다……. 그러한 '희망'은.

　결국 악한 희망이며── 그렇게 느끼는 것조차도 '악한 일'이라고 간주된다──. 그렇기에.

　──자신 이외의, 누군가의 탓으로 돌리고 싶어 한다…….

　자신에게 악한 감정을 품게 만든 저놈이 나쁘다고── 혹은, 그렇다…….

　"'악마'가 부추기러 온다든가…… 말이지?"

　──자신의 악의^{희망}라고는 인정할 수 없다. 자신은 악인이 아닐 테니까.

　자신은 선량하고, 결백하고, 청렴한, 무고한, 정의의 시민이니까.

　그러나 싹터 버린 감정을 부정할 수도 없다. 그러므로── 저 녀석이 나쁜 것이다.

　저 녀석이 악인이니까 자신은 이런 감정을 품었고 자신은 옳은 것이다.

　아아, 누군가가 저 녀석을 고통스럽게 해 주지 않을까. 죽여 주지는 않을까. 아아…….

　"인과응보라고 되는 대로 지껄이면서 신이나 악마가 그 희망^{악의}을 이루어 주기를 바라는 거야."

　죄책감조차 품지 않아도 되도록. 모르는 곳에서 은근슬쩍…….

　"──────────."

──그렇게…… 그야말로 악의도 적의도 아닌.

그저 자학적으로, 담담히 사실을 설파하는 듯한 소라에게── 일동은 목소리도 내지 못하고.

그렇기에 역시 목소리도 내지 못한 채, 소라가 담담히 이어가는 말을 들었다…….

"각설하고── 때는 대전. 바람이 부는 것처럼 서로를 죽이고 죽고── 정말이지 이 전쟁터^{스 테 이 지} 같은 지옥을 만들어내며 숨을 쉬듯 서로를 증오하던 시대. 모두가 생각했을 거야──. 마음에 안 드는 놈들 전부 죽으면 좋을 텐데. 누군가가 나 이외의 것들을 멸망시켜 주면 좋을 텐데…… 그렇게 모두가 희망했다면^{바 랐 다}?"

아아……. 그야말로 눈앞의 광경처럼── 소용돌이치며 응축된 '희망' 대로.

이리하여 그 『공동환상^{희 망}』을 잡아먹고, 대리하는── 세계를^{모 두} 멸하는 환상^{죽 이 는 괴 물}.

──『마왕』이라는 '절대악'이 탄생하기에 이르렀으리라…….

"───────────."

……여전히 입을 다물 수밖에 없는 일동. 그러나.

"하지만 사람은 진짜 끝내주게 편리한 정신 구조를 가지고 있어서 말이지?"

이 이야기는 아직도 끝나지 않았다고. 소라는 여전히 말을 이었다…….

"자신이 '악' 이라고 부정했던 희망을^{악의}, 대신 대행해 줄 '절대악' ── 하지만 그건 그거대로 있으면 안 되는 거거든? 왜냐면 그건 결국 '악' 이니까. 그 존재를 긍정하고 인정해 버리면 안 돼 ──. 타도되어야 할 '절대적인 악' 이지."

────그러므로……

"……『마왕』은 '토벌되는 것까지가 세트인 판타즈마' ……."

그렇기에 자신을 물리칠 『용사』를 바란다.

"모든 걸 다 죽여버리고 싶다고 하는 세계의 '희망^{악의}' 을 먹고, 세계를 멸하기 위해 행동하고, 그렇지만 세계로부터 미움을 사고 살해당하고── 세계의 희망에서 태어난, 편리한 무대장치……."

그러므로 '원리적으로 클리어가 가능한 게임' 으로, 밥상까지 차려준다.

그렇기에 『마왕』이 『용사』에게 요구하는 판돈은 '없는' 것이다.

'최상층에 있는 『마왕의 핵』을 격파하면 승자가 되고, 승자는 『마왕』이 가졌던 모든 것을 얻는다'.

──『마왕의 핵』 격파…… 가진 모든 것…… 과거형이다…….

"이 게임── 최상층에 있는 『마왕』을 쓰러뜨리면── 그 시점에서 그 『핵』이 파괴되는 시스템으로 돼 있으리라고 생각하는 게 자연스럽겠지…… 다시 말해."

그것이 의미하는 바는── 그렇다면 하나겠지?

"『마왕』의 요구는————— '자신의 죽음'……. 오직 그것뿐이야……."

　…………．

"——그렇, 군요…… 그렇다면 『마왕』은 변이체가 아니라, 다른 판타즈마와 마찬가지로——."

"【가정】: 능동적으로 행동하고 싶지는 않은. 어디까지나 수동적으로, 모든 생명체의 죽음을 바랐던 희망^{악 의}을 구조적^{시스템}으로 대리하고 있을 뿐. ……미해명이었던 『변이설』보다도 명료하게 설명 가능."

　그렇게 납득한 두 사람—— 지브릴과 이미르아인과는 달리.

"……뭘 납득하고 있나요. 뭔가요 그게. 장난하는 거예요?"

　눈앞의 지옥과도 같은 시산혈해의 전쟁터도.

　직시도 꺼려질 정도로 소용돌이치는 '희망^{악 의}' 보다도—— 훨씬 추악한 진실에.

"다들 멋대로 서로 증오하고!! 멋대로 서로 저주하고 죽이고!! ——그 모든 걸 제멋대로 떠넘기는 바람에 태어난 게 『마왕』이고, 그래서 죽어야만 한다는 거예요?!"

　스테프는 주먹을 떨며, 저주를 내뱉듯 부르짖었다. 그리고——.

"오직 증오받고 살해당하기 위해 태어났다?! 그런 건…… **너무 하잖아요!!**"

비통한 외침에, 시로와 티르는 고개를 숙이고.
이즈나는 굵은 눈물이 흘러내리려는 것을 참고 있었다.

──그 귀여운, 혀 짧은 목소리로 말하는 털뭉치가.
자신을 쓰러뜨릴 수 있는 『용사』가 온 것을 즐겁게, 천진난만하게 기뻐하며.
얼굴에 떠올렸던── 그 환한 웃음이, 말했던 것이············.

──────『날 죽여 줘』였다고······?

──그런 걸 어떻게 인정하겠는가.
그런 걸 어떻게 용납하겠는가!! 뭐가 『마왕』이야······.
그럼 그 『마왕』을 만들어 낸 이 세계야말로 저주받아서───
──────.

"············있는 거죠······? 소라."
그러나, 하마터면 떠오를 뻔했던 생각을.
──똑같은 존재가 될 수는 없어요, 라며.
직전에 머리를 털어 잘라내 버리고, 스테프는.
소라의── 어둠 같은 눈을 들여다보며── 물었다.

"『마왕』을 쓰러뜨리는 것 말고 승리하는 방법이. 있으니까 이 게임에 도전했던 거죠?!"

──소라가. '게임은 시작되기 전에 승패가 결정된다' 고 호언 장담하는 이 남자가!

연방을 위해서라면 꼭 필요했던 희생마저도 거부하고, 압도적인 승리를 선택하던 남자가!

희생이 불가피한 체임 따위에 도전할 리가 없다──!!

그렇게, 스테프만이 아니라, 시로와 티르── 이즈나까지도 매달리는 듯한 눈을 향하고.

하지만 소라는, 어둠보다도 깊은 검은색 눈동자에 아무 것도 비추지 않은 채, 그저 시선을 돌리고.

그리고 스마트폰을 내밀며── 대답했다.

"⋯⋯없어. 없다고⋯⋯ 스테프. 그딴 건."

────.

"⋯⋯우리는 『용사』고 『마왕』은 적⋯⋯. 《절망영역》이 확대되면 세계가 멸망해. 용사는 마왕을 쓰러뜨려야만 해──. 그 이외의 시나리오는, 이 이야기에는 준비되어 있지 않아⋯⋯."

──────.

그렇게── 그 입에서 흘러나올 리가 없는 말을 남기고, 발을 돌린 소라는.

이어서 지브릴에게 명령한 공간전이로, 일동과 함께 81층을 떠났다────.

■ ■ ■

──같은 시각…… 『탑』의 밖…….

마왕령 《갈라드골름》 수도 교외── 야트막한 언덕 위.

여전히 휘몰아치는 블리저드.

그러나 그런 것을 신경 쓰는 기색도 없이.

기도하듯 무릎을 꿇은── 정장을 입은 해골의 모습이 있었다.

"──예……. 『마왕』의 각성은 주상의 힘으로 빈틈없이 이루었습니다."

그렇게 달각달각 두개골을 울리는, 게나우 이라는 이름의 해골은.

"연방의 개입, 마왕군 통합참모본부의 장악도 모두 주상의 계획대로──. 그자들이 정말로 『마왕』을 쓰러뜨려 버릴 가능성은 상정 범위 밖이긴 합니다만, 예정대로. 계획에 지장은 없습니다."

자신 이외의 모습은 없는 무인의 언덕에서, 그저 고개를 조아리고 묵묵히 보고를 이어 나간다.

그렇다── 놈들이 정말로 『마왕』을 쓰러뜨릴 수 있다 해도.

완전히 상정 범위 밖의 일이지만── 희생을 받아들이는 선택을 한다 해도.

혹은, 역시 상정대로 희생을 거부하고── 패배한다 해도.

또는 그 이외의── 상정 범위 밖의 승리 방법조차, 혹시 존재
한다 해도.

놈들이 이 게임에 동의하고 『탑』에 들어간── 그 시점에서,
이미 늦었다.

무슨 짓을 하더라도 똑같이 헛수고이며, 계획대로. 결과는 변
함이 없다, 고…….

──그렇게 유쾌하게 보고하는 해골의 모습이, 느닷없이.

자신에게 향하는 희미한 불쾌감의 사념을 알아차리고──.

"──우웃?! 아아── 아아…… 죄송합니다!! 이런 추악하고
더러운 모습을 주상께 보여드리고 만 무례를, 부디, 부디 용서해
주십시오──!!"

그렇게 외치며 황급히── 게나우 이라고 하는 해골을 벗어던
지듯.

다시금 본래의 모습으로 무릎을 꿇고, 하늘을 우러러보며 용서
를 바라는 자──.

──이마에 뿔이 돋아난, 일각토끼와도 같은 모습과.

그 머리 위── 때를 고하며 다가오는 붉은 달과 같은 색의 눈동
자를 가진 소녀는.

"──『데모니아의 피스』는 곧 주상의 손에……. 저의 주인이
시여."

그렇게 기도하듯 고하자마자── 몸을 떨었다.

물론── 몰아치는 한파에 떨었다는 그런 것이 아니고.

대지에 사로잡힌 비참한 모든 존재를 붉게 비추는 최상의 자비.

그 어떤 신보다도 높은 하늘에 군림하시는, 더할 나위 없이 고귀한 고원(高遠).

하늘에 거하시며 붉은 달을 거느리신── 아름다운 신수(神髓).

그 미성을 들으면 귀를 잃어버릴 것이기에 목소리 없이 말씀하시는──.

그렇다── 자신의 창조주. 자신의 주인.

"아아……. 모든 것은 주상──《월신(月神)》님의 뜻대로 ♪"

……《월신》제나수스──.

유구 이래 처음으로── 부정한 지상에 강림함을 알리는 그 기척에.

──【익시드】위계서열 제13위──『월영종』소녀는.

더할 나위 없는 기쁨에 황홀하게 몸을 떨고 있었다…………

후기

정석^{세 계}을 바닥부터 뒤집는—— 패러다임 쉬프트.

하지만 그것은 사상이나 신조를 내세우는 것만으로는 결코 이루어지지 않으며.

전제를 뒤집는—— 기술적 브레이크스루에 의해서만 이룰 수 있다.

……누가 말했는지도 기억나지 않는 말이지만.

그렇기에, 본 작품에서는 『십조맹약』을 설정했던 카미야는.

그날. 그 말을 처음으로 뼈에 사무치게 실감했다.

2022년 모월—— 담당 편집자 O와 '회의'를 하며…….

"죄송합니다……. 연내에 신간은 도저히 못 낼 것 같아서……."

2022년—— 노 게임 노 라이프 간행 10주년의 해.

기념해 마땅한 해에, 신간을 낼 수가 없게 되었다는…… 그 사실에.

진심으로 송구스러워 고개를 조아리는 카미야에게—— 그럼에도 담당 편집자 O는, 그저…….

"괜찮아요. 2023년 2월—— 2022년 신입생이라고 생각하면 아직 한 학년이 끝나기 전이죠! 카미야 씨가 안 좋은 몸과 싸우며 집필하시는 것도 잘 알고요. 무리하지 말고 확실하게 진행하죠!"

그렇게…… 나도 모르게 반해 버릴 것 같은 미소와 귀가 녹아내릴 것 같은 목소리로 대답했다.

"고, 고맙습니다……! 2월 간행은 꼭 맞추도록 할게요!!"

"네. 카미야 씨가 '꼭'이라고 하면 의심하지 않으니까요. 같이 열심히 해요."

관대한 말에 눈물이 흘러넘칠 것 같은 카미야에게, 담당 편집자는 여전히 귀여운 미소와 목소리로 말했다.

──어떤가.

서로를 존중하고, 잘못을 솔직히 인정하고, 그러면서 허용하고 손을 잡는다.

이 얼마나 이성적이고, 또한 관용적이며, 평화로운 회의인가……!

원래 같으면──.

『……원고, 아직 멀었나요오? (부글부글)』

『기한이 말도 안 된다고 처음부터 그랬잖아요. 매일 쓰고 있다고요. (부글부글)』

『그럼 왜 납고가 안 되는 걸까요오? (부글부글)』

『단순 작업 시간만 가지고 납고가 되면 고생하는 작가는 없겠죠오. (부글부글)』

──이렇게!!

서로 반쯤 삐친 상태로 비아냥거림의 응수가 되는 것이야말로 자연스러운 상황이지만── 그러나!!

　그날, 그야말로 기술적 브레이크스루에 의한 패러다임 쉬프트…….

　다시 말해 혁명적일 정도로 평화로운 회의가 이루어지기에 이르렀던 것이었다!

　──그렇다……

　── 'VR 화상회의' 를 하면서!!

　더욱 구체적으로는! 카미야도 담당 편집자 O도 귀여운 모습으 _{아 바 타}
로!!

　보이스 체인저로 목소리까지 귀엽게 바꿔 회의에 참석해서!!

　이리도 혁명적이고 평화로운 대화가 실현된 것이었다……!!

　……어이없을 정도로 손이 느려 영원히 원고를 내놓지 않는 담당 작가도.

　짐승귀에 귀여운 목소리의 미소녀라면 침착하게, 관대하게 대해야지?

　……필사적으로 쓰고 있는데도 무자비하게 원고를 독촉하는 담당 편집자도.

　거유 메이드의 귀여운 목소리로 재촉한다면 당연히 마음이 아프겠지?!

　──제아무리 미사여구를 늘어놓는다 한들, 진실은 흔들림이

없는 것이다.

귀여움은 정의이며. 사람은 약한 생물이다!

다시 말해——. 설령 알맹이가 둘 다 아저씨라 하더라도!

모습과 목소리만 귀여우면 어지간한 것은 다 용서가 되는 법!

귀여움이란 개념이 형태를 띤 생물——『고양이』가 그 증거다!!

그렇다……. 우리 인류는 다툼을 넘어설 수 있는 것이다.

전 인류가 미소녀가 된다면—— 그것이 가능한 VR 세계에서라면……!

——그런고로 다시금.

아무래도 VR에서는 불가능한 안건 때문에 오프에서 담당과 회의를 했더니 당장 서먹해져서 세계 평화는 아직 멀다는 것을 깨닫고, 전 인류의 영구적 VR 이주를 희망하는 카미야 유우입니다.

앞서 말씀드린 대로, 10주년을 맞은 본 시리즈 『노 게임 노 라이프』.

역대 담당 편집자, 영업부에 영상 편집부, 각 관계자 분들과 친구 가족…… 무엇보다도.

이렇게나 간행 페이스가 느린데도 불구하고 변함없이 응원해 주시는 독자 여러분.

많은 분들의 성원 덕에 어떻게든 여기까지 올 수 있었습니다.

……여전히 컨디션에 주의하면서 이어 나가는 집필.

그렇기 때문에 또 1년 이상을 기다리게 해드려 괴롭기 그지없지만.

덕분에 이번에는 입원하지 않고 이 책——12권을 쓸 수 있었습니다.

또한 13권도 이미 플롯과 일부 초고지만 작업에 들어갔으므로.

다음에는 그렇게 오래 기다리게 해드리지 않고 낼 수 있으면 좋겠습니다.

——다시금. 10년 동안이나 성원해 주신 여러분께 최대한의 감사를.

괜찮으시다면 부디 완결까지 함께해 주시면 고맙겠습니다.

그러면 13권에서 뵙기를 기도하며, 이만.

"《절망영역》은 【십조맹약】 내에서도 유효하다.

『마왕』은 물리쳐야 한다. 반드시.

그러나 그건 아무도 물리칠 수 없다.

누구라도 불가능하다."

"그러니 부탁한다———. 『결코 절망하지 마라』."

"……빠야, 기다려, 쥐……

시로, 도…… 지금, 그쪽으로 갈게…… "이즈나는," 이런 거,

절대 인정 못한다, 요!!"

그리고 달이 떨어진다———

서로의 의도가 뒤얽혀 세계는 ^{게임}

6천 년을 미룬 파국과 완성으로 수렴한다.

———어느 쪽으로, 누구의 손에 의해?

『To Nobles. Welcome to the Disboard.』

『노 게임 · 노 라이프 13』

여름에 내면 참 좋겠다……

종언기구 절망영역
『마왕』
희망을 파멸의 환상
검은 밤별의

왜 멸망시키는가?
반대로 묻는다
왜 사는가?

이 세계 모든 악을 짊어지고 죽는——. ^꿈

이 세계 모든 악을 짊어지고 죽는 꿈
이루어질 수 없는 『세계 멸망』의 희망을 보는 짐승

"죽으려고 태어났다——. 왜 탄식하지?
생물로 살아가는 존재는 모두 죽는다——.
너희 또한 죽기 위해 태어났을 텐데."

노 게임 노 라이프 12
~게이머 남매 일행은 「마왕」에게 도전한다고 합니다

2023년 06월 25일 제1판 인쇄
2023년 07월 01일 제1판 발행

지음 카미야 유우
일러스트 카미야 유우

옮김 김완

발행 영상출판미디어(주)
등록번호 제 2002-000003호
주소 07551 서울특별시 강서구 양천로 570 NH서울타워 19층
대표전화 02-2013-5665

ISBN 979-11-380-2964-3
ISBN 979-89-6730-597-0 (세트)

NO GAME NO LIFE Vol.12 GAMER KYODAITACHI HA「MAOU」NI IDOMUYOUDESU
©Yuu Kamiya 2023
First published in Japan in 2023 by KADOKAWA CORPORATION, Tokyo.
Korean translation rights arranged with KADOKAWA CORPORATION, Tokyo.

구매 시 파손된 도서는 구매처에서 교환하실 수 있습니다.
기타 불편사항, 문의사항이 있으신 독자님께서는 노블엔진 홈페이지
[http://novelengine.com] 에서 Q&A 게시판을 이용해 주시기 바랍니다.

노블엔진(NOVEL ENGINE)은 영상출판미디어(주)의 라이트노벨 및 관련서적 브랜드입니다.